民国武侠小说典藏文库

文公直卷

民国武侠小说典藏文库

文公直卷

江湖异侠传
关山游侠传

文公直 著

中国文史出版社

文公直的历史武侠小说（代序）

张赣生

　　历史武侠小说是民国武侠小说中的一个特殊品种，它以某个真实的历史事件为题，借题发挥，去渲染或虚构处于这一事件中的侠客们的活动。换句话说，它不以描写真实的历史事件本身为目的，由此形成了它与历史小说不同的特色。民国的历史武侠小说作家为数颇多，文公直便是其中较突出的一位。

　　文公直（1898—?），号萍水若翁，江西萍乡人。文氏生于世家，其母博通经史，曾注《道德经》，并著《明史正误》，对他有深刻的影响。文氏五岁读经，随又读史，在幼年便打下了中国传统文化知识的坚实基础，认识到作为世界文明古国的中国"必有其特异之点"。文公直十三岁时离开家乡，北上燕冀，因身长体壮，得以虚报年龄考入军校，在学习军事知识的同时，纵览欧洲及日本名著，尤其注重于世界史的知识。军校毕业后，文氏在军中任职。1916 至1917 年间，他参加讨袁、护法诸役，追随孙中山，投身革命，转战沙场，领军杀敌，虽然南北奔驰，席不暇暖，仍利用旅途的一点空闲时间读书。1921 年，直系军阀吴佩孚属下的湖北督军王占元与湖南军阀赵恒惕开战，湘军由岳阳进攻湖北，王占元派孙传芳迎击，史称"湘鄂之役"。文氏当时在湘军中任职，奉令兴师，至长沙省亲，自觉"五六年来，若有所得，而细思之，则又杳无所得"，遂向其母请示，其母正著《明史正误》，便将案头参考书给他，并说：

1

"儿习史,当于廿四史以外求之。"文氏听了,"乃如闻暮鼓晨钟,憬然知前此之但知读而不知考核参证之为大误也"。那个时候,政治风云多变,各地军阀们朝秦暮楚,一时表示拥护孙中山,支持革命,转瞬又投靠北洋军阀政府,反对孙中山,并且军阀之间分合不定,方始握手言欢,倏忽又刀兵相见。文氏作为职业军人,被上级所左右,本意为投身革命,但在军中身不由己,自难免感到困惑和苦恼,其母所谓"当于廿四史以外求之",就是要他放宽眼界,不偏信官家一面之辞,多看看民间的各种意见,以明辨是非。他的母亲确是见识超群,这种高屋建瓴的历史观自然会使文公直拨开迷雾,憬然有所悟了。

1922年,文公直被诬入军狱,因为他受母亲教导,已然憬悟是非,故对此能泰然处之,以"铁窗风味,固革命军人所宜尝试。因借此狴犴生活,为劳生之休息,且畅读我书"的态度对待。一年后,孙中山令谭延闿为湖南省长兼湘军总司令,自广东发兵入湘讨赵,文氏旧部得以击退军阀,迎文氏出狱。即督师追击,转战长江。不久,广东军阀陈炯明进攻广州,孙中山令谭延闿回师解救,当时文公直部远在湘鄂交界最前线,被军阀截断退路,孤立无援。文氏知敌意在捕获自己,不愿因己而使部下全军覆没,遂将部卒托军中同事统率,孤身一人赴上海。在沪闲居经年,为势所迫,弃武为文,后受聘为《太平洋午报》编辑。1928年,文氏再度赋闲,遂执笔作《碧血丹心大侠传》,于1930年出版,此后至1933年,又陆续出版了第二部《碧血丹心于公传》和第三部《碧血丹心平藩传》,计划中尚有《碧血丹心卫国传》,未能完成。

《碧血丹心》系列作以明朝名臣于谦的事迹为主线贯穿全书,前三部写在明成祖朱棣、仁宗朱高炽和汉王朱高煦父子、兄弟间争夺政权的事件中侠客们的活动,由朱棣夺取政权写起,至朱高煦谋反,终于在侠客们的参与下,于谦擒获朱高煦。第四部拟以"土木之变"至于谦冤死为主线,这一部《碧血丹心卫国传》虽未完成,但作者

2

在第一、二部末尾均曾预告，第三部末尾又为过渡到征番做了铺垫，可见作者早已成竹在胸。

《碧血丹心》系列作，动于1928年，而文氏立志作此，却是在1922至1923年身系军狱时。《碧血丹心大侠传》文氏自《序》云："榴花照眼时，枯寂之狱中，沉闷欲死。母慈兄友，为之向戚旧假得敝书一箧，以金饴狱吏，乃得入。直深感母兄之挚爱，一一检而读之。夜无灯火，则就如萤之看守灯光下，扪扪而翻叶。无意中，检得一残本，署曰《千古奇冤》。时以桁杨余生，睹斯四字，手颤心摇。急就窗棂曙色，急目速读，则所记为明代钱唐于忠肃公（廷益）之惨史也。书中人名、事迹，颇多为正史所无，而又民间传说所不及。如其确也，则此一卷之存，其为碧血丹心之灵，使之得传于世，而为五千年来唯一忠侠吐一口冤气乎？爰浏览三四，深蕴诸脑海中；复从狱卒假得楮墨，誊录一过。默念此身而不膏斧钺者，会当白此奇冤。"这是1923年5月间的事。文氏所见《千古奇冤》原本为文言列传体，一卷总三万言，在他出狱时，仓促未及携带抄本，原本又留在军阀割据的湖南，所以他写《碧血丹心》系列作时，只能根据记忆加以敷演，实际是一部借题发挥的创作。

了解上述这一段过程，有助于把握《碧血丹心》系列作的特点。首先，文氏此作既不是为了赚取稿酬，也不是为了消闲娱乐，而是意在言志，抒写自己对历史、对政治的看法。他在自《序》中说："直读史所得以为民族竞生存、争人格之英雄，当以岳忠武、文忠烈、于忠肃、史阁部为最。而岳忠武之声名，独能深入平民，国人无不知者，推其所以，则因说部与戏剧宣传之力也。然而国人以崇钦岳忠武之故，于民族之忠侠性激发不少。倘使文忠烈、于忠肃、史阁部之光明磊落、碧血丹心，尽入于人心，则我民族之光大为何如者？……唯独关于于忠肃，则除《千古奇冤》外，更无为之一言者。且有荒唐传奇，竟指于公为权奸者，则贼臣之裔颠倒混淆，欲以一手掩尽天下后世之耳目，尤使人愤懑无既。以于公之忠侠天成，保全华夏，卫我民族，于众议和让、行且为奴之际，以大无畏之精神，于无兵、无财之时，湔民族之奇耻大辱，破瓦剌而迎归英宗，求之五千年历史中，能雪耻复仇如是之痛快者，厥唯于公一人耳。乃五百年来，竟无人为之宣传，一般人亦淡焉若忘，……耻亦甚矣！直不敏，虽文不足以副志，辞不足以达意，而窃有愿焉，以为我所认为当为者则为之，毋以诿人，毋以望于人，是责任心也，亦人所当具也。为之而当，固无论矣；为之而不当，亦当有人纠之正之，则我首创之责，允当由我内心之驱使而定之行之也，……虽未能充分考据证实，而稗官家言，自不妨衍之成篇，但求无背志旨可耳。"文氏自少年时代投身革命，饱经坎坷，受政治权势斗争牵连，数度蒙冤，他的这一番话自不同于一般书生的泛泛高调。

文氏作《碧血丹心》，还有其现实针对性，自1925至1929的几年间，数度发生日本、英、美等帝国主义列强武装干涉中国内政、屠杀中国人民的事变或惨案。1925年5月，上海日本商纱厂日籍职员枪杀中国工人，引起群众示威，英国巡捕开枪镇压，屠杀中国民众十余人，伤数十人，史称"五卅惨案"；同年6月，汉口码头工人游行示威，抗议英商太古公司英籍船员殴打中国工人，英国军警开枪镇压，屠杀中国工人八名，伤数十人，史称"汉口惨案"；十天后，广州工人、学生游行示威，抗议日、英的暴行，又遭英、法军队开枪镇压，屠杀中国民众五十余人，伤一百七十余人，史称"沙基惨案"；1926年3月，日本军舰炮击天津大沽口，史称"大沽口事件"；同年9月，英国军舰炮击万县，死伤中国军民数千人，焚毁民房商店数百家，史称"万县惨案"；1927年3月，英、美军舰炮击南京，死伤中国军民二千余人，史称"南京事件"；1928年5月，日本侵略军攻占济南，奸淫掳掠，屠杀中国军民万余人，史称"济南惨案"；同年6月，日军预埋炸药，在皇姑屯炸死张作霖，史称"皇姑屯事件"。这一系列事件和惨案，使曾为革命军人的文公直深感蒙受了奇耻大辱，由此又引起他对当时流行小说的不满，故作

《碧血丹心》以鼓舞中国人的斗志。

文氏著《碧血丹心》虽声言发扬武侠精神，但其胸中原激荡着一股冤抑不平之气。军人出身之文氏，不能征战沙场报效国家，被迫以笔代刀，纸上谈兵，其心情不言自明。这就使他笔下的武侠与一般武侠小说中之武侠有所不同，一般武侠小说着重的是惩恶扬善，除暴安良，路见不平，拔刀相助，着重的是正义感，而文氏笔下的武侠却着重在一个"忠"字。表面上看来，他写的是忠君，是一种落后于时代的封建意识，其实文氏所提倡的是忠于国家、民族，并非忠于君主个人。他笔下的君恰恰是不顾国家、民族利益，只顾个人权力的历史罪人。文氏在自《序》中把这一点说得很清楚，他说："朱元璋以匹夫而得天下于马上，驱异族出塞，其所本者民族之忠侠性耳，其功业之成固无文事也。乃既得称帝南都，苟安畏难，不为彻底之谋，而唯求永世之术，以八股愚民，以戮功之事；遂令国内无可用之兵，盈廷皆坐谈之士，于是而有瓦剌之祸，终成土木之辱，蹈宋之覆辙，而重演元首为俘囚之耻剧。幸以于忠肃公之忠侠奋发，力排迁都及乞和之议，得保全民族之安全，而不致为南宋之续。乃英宗朱祁镇图一己之私，忘救己之恩，毒害于公，而复宠宦竖，斥武侠，积弱所致，遂有清之祸。此就历来中夏之君论之，其证已显然昭示吾人矣。"这一主题预计在第四部《碧血丹心卫国传》中通过于谦冤死来完成，可惜计划未能实现，留下了一部不完整之作。文公直报国壮志未酬，冤抑不平，他写于谦就是写他自己，他写逆藩就是写当时的军阀，他写朱棣、朱祁镇就是写现实的当权误国者。司马迁《史记·太史公自序》云："夫《诗》《书》隐约者，欲遂其志之思也。昔西伯拘羑里，演《周易》；孔子厄陈、蔡，作《春秋》；屈原放逐，著《离骚》；左丘失明，厥有《国语》；孙子膑脚，而论兵法；不韦迁蜀，世传《吕览》；韩非囚秦，《说难》《孤愤》；《诗》三百篇，大抵贤圣发愤之所为作也。此人皆意有所郁结，不得通其道也，故述往事，思来者。"文氏《碧血丹心》也正是一部述往思来之作。作为历史武侠小说，不仅要以某个历史事件为背景去描述武侠故事，更要作者有一种针对现实的历史使命感。这正是文公直不同一般之处，我之看重《碧血丹心》，原因也在于此。

当然，作为小说，艺术表现技巧的优劣直接关系着它能否吸引读者。在这方面，文公直的文笔虽不能说十分高超，但也不失其生动流畅。一般说来，文氏的小说艺术重事实不重铺张，以行文明快、有条不紊见长，特别是他写战争场面时，这种优点显示得更为突出，行军布阵，混战厮杀，都能面面顾到，条理分明。这自然是由于文氏曾受过系统的军校教育，又曾亲自领兵连年征战沙场，以军功获少将军衔，故而写起战争场面来游刃有余，但同时也表明他的文笔颇有功力，仅仅熟知战场实况而无相应的表达能力，心有余而力不足，也不能取得他这样的成绩。

文公直定居上海多年，也曾广泛浏览上海新出的各种小说，或即因此而使他的文笔具有了南派小说的风格，尤其是他笔下的女侠，颇有些类似包天笑笔下女性的味道。

在民国的历史武侠小说作家中，文公直可算最引人注目的一位，和当时上海的其他武侠小说名家相比，他的常识和文字功力并不弱于平江不肖生，较顾明道、姚民哀则尚胜一筹，可是他的作品却不如平江不肖生和顾明道的作品那样风行，这主要是由于文氏著文言志，重教育轻娱乐，重事实轻铺张，因而趣味性不足。文氏企图以《碧血丹心》挽颓唐之文艺，救民族之危亡，正当世对武侠之谬解，结果矫枉过正，反而削弱了作品吸引读者的力量，这不能不说是文氏的失策。

目　　录

江湖异侠传

关山游侠传

江湖异侠传

第一回

走穷途孝子绝粮
惜同类货郎留客

却说江西赣州府城对河十里地方，有一个小村落，名唤洪昌墟。虽然不是个什么大集镇，倒也有几家商店。每逢三六九墟期，远近做买卖赶墟的都来做生意，彼此交易，博些蝇头微利。这洪昌墟因与县城隔了一道河，村里又有二三百户人家，所以比别的墟集稍微热闹些。

有一年冬天，下了两天的大雪，忽然晴了一天，第二日仍然刮起北风来，把那将融未融的雪都结了极厚的冰，更加冷得厉害。恰值那日是个墟期，那些赶墟的因饥寒驱迫，还是逃着货担，一班一班地冒风踏雪，从那琉璃般的旷野赶行到墟上来。内中有一个卖针线的货郎，姓盛，名叫作阿兴，本是个商贾世家，只因营运不利，在他的父亲盛时宽手里就把本蚀完了。待他长大成人，已是一室空悬，三餐难继。只好向他父亲的朋友处告贷了几两银子做本钱，挑担赶墟，也赚几文辛苦钱来养皤白的父母。那天阿兴挑着货担，清早赶墟，走到离墟还有两里多路的地方，已经被那北风吹得手足皆僵，实在有些挣扎不住。想道，不若到左近熟人家讨盅热茶喝，压压寒气再走。想罢，便往那往常认识的万大户庄上走去。

不一会儿到了万家门首，阿兴便挑着担子来到滴水檐边歇了。摘了笠蓑，回转身走到门边一个小房子里去，找那看门的老汪。哪知一进去时，不觉大吃一惊。原来老汪不在房里，那床上直僵僵地躺着一个少年人。两眼似闭非闭，露着那鱼肚色的眼珠。两脚直伸得和死人一般，一动也不动。阿兴便连忙退出，想要到厨下去找着老汪，问这躺的是他何人。刚绕出得房门，只见老汪手里擎着一个粗碗，颤巍巍地从侧门里走将过来。迎头看见阿兴便叫道："阿兴，你来得正好。你可是去赶墟吗？还早着呢，你帮帮我的忙吧。"阿兴道："正是去赶墟，因为想着你老，来望望你老。你老有什么使唤？这床上躺的又是谁呢？"老汪一面招呼阿兴进房，一面说道："我也不知他是谁，打今儿早上我开门时便见他靠在门冰上，问他时有声无气。我想着不过是受了冻，想扶他屋子里暖暖就会好，不料扶了进来，反倒比先更加厉害了，现在只有出气没有进气。倘或他一死，我主家知道了，我可不是吃不了兜着走。这才叫作一只葫芦结在岭上，取来挂在颈上，不是多此一举吗？如今只好弄碗姜汤来救救看。倘若再不行，我就没法子了，只好烦着你帮着我把他抬着仍然扔出去吧。我吓了这一回，下次再也不敢心慈多事了。"

阿兴听了，一面应着，随着进房，帮着老汪燃烧柴火，然后把那人扶起，撬开齿关，将姜汤慢慢灌下。又探探那人的鼻孔和额头，道："还不怕，只是冻得厉害，须得三五日才能复原。"老汪道："只要不死在我这里我就谢天谢地。即使苏醒了走不动时，我自愿雇辆车子送他回去。全始全终地做了好事，也脱了我的干系。"阿兴正握着这人的手，替他暖着，忽听得他微微地哼了一声，接着又细细地唤了一声"哎呀"，阿兴便连忙道："好了，好了，不妨事了。"老汪丢了火钳，走到床前问道："你好了吗？"一连问了两声，那人才翻动那呆白的眼睛，瞬了一瞬，慢慢地将头点了两点。阿兴道："你老不要忙，加点儿柴，把火燃大一点儿。待我来把他扶起靠着坐着，顺顺气儿，光景就快好了。"

于是两人又忙乱了一会儿，那人才睁开双眼，叫声："老丈，谢谢你！"老汪道："你好了吗？听你口音不是此地人氏，你姓什么，为何弄得这样呀？"那人叹道："说起话长，我承老丈救活，真是再生之恩。但我两天没吃，饥寒交迫，受痛已深，性命终归不保。老丈的恩德，只好来生再报吧！"说罢，扑簌簌掉下泪来。老汪道："你两天没吃饭吗？我这里有冷粥，待我在这火上炖热了，你先喝些吧。你且说你为什么到此呢？"

那人咳嗽一声，吐了一口乌黑的冷痰，才说道："我姓仇，叫芝田，祖贯江苏人氏。只因父亲出外经商多年不回，我母亲急成痨病，去年去世。我立志要找我的父亲，葬母之后，便抛书不读，想到扬子江一带寻找。忽听得我父亲的朋友由广东回来，说我父亲在那里做买卖，我便立意到岭南去。恰值我隔壁邻居家里寄住的一个衡山人，名叫李仲威，他要走江西收账回湖广，我听他有武艺，想仗着他结伴同行。不料李仲威竟是江湖强盗，欺我文弱，设计专来害我谋财的。前十天的光景，我和这贼搭船到临江府，我说道：'李兄，我听得船家说到衡山须登岸走旱路，你我不是要分手了吗？我此去要过梅关，闻道是个强盗巢，若得李兄这般好汉同行，我就可以放心了。'还许他到了地头，重重谢他。

"次日将晚，船到鬼愁滩边，船主因风大不敢近滩，把船靠在岸边。那贼道：'仇兄，你我这几天在船里闷得慌，今夜月明如昼，我们何不上岸散遛散遛。'我也因闷得老久，便应允了他，携手上岸。走到有几百步远近，那贼突然喝叫我站住，嗖地从衣底拔出一把明晃晃的牛耳尖刀来，道：'小子，你知道江湖上有个歪头龟吗？咱老子就是这位大名鼎鼎的活阎王。此来以为小子有一万八千移家往粤，不想只这些银两，倒是老子轻劳大驾了。如今不要你这眼粪，老子又没做过空手买卖。顺便拿来喝酒，也是老子便带的生意。此地就是你的老家，老子送你送到了。你把衣脱下，免得老子动手时弄脏了可惜。'我见了那阎王般凶恶的面貌，听了他豺狼般狠毒的言语，只吓得魂飞魄散，连忙跪地求他，情愿把银两衣服一齐与他，只要留我一命寻父亲。那贼又喝道：'你休做梦，留你性命好让你去官府告我吗？我虽不怕官府，如何一清两楚免得麻烦的？好小子不要啰唆吧，趁早些好投胎，老子好赶路。'我仍是哀求不已，那贼性起，便提着我头发，逼着剥了衣服，取了银两，将我朝那万石参差的河滩中一推。我自忖死定了，天可怜，谁知却跌在水浅的山石中间。周围是水，两旁是岸，那时任你叫破喉咙也无人听了。

"好容易过了一夜，遇着赣州客船，蒙他救我到赣县。船家又给我二百大钱，叫我去见那同乡人帮助。我依言去求同乡，无奈同乡都说我是假装的，一文不与。天又下雪，风又紧，不能过河，天短船慢，到此已晚，身上冷热交作，害起病来。到得贵庄想要叩门，不知怎么晕倒。天可怜不是老丈仁慈，已做泉下鬼了。"说罢，不觉呜呜咽咽哭将起来。

阿兴听了，便将芝田扶在床栏上靠着，抽出身子，提起火上炖的粥罐，倾在先前盛姜汤的碗内，擎到床前，递给芝田，道："你且喝口热粥，暖暖肚肠再说。"芝田颤巍巍地接过粥碗，才问道："老丈贵姓，此位是谁呢？"阿兴道："我姓盛，叫阿兴，住在世福村，离此有五里远近。这位老丈姓汪，大号叫作德庆，是此屋的管家，救你的是他。我是赶墟路过歇脚，汪老丈请我帮着救你的。"芝田听了，又称谢了一番。阿兴道："这里汪老丈不能做主留客，你不如暂住几时，等天晴了再走。只是你又不能行动，如何是好？"汪德庆道："不妨，我主人说话时，我拼去老面皮挨去。"芝田道："已承两位救命之恩，如何再累两位？况且我寻父心急，不如稍候些时，仍旧挣扎着奔路，免得又使两位为难。"阿兴道："听你所说，念念不忘寻父，真是一个孝子，天佛必定保佑你的。你放心，父子总有团圆之日。如今等我到墟场上去雇辆手车接你到我家里去吧。我父亲听见你这般孝心，没有个不欢喜的。"德庆道："好虽是好，只是他怎能吹这几里路的冷风呢？"阿兴听了此言，也大费踌躇。好半晌，德庆霍然道："我好呆，这里不是有件斗篷吗，虽是破了，还可以挡风。再把这竹火篮盛上这火炙带着，大概不致受寒了。"芝田叹道："叫二位如此费心，此恩何日得报啊！"阿兴道："你不要客气了，就是如此。斗篷和火篮下回墟期我给你老带来。我去雇车了，你稍等等吧。"说罢，拔步去了。

这里德庆又取了一件半旧布棉袄送给芝田，又去厨下取了些饭和菜给芝田吃。并且对主人说明是一个亲眷路过，家主吩咐不得留宿，德庆便应了出来。又和芝田攀语，芝田说不尽的千恩万谢。一时将饭吃毕，只见阿兴引着一辆二把手小车子门前歇了。同着车夫进来说道："这会儿好些吗？趁早赶到我家里吃午饭去吧。我也不赶墟了。"说着便将货担捎在车子左边，手里执着扁担箬笠，立在当地里。这里汪德庆整顿好了火篮，扶了芝田，给他披上那件破斗篷，趔趔趄趄地走将出来。阿兴帮着搀住，车夫端正好了车儿。芝田向德庆又道了谢，坐向车的右边，阿兴戴上箬笠，持着扁担跟在车后，慢慢行走。汪德庆望着他们上了门前大路才回屋里。

这里芝田和阿兴冒着风往世福村行来。不多时只见离路边三五步远有一椽房屋，看去约莫有三五间。那屋面上被冰遮住了，也看不出是草还是瓦。屋前一面空地，当中有一枝梅树，开满了梅花。树下堆着团团的稻草，草面上也结了一层冰，远望去好像一座琉璃亭子一般。将到跟前，只见阿兴紧走几步，迈过车前，向车夫道："到了。"车夫一面呵气，一面点头，推车随阿兴直向那屋奔来。

到了跟前，突地跳出一只大黑狗，向着车狂狂乱吠。阿兴扬着扁担，大喝一声，那狗便回头跑了进去。接着屋里有人问道："阿兴，今日怎来这般早？车儿响是谁同来啦？"

未知那人是谁，且听下回分解。

第二回

怜孤客村翁做东道
仗大义侠士赴南疆

　　且说盛阿兴护着车来到自己家门，听得他父亲遥问道："兴儿，车儿响是谁同来啦？"便忙答道："爹，来了远客呢。"又听得屋里问道："谁呀？"接着那板门吱的一声开了。芝田忙看时，只见走出一个五十来岁的老者，将手遮在两眼上面蔽着雪光，向车上瞧着。阿兴便忙搀芝田下车，来到板门前。那老者问道："这位是谁，可恕我老眼昏了，竟没有认识呢？"阿兴道："爹，外面风大，冷得很，屋里再说吧。"芝田想道，这老者定是阿兴的父亲，便抱拳施礼。盛老也忙打躬还礼，让进屋里通名坐定。车夫送进货担，讨了脚力去了。

　　阿兴关好门，回身才将芝田的事和求他的情节一一向他父亲细说。芝田举眼观看四壁，虽是黄泥筑的，却很光致。屋里摆了几件白木家具，虽没有什么布置，也还清爽。正在四面打量，忽见右首房里走出一个十二三岁的女孩来，托着一个茶盘盛着三盅茶，送到跟前来，便忙挣起，接了一盅茶。细看时，那姑娘生得眉清目秀，爽利端庄，不像个穷乡僻壤的女孩。只见她将茶一一递过，向盛老道："爹，妈说午饭做好了，就在这里吃吧。"盛老道："就拿来吧，这早晚客人也该饿了。"

　　说着便问芝田道："适才听得小儿说仇先生是个千里寻亲的孝

8

子，真是可敬可佩。先生难得到此，且宽住几天，候天气好了，再结伴过岭吧。"芝田答道："老丈过奖，小子生而不识父，故此侍母终养，便想寻父还乡，聊尽人子之心，何敢当孝子两字？只是赶路心急，不敢盘桓。贱躯蒙令郎和汪老丈调护，已能挣扎，想就明日登程，趁积雪没化，路上干净好走。老丈的盛情、令郎的厚德，只好等小子寻父回时再行图报。"

盛老指着窗外道："仇先生，你看恁厚的冰块，路上油一般地滑，你这般文弱，又是病后，如何走得？况且还要过岭，难保不再遇歹人或是大虫。不如等天晴了，结伴再走。老拙虽穷，平素也极爱客，先生倒不必介意。"说着小姑娘已将饭摆好。芝田说饭已吃过，盛家父子执意不信，只得坐下。盛妪也从厨下出来，见过客，又叫那女孩子也在横头坐下。桌上虽只些园蔬涧鱼、水酒米饭，却是别有风味。

一时坐定，盛老让了两遍酒，芝田问道："老丈在此是世居吗？府上丁财想是旺极的了？"盛老道："我原籍是湖广，先父经商到此落业，我兄弟二人，舍弟时瑞，自幼习武，常不在家。我就只此一子一女，女儿名唤鸦儿，现在家计零落，只靠小儿阿兴赶墟赚钱度日。"芝田又问道："老丈在此落业，客商想必认识得多，不知可曾听得近日有大班过岭的行商吗？若有时，小子也好附伴同行。"盛老道："这倒不曾听得，老拙也久没外出，明日到墟上走走就知道了。"鸦儿听了，忽然向阿兴道："哥，前几日不说黄家墟有人到佛山去，我还要你托他带些广货回来吗？"阿兴猛然道："果然，几乎忘却了。若得他同伴时，莫说几个强盗，就是遮天的魔王也不怕了。"盛老、芝田听了，一齐问道："是谁呢？"阿兴搁下饭碗道："就是黄家墟的那一位，除却他们，咱们这左近几百里还有谁呢？仇先生若和他同行，何愁梅关难过。"芝田忙又问道："这人是谁呢？"阿兴向芝田道："这人姓许，名建，号叫运葵。世居黄家墟。祖上是军功出身，做过参将。他生来就不爱读书，一味跟着些闲汉舞棍抡刀，好

9

在他家是习武门风，便使他从名师学得一身好武艺。这赣吉南宁一带，就数他是一个奢遮的好汉。前日我到黄家墟赶墟，听说他要到广东佛山去有事。明日又是黄家墟的墟期，我便去问问他择定了程期否，如果定了，就恳他挈带着你。若得他肯时，就万无一失了。"盛老道："果然这机会再好没有，许二爷是个大义人，他若听得仇先生是千里寻亲的孝子，没有个不应允的。你明天就去央托他，仇先生就等期同行吧。"

芝田听了大喜，心中想道：说我命乖，偏又遇着凑巧的事，照此看来，此行定可找着我父亲了。正在欢喜间，忽然又想起身无分文，怎样到得广东呢，难道与人同行，还能沿路求乞吗？想到此处，不觉长叹一声。盛老听了，忙安慰芝田道："仇先生，你休着急，这位许二爷为人虽性急些，心肠却再好没有。单一助弱抑强，断不是你遇的那歪头李那种人。你不要多疑，老拙绝不害你。况且你现在身边没有银两，害你也无益，你千万放心。"芝田叹道："就是因为身边没有银两，迢迢千里，怎样去得。先前原想沿途求乞而行，又怕遇着坏人掳去。如今有伴同行，又不能求乞。因此左右为难，并非疑及许二爷。天下会武艺的人多着呢，怎敢以一歪头李便轻视天下士？老丈休要误会了。"盛家父子听了，都大大地为难。各自皱眉不语，心中盘算。芝田尤为无精打采，顿时满座不欢。一时饭罢，大家仍商量这盘费的事，却左右不得个法子，芝田更加愁眉不展。

那时盛妪正在帮着女儿收碗盏，听得他们越说越为难，便插言道："到底要多少钱才够盘缠呢？"盛老道："少也要三五两银子才够呀。这些年岁，哪里有许多银两呢？"盛妪道："我和鸦儿积着千多大钱，把来送给仇先生，再叫阿兴去和万家庄子汪老丈商量，要他转求他主人家帮些，大约也就不差什么了。你怎没想起呢？"盛老道："我何尝不知道万家是这儿的首富，只是他家从不肯破钞的。那年村里因瘟疫敬神，地方上去写捐，还碰了他的钉子。何况这些事呢？倒是老汪还肯帮助人，阿兴送斗篷火篮去时，和他商量，要他资助些。阿兴再去收些账，加上你娘儿俩这一千大钱，大概也勉强可以到广东了。"

芝田听了，心中十分感激。一时感喜交并，愁怀顿开。商议已定，盛老便叫阿兴在上首房里架好床，拿些稻草铺垫好了，搀芝田进房安息。盛老又来陪着芝田吃过夜饭，方才各去安歇。

次日天明，大家起身。阿兴吃过饭，忙挑着货担向黄家墟去了。盛老便到上边邻居家里请了个医生，代芝田诊过脉，在带来的医囊里撮了药，配和了交与盛老，起身告别。盛老送过医生，回身叫鸦儿煎好药，持来与芝田吃过。

正在闲话，忽听阿兴叩门，道："爹，快开门，许二爷来了。"盛老忙招呼道："许二爷，许久没瞧见你，倒发了福啊。这冷天气，二爷竟走到这里来了。鸦儿快烧热茶来。"

许建笑着点头迈步进来，摘去头上风兜，答道："今天还好，不算大冷，你好啊！"又问阿兴道："你说的那个姓仇的呢？"阿兴指着上首房门道："在这屋里养病呢。二爷休忙，待我搀他出来。"许建性情急，便连忙向先引他进房。芝田在房里早听得许建来了，正在欢喜，只见房门开处，盛家父子引着一个五短身材的人，生得浓眉大目，鼻直口方，大踏步走将进来，便连忙起身施礼道："二爷，本要登门拜见……"许建道："这些我都知道了，我特来看你病势，准备请医生赶紧调治好了好赶路，完你的志向。你现在好了吗？你可知道你父亲在广东番禺？"芝田回道："经老丈请医生看过，已经好多了。父亲的消息虽然不确，但是只有亲身寻找，才算安心。"许建道："那么明日我们就走吧。"阿兴道："二爷，我们正在代他筹盘费呢，多等一天好吗？"许建道："盘费我有，不必耽搁吧。"盛老道："怎好累二爷呢。"许建道："不是一样吗？难道好累你的？你又不在宽处，何必拘执呢？"

芝田听了，想道，看来此人真是个大豪杰，我这回竟是绝处逢生了。想罢，便连忙起立，想要上前道谢。许建早已料着，抢着拉住道："我只为听得你是个有天性的好男人，特来会你同行，也不过是替老天周全几个好人罢了，你何必客气。你缺什么，只管和我说便了，我总可以代你设法的。"芝田道："承二爷如此厚爱，令人没齿难忘。现在只求挈带，得托福平安过岭，就感激不尽了，其余一无所需。"许建回头向盛老道："你父子俩是此地的热肠人，我久已知道的。你何妨腾挪一条棉被，给他带着上路。回头你再到我家取一条赔还你，免得明日我由此动身时，这大远地带到你这里来，多麻烦。"

说着，鸦儿端着茶随盛妪进来，和许建相见了。盛妪便道："我有新棉花，待我和鸦儿连夜代仇先生整治一条被便了，没的臊人还要二爷赔还吗？"许建道："那更好了，我的行李已经捎在阿兴担上来了，你们给我收好，明日大早便由这里动身。我今日还要到墟里有些事去，我们不要耽误了。"盛老等答应着，许建便起身告辞。

盛老等送过许建，便向阿兴担上取了许建的行李看时，只得一个包袱，约莫是一条被两件衣而已。盛妪收过了，便和鸦儿整治棉被。阿兴也帮着大家动手。盛老又取些旧冬衣赠予芝田。代芝田将行李准备已毕，天已向晚。

要知芝田如何赴粤，且听下回分解。

第三回

度庾关英雄刺虎
探官驿义士锄奸

且说仇芝田原无大病，不过是饥寒致疾，将养了一天，又服了药，已经康健如常。许建见他好了，便催着他收拾了包袱，别过盛家父子母女，扬长上路。阿兴送了几里，向许建千万拜托方才回去。

许仇二人走了三四日，已到了大庾岭下。许建道："紧行一步，赶今日过关吧。"芝田听了，心中虽怕，也只好跟着许建赶行上岭。日色平西，已到关前。芝田抬头一望，只见两边山脉环抱，当中一坳，依着山坳，筑成一座嵯峨巍峙的雄关。关门之上，镌着"大庾关"三个大字。两边镌着一副对联道：大江东去三千里，庾岭南来第一关。关门口坐着几个挺胸叠肚的关卒，正在那里盘查往来客商，需索小费。见许建来到关前，便连忙满面堆着笑道："二爷辛苦了，天色已晚，不如在关上歇着，明早再走吧。"许建道："梅关是俗名，你不见关上那'大庾关'三个字吗？因为这大庾岭上多梅花，所谓十月先闻岭上梅，和什么南枝梅北枝梅就是这岭上的故典。不知怎的叫来叫去，岭也叫成梅岭，关也叫成了梅关了。"

二人一面说着，已来到关南墟，便有许多店小二上前来叫唤，兜揽生意。见了许建争着叫唤，"二爷，你老辛苦了，我家去歇着吧。"许建头也不回，直奔墟尾一家五间头门面的客店而来。

进得门来，只见许多脚夫蹲在当地里，勒起裤管，赤着两只黄泥脚，向那些住店客人搭三扯四地兜揽挑脚生意。但是看见许建，却又不来招惹。芝田正觉奇怪，只见店主人笑脸相迎向许建招呼道："二爷，这样天气，还赶这般远路，怎么轿也没雇呢？你老先前回去的那间房还留着在，你老一行几位啦？"说着来接包袱。许建一面卸包袱，一面答道："就是我们俩，你先整治些酒饭来吃吧。"店主人连忙应着，引了他二人进了南头客房里坐下。将包袱交代了，又叫小二送过茶水，便去备饭。二人洗漱已毕，芝田道："我只道二爷在关北的威风大，谁知关南也是一样。"许建道："你哪里知道，我自父母双亡后，不善经理，家道罄尽，我就单身保护客商走这条路。初时岭上的毛贼、地棍也着实和我为难，后来经我着实惩了几回，才算把字号闯了出来。现在眨眨眼已是五年。哪年不走这里过几回呢！"

二人正在谈论，忽听北头房里嘩啪一声响，接着有人大骂道："你这混账东西，竟敢讹诈到我头上来了！说明了一串钱由南安到这里，你那耳朵又不聋，怎说这混话？难道你不打听打听我老爷可是受你们的欺负的？"接着拍得桌子一片山响。许建忙出房看时，只见北头房门口立着两个三四十岁上下的轿夫，猥猥琐琐，十分可怜的模样。向着那房里哀告道："老爷可怜也不在乎这点儿，就算你老爷积阴功，多赏两文给我们买碗酒喝，挡挡寒气吧。"又听得那屋里喝道："你们这班王八蛋，想要讨顿板子吗？来个人，给我拿片子把他送到营里去。"接着便见出来一个家人，将那轿夫推推扯扯地吆喝了出去。

许建看了，不觉心中怒发，暗道：这样不体贴人情，还配做官吗？看他这来势很不小，待我来探探看。如果不对，不如结果了他，免得留着来害百姓。想罢，便去问了问店主人，才知道是榜下知县，到广东去到任的。许建心中好不愤怒。正在要打算给他个了结，忽见门外走进一个彪形大汉，齐眉戴着毡笠，背上背着个尺来长的包裹，昂然直入。

店小二方要上前接待，那人早望着许建叫道："那不是运葵二弟嘛。"许建听得，仔细一看，不觉失声道："师父想还在后面，你住在哪个房里？俺们进房去吧。"许建便携着他手，走进房来。店家只道是一路，便不再招呼住房，只接过包袱，舀水泡茶送到许建房里。问过食宿，便退出来。

那人指着芝田问许建道："此位是谁？"许建道："是我同伴，不妨事的。"回头向芝田道："这是我大师兄袁崇厚，号琪生，洞庭湖人氏。"袁崇厚又问了芝田的姓名，大家叙礼坐下。崇厚方才说道："你问俺的事吗，自今年正月，师父到汉阳付信，叫俺去暗保杨将军，我便到了京城，恰遇着那云中燕的徒孙李如飞要暗刺杨将军报仇，是俺与他们斗了一回，又暗中递了个信给杨将军，叫他防着，俺便追赶李如飞，直到卢沟桥，才将他们宰了。回头又暗送杨将军出了京，方要回家，不料从武胜关俺姑母家过时，俺姑母因为被本地新进士王廉强占田界，势力不敌，活活地气死了。俺探得王廉已往长沙去到任，还要到他世叔赣南道那里打抽丰，一定从这条路上走。又因佛山的事日期已到，故此急急赶来。到赣州时，也曾去寻你同行，你家里说你已动身一天，因此急急赶来，料你必在这里，特来会你。想你帮帮我，听说王廉身边有个保镖的很扎手，如今会着你好极了。只是不知道这贼过了此地吗？俺还不认识他呢，须得细细访问一回才好。只是你怎的又与这位仇兄同行呢？"

许建拍手道："真巧，那北头房里有一个官儿，我因他使官势欺压轿夫，心中不平，向店主人探问了个明白，可不正是那到广东去的王廉。"崇厚道："真的吗？真是踏破铁鞋无觅处，得来全不费工夫。"二人正说得高兴，店家将饭送进来，便将话截住。许建叫店家添了一份杯箸，三人坐下吃喝。

许建将芝田的事告诉崇厚，又说："佛山的事你打算好了吗？"崇厚道："我接到师父的信不久，反正日期恰好。俺们且先商量结果王廉和那镖客的方法吧。"许建道："此处县官极好，不要在他界内

15

吧。况且我等也要看清他们的面庞才好动手，待到前面南雄地界再说吧。有我俩还怕对付不了吗？"崇厚点头称是。饭后，一宿无话。

次日天明，三人起身梳洗已毕。许袁二人立在外面，看见北头房里一个矮肥人和一个四十多岁颀长身躯清秀面貌的人，在一桌吃饭。忖量着定是王廉和那镖客。崇厚便扯了许建一把，道："俺们走吧。"许建会意，也不吃饭，只推说要赶路，便急急给了店钱，带着芝田出了店门，直往岭下行来。

只因走得太早，刚到得半山腰时，白雾沉沉地遮着，不辨道路。三人便在山路旁一个小亭子里解下包袱歇着，想等日光出时再走。进得亭来，只见那破旧的墙上贴着一张新告示，上面写道：

大庾县正堂于为出示谕事：

照得庾岭一带，山林丛密，野兽滋生。近据地甲禀报，时有猛虎噬伤行人事情，除签饬猎户入山搜捕外，为此示仰阖邑人等及往来客商，一律知悉。巳前申后，不得度岭，以免危害。其猎户人等，有捕毙虎豹来报者，酌赏花红银三十两，以资激励。切切无违。特示。

年　月　日

三人看罢，许建道："这是广东地界，于知县的告示怎贴到此处来呢？"芝田道："恐怕是告诫南来的客商吧。"崇厚道："俺们管他做什么，反正不过是官样文章罢了。"三人正在谈论，忽听得亭边山上呼呼风响，那枯枝敝叶都纷纷落舞，沙沙地掉在地上。崇厚向许建道："这风很有些气味，不是那话儿来了吧。"许建道："咱们出去看看，倘若是的，便顺便结果了它，也除却行旅之患。"芝田听了变色道："是大虫吗？我们赶紧躲跑吧！"许建道："我俩在此，你怕什么？"说着，从绑腿里抽出一把尺多长的小剑，和崇厚来至亭

16

外，崇厚见芝田已吓得颤抖抖地缩在一堆，便道："你怕甚，随俺来。"便走进亭子，将芝田夹在肋下，走出外面，脚尖点地，飘地跑上亭上瓦面，两足立定，将芝田轻轻放下，道："你站稳了。"芝田战兢兢地答道："晓……晓……得。"

崇厚才翻身跳下亭子，同许建四下瞧望。只见左首山峰上有一只小牛般大小的斑斓猛虎，向着亭子直冲过来。将到山下，看见有人，便把尾一竖，前爪一撑，向后一矬，大吼一声，腾空跳起，向二人直扑过来。这时许建在前，便托地一跳闪在虎后，喝声："孽畜，休走!"顺手就是一剑。那虎提转身躯，许建砍了个空，复纵身跳在虎的右边，左手一伸，便将那桄杆般的虎尾绰在手，一抬右腿翻身倒跨虎背，举起手中的小剑，照准那虎的后胯用力刺将进去。那虎负着痛吼一声，撒开四爪如飞地向山上乱窜。

崇厚方要拔剑相助，只见那虎已怪叫一声，滚下山来。许建仍然绰剑在手，从山上跑下。崇厚赶去看时，那虎的尾脊已被许建一拔剑时割开了，故此直挺挺地死在当地。许建一面跑，一面叫道："大哥，这畜生结了吗?"崇厚道："结了，你没伤哪里吧?"许建道："没伤哪里。只那孽畜滚倒时，右腿稍微压了一下，我跳得快，还没什么大碍。仇兄到哪里去了，怎么没见他呢?"崇厚道："瓦上不是嘛，我恐怕他吓坏了，故把他送到那个安稳所在去了。"

许建抬头看时，芝田还死死地扳住亭子左角，两眼紧闭，伏在亭角瓦脊。便叫道："虎已被我宰了，下来吧。"说着便跳上去，将他夹着，复跳落平地。芝田才睁眼道："杀了吗? 好不吓人哪。"许建道："我们走吧，不要有人看见，又要来传报官府，没的耽搁正事。"说罢，三人便同入亭子，各取包袱背着，直下山来。

上得官道，走得大半日，落店打尖。便见王廉等一行人，奴仆亲兵车马行李，绵延迤逦，扬尘遮道地迈过前去。三人便远远跟着起行。又走了五十余里，看看红日沉西，崇厚道："那贼想在前面官驿住了，俺们就在左近村庄住了，夜间去寻找他吧。"许建道："正

17

是，明日我们走这再过前面去时，出了事，他疑不到我等。我等虽不怕什么，只是仇兄同行，不得不稳妥些。"说着，已到了一个小村，便找个客店住下。

待到初更时分，袁许二人扎靠已毕，向芝田说声"暂时失陪"，只见忽地两道青光夺窗而出，二人直奔官驿。眨眨眼，十里远近已经到了。端详一会儿，从后屋上走过了两三家客店，院子里都没见王廉的行李，直到尽头一家。

崇厚因许建日间杀虎压了腿，要他在屋脊上把风，自己便使一个倒卷帘挂在后檐，觑着下面。只见昨日吆喝轿夫的那个家人拿着个铜盆，打了一盆水，向南头房里走去。崇厚忙翻身从屋上跟到南头。只见那房里灯光明亮，王廉正拥着一个十五岁的小厮在那里调笑，那小厮也扯着王廉的小胡子，装娇撒痴。崇厚想道：且待他睡下，再去结果他吧。此时去杀他，不要污秽了我的宝剑。

想罢，刚要回身，只见吱的一道青光飞闪过来，崇厚知道是道中人和自己作对，不敢怠慢，连忙纵身跳起，拔剑回身，欻地迎住。看时却正是那镖客暗中赶到，拔剑来攻。见崇厚拔剑回敌，也不声响，只一剑紧似一剑，向崇厚逼来。崇厚也全神迎击，二人便在空中上下飞掣，左右盘旋，如两条怒龙一般，夭矫不定。斗了约有半个更次，崇厚看看抵敌不住，忽听底下一阵嘈杂，夹着哭声大震。崇厚大为诧异，忙留意分神，提防着下面的动静。忽见由北头又飞来一道黑影，崇厚大惊，哪知这道黑影却直向那镖客夹攻。不一会儿那镖客展开剑光，突然向崇厚长蛇般击来。崇厚连忙回剑去挡，只听得铮的一声，那镖客已踪影全无。接着后来的那人倏然敛住，原来后来的那人便是许建。

崇厚见劲敌已去，方要下去杀那王廉，许建拦住道："事情已了，去吧。"崇厚便和许建依来路回到小村客店，一齐落下，蹿进房里。芝田正对着那半明半灭的孤灯呆坐，见两条黑影由窗口扑将进来，不觉吃一大惊。急忙细看，是袁许二人，乃大喜道："事好了吗?"许建点头坐下,和崇厚说道:"我见你和人斗剑,暗想这不是天然的调虎离山吗,我便乘空儿杀了那贼,回头再来帮你。只是那人冲过来,将你的剑一碰之后,便人剑都没些踪影,这人的本领委实在你我之上,倒要防着些才好。"崇厚道:"他已败去,怕他怎的。只可惜不知他的姓名,看来他的剑法还是同派呢。"

二人正说话间,忽听得窗外有人厉声喝道:"杀官凶犯,休要说嘴,我来也!"袁许二人听得,忙噗地将灯吹灭,一纵身扑将出去。

欲知来者是谁,且听下回分解。

第四回

千里侠衾夜诛豪
袁崇厚客途恤老

却说袁许二人扑到窗外，纵目四看，只见朦朦霜月，寂无人踪。方欲追寻，忽听得吱的一声，一支袖箭掠耳飞来。崇厚忙一扭身，反手接住，道："是好汉不要暗箭伤人，有本领便出来斗几合。"说罢，听得对面树梢上发话道："黑夜行刺，不是暗箭伤人吗？小子不要走，我来了！"接着忽地飞过一人，刚到屋上，照着崇厚劈面就是一刀，崇厚纵身闪过。许建忙拔出短剑，抢上前去相迎。许建抽空从背上掣出宝剑助战。

三人便在屋上往来冲突，只见刀光霍霍，人影绰绰，却是步瓦无声，唯有兵器相碰铮铮的音响。三人斗了约有百十个回合，那人左手一抬，把崇厚剑尖划向左去。许建便挥一剑往那人当顶劈下，那人低头让过，右手偷刀照定崇厚喉间一刀，崇厚忙掣回宝剑抵挡。说时迟那时快，二人眨眼之间，那人又不见了。袁许二人大惊道："这般矫捷，真是少有，倒不能放过他。"说着，便腾身飞起，四处找寻了一遍，仍旧是杳无踪影，只得回房暂息。

也不敢解衣就寝，二人一心注着窗外，看看东方发白，才唤芝田，整顿包袱，洗漱吃饭毕，依旧发程。三人路过官驿时，只听得纷纷传说，昨夜兴隆店里一个官儿被他同来保镖的表兄杀了。崇厚等听了，心中暗自好笑，悄悄过了官驿。

一路有话即长，无话即短。三人到了广州已是腊底。芝田要奔番禺省城寻父，袁崇厚和许建要到佛山，于是三人分作两路，袁许二人又与芝田些银两，代他觅好轿子，芝田千恩万谢地去了。

　　袁许二人便迤逦向佛山行来。不一日到了佛山。这佛山镇原是天下四大镇之一，属南海县管，离广东省城不远，四方商贾云集，人烟辐辏。二人缓缓行来，只见万家栉比，商店鳞次，街上往来的车马行人络绎不绝，顿觉耳目一新。二人方在闲看，不料须臾间西北上起了一朵乌云，顷刻云霭四布，一阵萧萧飒飒的冷风吹过，那雨点儿便撒豆般落将下来。一时间街上行人东西乱跑，车轿纷集，乱撞乱骂，顿时塞满街心，急切不得通行。二人遂择小路拔步疾走，不多时，衣裳尽湿。崇厚先奔，望见路东一座庙宇，便道："好了，这是十方地方，俺们进去避避雨吧。"许建急随着他奔向庙中。

　　入得庙来，只见山门里当面一龛，内塑着一尊韦驮尊者像。趄过龛去，是一间大殿。殿前直立两株榕树，殿上香烟缭绕，神幕低垂，却不见一个僧众。二人便由两边走廊步上殿去。那走廊壁上有许多游人题的诗句，也没心去看。直到走廊尽头，见有一片字，每个有茶杯大小，写得龙蛇飞舞，好像是漆在壁上的一般，比那墙上旁的字如鸡群之鹤，格外映眼。二人不由得一齐近前看时，却也是写的一首诗道：

　　　亿万劫尘里，青莲朵朵鲜。
　　　如何生妙树，安用着缠牵。
　　　道外道无道，玄中玄岂玄。
　　　灵虚参得透，立地即神仙。

　　后写着"腊八侍李淮南文游光孝下院偶成，南岳印光题"。

　　二人看罢，惊道："师父到了这里吗？这印光是谁呢？"疑思半日，不得头绪。崇厚道："这般大寺院，如此清洁，必有当家的。俺们且找个僧人问问便知道了。"许建点头称是。二人便走上正殿，转过后面，果见一个半老和尚，方拿着扫帚，弯着腰，在那里扫地。崇厚便上前施礼道："老和尚，这前面走廊尽头上写大字题诗那个人，你可认识吗？"那和尚听得有人说话，伸直了腰儿，也不还礼，却白瞪着两眼，瞧着崇厚一言不发。崇厚又将前言说了一遍，和尚摇头道："我没懂。"许建听得他是潮州口音，知道不懂崇厚的言语，便打着潮州乡谈，和他说了一遍，他才道："那是半月前衡山来的一个和尚，和一个老者住了几天，那和尚没事时写下的。"许建忙问道："那老者怎样面貌？你可知他俩现在到哪里去了？"和尚道："那老者紫檀面皮，一部雪白胡须，还使两个小金钩钩着。在这里宿了三夜便去了，也没听他说到哪里去。"许建见问不出头绪，便道："请你和你方丈说，我等远来求见，使得吗？"那和尚道："你且说你姓什么，我好和你说去。"许建说："我姓许，他姓袁。"那和尚便丢了扫帚走了进去。

不多时，领着一个大和尚出来，向二人打量了一会儿，才打个问讯，说道："檀越请里面坐。"二人连忙还礼，随着和尚到客堂落座。和尚问过二人名号，二人也问那和尚上下，知他法名唤作广照。一时茶罢，二人就动问印光踪迹。广照道："二位认识他吗？"崇厚道："不认识，因要访问他同行的李老丈，故而动问。"广照道："听说印光往湖广士林寺去会友，李老丈却不知是否同行，二位要寻访时，须到湖广长沙碧浪湖边开福禅林问印源师才知分晓。他和印光是师兄弟，没有不知道他的踪迹的。"二人听了，谢过广照，告辞起身。

出得门来，天气已晴。崇厚对许建道："刘三弟找你那事，俺们先去看看门径吧。给他完事后，你不妨同到我家走走，顺路便到长沙找寻师父。"许建道："趁天晴就去看看门径也使得。"说罢，二人直到县署后刘家祠隔壁一望。只见一所大屋，双扉紧闭，门上交叉斜钉着两条南海县正堂的封条。二人心下狐疑，便向邻居探询。

问到隔壁豆腐店，那老板答道："客人是要问这奇事吗，前半月头里，不知怎样刘家门中一门九口一夜被人杀了个干净。门窗不动，只墙上画着一对钩儿，如今还没有破案。我们就为这案，县里一场，府里一场，实在累得不得了。"袁许二人听了这话，心里已经明白，便离开了豆腐店住下。

换过衣服，许建道："看起来这事师父已经干了。只是我们接着师父的信，不都说是除夕取齐，怎的师父这样性急呢？"崇厚道："也许别有缘故，若是单为性急，去年六月在淮北收刘馥时就可以干了，何必待今日呢？"许建道："据那广照和尚说，师父大概同着什么印光和尚到湖广去了。我反正没家小牵缠，家事向来不用我管，此地又没有事体了，明日就同大哥到湖广去吧。"崇厚点头称是。二人计议已定，次日便登程赶行。

到得坪石，已是岁暮，店户人家都预备度岁，二人便也住下。到了元旦，路上店户关门过年，不便行走，只得又住了三日。二人用钱不算数，沿途使费，不觉盘费已空。崇厚好生着急，百无聊赖，便来到街头闲走消闲。忽见市头有家店铺，门口坐着两老一少，倚在门前痛哭，崇厚想道：这些人如何新年里立在门前啼哭，难道不怕旁人忌讳吗？便步到跟前问道："老人家，何事伤心，如何不回家去，却在此啼哭？"那老者见有人问他，更加哭得厉害，道："客人哪里得知，我便是因为没家可回才伤心的。"说罢更放声大哭起来。崇厚道："你有什么为难的事，只管和俺说，俺总可替你设法，你不要尽着大哭。"那老者听了，诉道："我叫刘五，这六尘店便是我开的，因为买卖欠佳，短了房东张六爷几串房钱，限我年底出屋。我因为年近岁逼，没寻着地场搬迁，他今日便领了许多人来，赶了我老伴儿俩和这孩子出屋。将我几十两银子的器皿和货物硬扣着抵房钱，使我顷刻破家，走投无路。客人你看，有钱的多么厉害呀！"说罢，又痛哭起来。崇厚听罢道："你左近有亲眷吗？"刘五哭道："只有一个本家住在这前村里。"崇厚道："你且到你本家那里待着，俺去和张六说个人情，叫他依然租给你开店可好吗？"刘五听了收泪道："若得如此，客人便是我一家的救命大恩人了。"崇厚道："你去吧，明日俺来给你回信。"刘五便趴下磕了个头，千恩万谢地挽妻携子奔前村去了。

崇厚回到店里，对许建说了前事，许建圆睁两眼，嚷道："张六这王八蛋在哪里？"崇厚道："不要忙，俺们还要和他借几两银子使用呢。"许建会意不语。

店小二听了走过来道："客官，我劝你老不要管这闲事吧。这街上的房子大半都是张家的，谁也不敢短他分文。这刘五自不知趣，太岁头上去动土，漫说短了他的银两，就是一文不少，若按月不送茶钱给他家的管家爷时，银色上还要加一补水呢。张家的儿子在学里，衙门里县爷总爷都和他要好，谁还敢说他半个不字啦？"崇厚道："他家可是住在街上吗？"小二道："不，南头那个大榕树庄就是他家。"崇厚道："俺也不过和他说说，怕什么呢？"小二道："你老过路客人没的讨个无趣。不是我大胆乱说，除却皇帝到御旨，旁的怕不能办到。客官还是惜神吧。"崇厚微笑道："依你说，我如今不去便了？"小二道："我从来不敢撒谎，客官问问就知道我说的一点儿不假。"说罢退了出去。

袁许二人挨至二鼓，换了衣靠，便纵身越屋而出。沿路直奔大榕树庄前，飞身上屋，来到后院，二人一齐使个蝙蝠迎风，将脚挂檐，纵目一看，大吃一惊。原来只见当地杀死一人，血流满地，桌边却立着一个人，正在包裹物件。仔细一看，却是杀王廉时在官驿斗剑的那个镖客，二人更加大惊。

忽听屋上一阵瓦响，便连忙缩身上屋，掣剑一瞧，却原来是两只猫儿相逐。二人跟着便要跳下去斗那人，只听得那人早在前面叫道："不要动手，你等可是金钩李胡子的徒弟吗？"二人一齐道："是的，你待怎样？"那人笑道："你可知道湖州忽来子吗？只我便是。你等休慌，且随我来。"二人听了，连忙躬身道："原来是千里侠忽来师叔，侄辈无理了。"忽来子道："休要泛叙，且到我下处再说。"

二人随忽来子纵步而行，一霎时，忽来子立定在栋屋瓦楞上。原来就是袁许二人住宿的客店。下得屋来直到后面忽来子住房内，二人重新拜过。忽来子道："你二人好粗心，我跟着不下千里路，竟没知道吗？"二人惶恐谢过，忽来子又道："王廉是我远支的表弟，我因多年北游，本要到西南一带寻你师父叙旧，王廉在京遇着，叙起戚谊，又知我的名声，而大家都是要回南，便邀我同行南下做伴。我沿路见他所行所为久已不耐，那夜你等来时，我只道你等是劫财的，后来见你等剑法同派，起了个惜同类的念头，让过你等。又见王廉死，你等一无所取，知道是为复仇，不是见财起意，故跟着你等回去，特意叫出你等，试试你等的真胆识。若是我要给王廉报仇，灯下飞剑，屋上发箭，都可结果了你等，何至于逗你等出来厮杀呢？及见你等接箭使剑的功夫，却还不错，又抬手让剑，跳出圈子走了。回想不知你等是何人的弟子，故仍暗中跟定打探。佛山光孝下院题诗的印光，便是我的大弟子。那日我后到寺里，在大厅听得你等和广照谈话，夜间又在佛山旅店同宿，才知道你等的底细。我离南方十五年，你师父居然收得这般几个好弟子，真是可喜。只是我还是故我，不过多担着一个杀王廉的名声罢了。"说毕，呵呵大笑。

二人如梦方觉，连忙谢罪。忽来子道："你等本来不认识我，何罪之有？如今话已说明，咱们同到湖广走走，到洞庭时我还有事，须得耽搁几天。好在方才在榕树庄取了些银两，用费是不愁的了。琪生还可送些与刘五去吧。张六已经杀了。你可切嘱刘五远走，莫因其受累。"崇厚听了，取了一包银子飞身而去。不一会儿回来，说已经办好。三人便又谈论些江湖上行侠做义的事。不觉东方发白，袁许二人才仍旧回房。开门出来，给了店饭钱，和忽来子先后动身，路上会齐同行。

三人沿路走来，只见野草渐渐萌芽，山间百鸟引类呼朋，满眼都是春意。谈谈说说，一路颇不寂寞。一日，到了长沙。由黄道门入城，走尽七里长街，来到北门城口。觅店住下，卸却行装，便到开福禅林去访印源。

到了寺前，只见对面麓山环绕，门前湘水长流，委实好个所在。三人便由河岸一道岔堤上来到山门，只见庙宇巍峨，钟声幽静，当顶额上题着"开福禅林"四个大字，两旁有"紫微栖凤，碧浪潜龙"的对联刊在石上。门前立着个小和尚，在那里闲看路上行人。忽来子上前问讯道："借问少师父，印源师在寺吗？"小和尚忙笑颜答礼道："在寺里。"便引着三人同到客堂落座，进里面去唤了印源和尚出来相见。

献茶已毕，忽来子便问："印光在此吗？"印源道："尊驾何来？"忽来子道："在下便是湖州忽来子，特来寻他有事的。"印源道："尊驾莫非名震关西的千里侠吗？印光师弟曾说幼时从驾学艺，可是吗？"忽来子道："只我便是。他往哪里去啦？"印源道："他因本寺不便，在南城城隍庙挂单，待我引导尊驾前往。"忽来子忙道："多承指示，我自去寻他便了。"说着，便和袁许二人别了印源，进城来到城隍庙内，方才会着印光。

要知以后如何，且听下回分解。

第五回

王道藩梦中托孤女
刘员外积德养娇儿

话说袁许二人跟随师叔忽来子来到城隍庙门口一看，只见无数的香烛摊排列两廊，又有许多卖杂货水果的小贩穿进插出，兜揽生意，人声嘈杂，拥挤不开。忽来子三人乃排众直前，走上大殿。只见许多男女都在那里拈香礼拜，问卜求签，香烟缭绕，熏得眼睛都睁不开。几个知客僧东奔西跑，忙不可支。三人知道今天总是什么神诞或是香期。故此热闹非常。当下也无心去浏览庙景，走到一个知客僧面前道："借问少师父，可有一位印光师父在此吗？"那位知客僧正在同一个女檀越嬉皮笑脸地答话，却被他们三人一打岔，他心中异常愤怒，把眼睛对他三人上下一瞅，话也不答，仍旧和颜悦色地去逢迎那位女檀越去了。许建登时火气上冲，欲待发作，却被忽来子止住，只得暂时忍耐。回头忽来子又对一个知客僧问讯，不料这位知客僧两耳有点儿重听，一连问了几遍，他还是睁目不语，指东画西地招待香客去了。

袁崇厚这时忍无可忍，走上前去，抓住先前迷色的那个知客僧道："我们前来访友，客客气气地问讯，你这秃贼竟敢势利欺人，全不理睬，是何道理？"一面说一面用点穴法把他的腰穴点住，使他吃点儿小苦，看他下回还敢这样无礼待人否。

当下这个知客僧被他点住腰穴，马上周身酸疼，不能动弹，口里大呼救命，却惊动了满庙和尚，一哄地来了三五十人。其中有个监寺僧名叫慧聪的，问明情由，一面向忽来子三人道歉，一面飞报方丈。少停，只见一位须眉苍白、精神饱满的老和尚，手里拿着一根百十来斤重的铁杖，健步如飞，来到殿上相问情形。忽来子即上前道明原委，老和尚即将知客僧的穴道点回，饬他向三人赔礼。老和尚又切实地告诫全寺僧众一番，回头约他三人向殿后行来。

僧舍栉次何止百数，回廊尽处，有一道月洞门，老和尚指着那门对他三人道：“你们三位的师父徒弟现在那个园里下棋呢。”一面讲着，已经走进园门。只见古桧高树遮荫夹道，时花绕架，丰草盈阶，左轩右池，松竹交错。轩门口有一小匾，题曰“超然”。朱栏翠阁，徘徊往返。忽来子说道：“到此心旷神怡，清雅宜人，令人不觉超然有出尘之想。”老和尚又带他们走过木桥，爬上假山，来到八角亭前。忽来子抬头看见匾额上题“隔凡”二字，两旁对联上写“白云疑向枝间出，明月应从此处留”，不觉拍手赞美。

这个时候老和尚已经先进亭内，看见金钩李同印光正在那里下棋，就将三人来历说明，李、印即推棋来到门口。恰遇三人走进门来，当下大家见礼，依次坐下。老和尚即走出来，吩咐香火预备茶饭，款待他们。

这里师兄弟师徒五人久别重逢，自有一番谈论。金钩李即开口说道：“自从贤弟一别之后，愚兄即想赴岳州去看望老友袁树德。那天走到赣州，顺便探望我的姑丈姑母，不料到达之后，只见门口白幡高挂，寂静无人，我心中大骇一跳。走进门来一看，当中一个灵堂供着我姑父姑母的灵位，我不禁大恸。哭祭一番，起来问邻人姑父姑母究竟因何得病而死，事先为什么不写信告诉我，死后可有遗嘱，姨娘同表弟刘馥到哪里去了，请快快讲给我听。”

邻人不觉大哭起来，讲出来的故事真是可怜可恨。

老爷太太因为年将花甲，膝下无儿，因此求神拜佛，修桥铺路，夏药冬衣，广积阴德，十几年来如一日，依旧毫无生养。太太因为自己年纪太大，恐怕没有生养，岂不断送了刘门后嗣香烟，故此暗中吩咐媒媪，物色一个二十左右的女子，替老爷纳妾。恰巧邻近有个老儒，名叫王道藩，两老夫妇年届花甲，膝下尤虚，只有一个女儿，取名慧珠，品貌虽说不得是倾国倾城，却也端庄贤淑。自小就由她父亲教读诗书，聪明异常，过目成诵，就是针线女红也是独出心裁，比旁人格外绣得好。她父母爱同掌珠，不肯轻易婚配，所以年当二八，尚犹待字闺中。父女三人靠纺织为生，倒也清闲自在。不料那年瘟疫盛行，死人不知其数，王老夫妇双双去世，慧珠哭得死去活来。两老身后一切，家中一点儿勿有，毫无办法，慧珠只得出外募化，沿门哀讨。有个赵媒婆即带她来叩见太太，哭诉情由，太太听得十分可怜，就施给棺木两口，另外又送五十两银子，作为殡殓各项使用。慧珠千恩万谢地磕头出来，回到家里就央隔壁张家伯伯、对门的李家婶婶过来帮忙，才算把她两老的事情办好。慧珠在坟前哭得昏死过去，幸得李家婶婶百般劝解，才把她挽扶回家。一个人在家里想起父母的恩情及自己以后的终身，结果越想越伤心，整日号啕痛哭，幸得李家婶婶常常过来安慰她，才算吃点儿粥饭。可怜一个十几岁的女子，已经憔悴得不像人样儿了。

　　那天赵媒婆领了十八九岁的姑娘来见太太。太太因她人品粗糙，不大合意，顺便又问起慧珠的光景。随即吩咐丫鬟取了五两银子，交给赵媒婆，叫她带给慧珠做日用，并叫她不时来走动，免得在家里苦闷。赵媒婆领命出来，一口气就跑到慧珠家里，说道："我这几天真是忙得很，没有工夫来看你，我想你父母死后，可怜你一个年纪轻轻的女孩儿家，怎生过活呢？今天我到刘老太太家，又替你诉了一番苦，刘老太太被我说动了心，随即拿五两银子，要我带来把你。"一面说一面打袋里拿出一锭小小的元宝，交给了慧珠。慧珠说不尽的感谢，马上去打酒买菜，请赵媒婆吃饭。赵媒婆平生最喜欢的就是酒，一看见了酒，必定要吃得瓶空罐尽，烂醉如泥，方肯丢手，因此大家替她取个诨名叫作酒罐子。

当下慧珠端正好了杯盘，就请赵媒婆上座，自己在下座相陪，一杯一杯地饮。赵媒婆是个今天有酒今朝醉、明日无酒明日愁的人，被慧珠劝得酩酊大醉，笑嘻嘻地对慧珠道："我看姑娘年纪又轻，才貌又好，你的爷娘在世为什么不替你早早选配一家人家，到现在只落得孤苦无依，真正可怜。老身有句不中听的话，就是刘员外夫妇二老膝下无儿，百万家财无人承受，因此广修阴德，求个后代根苗。刘太太托老身代她寻一个像模像样的姑娘，给老爷做个偏房。不想拣来拣去，没有一个中意的。我看你姑娘人品才能件件出色，刘太太素来又很欢喜你，所以你爹娘死后，她肯这样帮忙，岂不是另有用意吗？老身并不是想贪图什么，实在是可怜你无依无靠，刘家家私又好，员外太太人又忠厚，你若是愿意去侍候刘员外，他家过的日子总比现在好得百倍，将来能得生养一男半女，还怕不平地登天吗？姑娘你怎的一声儿也不作声，我今天多吃了几杯酒，说的酒话，你愿意的就听听，你不愿意的就当我放屁就是，千万休怪我。"

慧珠听了，微微叹了口气，说道："姥姥，我虽然没有多读诗书，却也稍知礼义。古来多少孝女，舍身救父，卖身葬母，我不敢说是孝，当那天刘太太舍给棺银的时候，我想着我这个伶仃的穷丫头，拿什么报答人家呢，当时就有舍身投报的意思。但是因为葬事未了，不忍抛离我爹娘几根苦骨。现在诸事摒挡了，我本要请姥姥去道达这番意思，不料姥姥也是这般说法，那是再好也没有。今天姥姥不嫌弃，就住在侄女家中，明天一同到刘府去，我将父母给我的身子报葬父的大恩。料想天人都要可怜我，旁人的言论，也就顾不得许多了。"

赵媒婆听了只点头赞叹，这时赵媒婆已将两瓶酒喝个精光，望了望桌上，便起身添了一碗饭吃。帮同慧珠收拾了碗筷，已是二更天气了，她俩又闲谈了一会儿，便上床睡觉。

次日早晨，两人起来梳洗了，赵媒婆便告辞出门。出门先去刘府见了太太，将昨日的话向刘太太细述一番。刘太太听了甚为欢喜，忙叫丫头去请了员外进来，将慧珠图报的原委告诉了刘员外。哪知刘员外摇头道："她是书香门第的伶仃孤女，岂可乘她危急之故，纳为姜媵？况且年岁既不相当，物议尤属可畏。当初我助她棺银，只是怜念孤穷，并无他意。现在这么一来，我岂不是成了蓄意谋她，反而变了名教罪人吗？我刘槐情愿绝嗣无后，万不肯做这种不情不义之事。"言罢即往书房去了。刘太太晓得刘员外脾气古傲，不能勉强，只好把这事暂时搁起不提。

不料到了晚上，王道藩居然托了个梦把刘员外，慧珠也梦见她父亲，都是说他们应有姻缘之分，天数不可强违。次日起来，刘员外把梦闷想了一会儿，便坦然将夜来的梦境告诉太太。刘太太正在要乘此劝他纳慧珠做姜，恰巧赵媒婆也走来相见，还没坐下，就把慧珠梦见她父亲的话，从头至尾告诉刘太太。刘太太便乘机苦劝刘员外收纳慧珠，莫误良缘，赵媒婆也再三地说慧珠矢志相从。刘员外便也默然不语，微微点头。刘太太大喜，又恐事久多变，便忙叫赵媒婆前去说妥，择期迎接过门。

迎娶的那一天，慧珠就灵前卸除孝服，拜别爹娘，痛哭一番，乘轿随赵媒婆来到刘府。拜见过员外太太，安心做姜。三朝之后，亲友戚族听得刘员外纳宠，都纷纷前来道贺，刘员外道谢宴客自有一番热闹，不必细表。

那众贺客当中有个名叫刘权的，是刘员外的堂弟，年纪不满四十，却生了三男二女，为人阴险奸诈，刻薄成性，积有三五万银子家私，常常贩货到湖广去做买卖，所以在佛山镇上买了一片房屋田地，居然算个富家。因为喜欢广东天气，不分冬夏四季皆春，遂将家小一并迁往佛山。赣州只有一栋房屋，留了一个姨太太和一个当差的经管，作为自己回乡的往来住宿之所。因为刘员外有钱，便和他格外亲近，所以得知刘槐纳姜，便赶先亲往称贺。因此刘员外宴客的这天，刘权也被邀在座。

慧珠照例出来拜见了各位亲友之后，便去招呼酒菜。这时刘权

31

就对刘槐说道："大哥，我看你的年纪有了一把了，还弄此不祥之物来到家里，何苦自损寿命呢？你如果忧愁后嗣，我老早就对你说过，把我的大儿子承继把你，不是一样的吗？要是命里注定没有儿子，不要说是讨一个姨太，就是讨十个八个，也是没用的。现在讨了这个女子不要说自己斫丧自己的精神，亦且糟蹋了人家的女儿，也是罪过得很。今天是大哥喜庆的日子，做兄弟的并不是来打破你的吉兆，拿话来教训你做哥哥的，实在是卫护你的话，怪不怪我听凭由你。"

原来刘槐做官经商半生，积蓄有百十多万银子的家私，只以膝下无儿，所以不惜钱财，多行善事，冀得上天怜佑，生个儿女，以娱晚景。刘权早已垂涎他这一份大家财，生怕他生了儿子，他就没有指望了，因此屡次拿"命里有时终须有，命里无时莫强求"的话来劝解他，并且把自己的大儿子刘馨，年纪已有十八岁了承继过来，以便实行他的侵夺主意。今天当着众亲友说了一大篇堂皇冠冕的话，有的也有赞成他的话的，有的也有批驳他的，简直把个刘槐气了个半死。一个人不言不语地走进后堂，因为心里一气，弄得头昏眼花，忘记了一个门槛未跨，一跤跌扑过去，手脚朝天，半晌动弹不得。

恰巧慧珠走出前厅一眼看见，连忙三步并两步地上来搀扶，搀了半天，一动也不动。慧珠遂即赶到外面叫喊。这里一众人等大家飞奔进来，七手八脚地把刘槐抬到床上，已经是说不出话了。太太同慧珠一面哭着，一面替老爷捶胸敲背，又叫人去请医生来。

这个时候，许多宾客除了几个切心地在此帮忙外，其余的早已逃去。只有刘权一人，心里说不出的欢喜，表面还是装作愁苦不堪的样子问长问短。一会子医生来了，把脉一把，说是中风，不要紧的，马上取出银针在身体前后四肢扎了几针。只见刘槐大叫一声："气死我也！"于是大家尽皆欢喜，向医生道谢。医生又开了一个药方，太太看了满心欢喜，随即叫家人去包药，又另外拿了两个五十两一个的大元宝送给医生去了。

这里几个客人看无事也就各自回家，只有刘权心中十分气闷，总望兄嫂快点儿死了，他可以独霸家产，总想不出一个好法子。看看年关已届，各处账项不得不结算，只得又到湖广去了。

不料时光易过，转眼又是半年，王慧珠的肚子一天大似一天了，八个月满足，居然生下男孩。刘槐夫妇同慧珠和一家上下人等没有一个不欢喜。等到满月，又是开筵庆贺。刘员外因为自己今年六十岁的整生，又是头生儿子，所以穷奢极丽地大事铺张，酒席堂戏，格外热闹。又到满城各庵观寺院烧香还愿，叩谢神恩。又预备二千两银子散给穷人。这天所有远近的亲友及城内的官宦绅耆，个个请到，真是车水马龙，盛极一时。刘权在广东听得了，愤恨万分。而他狠毒的心肠却也无时无刻不在他心中打算。

到了满岁的时候，刘槐替他儿子取个学名叫刘馥，每日教他讲话，却是聪明非凡，一教就会。父母爱同掌珠，亲自俯抱，从不假手于人，慧珠尤为宝贝。

韶光易过，转眼又是四年，刘馥已是五岁了。这天，刘员外选了个吉日，请了一位先生来开学，不免又是热闹一番。到底刘员外年纪太大了，这天因为儿子上学，心里十分欢喜，就多吃了几杯酒，弄得酩酊大醉。他们扶他回房睡了，到了半夜里起来小解，一个不留心，又是跌了一跤，从此就卧床不起了。一家上下人等没有一个不伤心痛哭，一面写信通知刘权，一面备办后事。

这里刘权接了书信，不觉大喜，连忙赶回家来。明为替哥哥办理后事，实则是贪图这一份家业。只可怜刘太太同慧珠心田忠厚，一点儿也不觉察。刘馥年幼，更不用说了。所以刘权大权独揽，为所欲为，毫不顾忌。只有老家人刘德秉性忠直，事必躬亲，因此刘权还要怕他三分。其余的简直不用说了。过了七七之后，就把刘员外抬到乡下去草草地安葬了。

回到家里，就拿柴米艰难、诸事省俭的话来做题目，把所有的一众仆役统统辞去。只有刘德死也不肯走开，定要跟随小主人，以

33

报员外太太的恩德。刘权表面上把他没有法子，只好由他，但是心里却忌恨入骨。在这个丧期当中，所有一切的开支都是刘权一人经手，由他浮开冒支，私肥不少。刘太太起先看见刘权回来帮忙，心里倒着实欢喜，以为到底是自己人，总有个关顾，不料刘权的举动越看越不对路，心里自然又气又急，因此暗地里就同慧珠商量个对付的法子。哪里晓得她们所讲的话，统被刘权在窗外偷听得明白。他心里想要先用个什么法子来制服她们，才好达到目的。

本来慧珠长得花容月貌，秀丽非凡，刘权早有染指之心，只以刘槐在世，家规极严，无从下手。他现在听了她俩商量的话，他想不如趁早把慧珠哄骗到手，岂不一举两得？因此朝思夜想，只以耳目众多，无从下手。

刚巧那天是清明节，刘太太带了馥儿和刘德办了几样酒菜，前去祭坟。慧珠因为头昏腹痛，不能行动，刘太太就要她在家里照料，不必同去。这里三人出门之后，哪知家里就出了一场大祸。

欲知后事如何，且听下回分解。

第六回

谋遗产刘权行凶
护贞操慧珠死节

　　却说刘太太带了刘馥、老家人刘德三人上坟去后，慧珠一个人睡在房里床上，想想自己的身世，哭了一阵，不觉就蒙眬睡去了。哪知刘权听得刘太太出去上坟，慧珠因病不去，把他喜欢得什么样似的。等刘太太去了之后，他就躲在慧珠的窗外偷看慧珠的举动。起先见她哭，他就想以劝解为名走进去，刚刚门外有个更夫来讨看更钱，只得走了出来，打发更夫去了，就把大门关上，大胆地走进慧珠房里去了。

　　这时慧珠已睡着了，一点儿也不知道刘权已经轻轻地走到床边。揭开帐子，看见慧珠睡着的样子格外好看。不由他色胆包天，兽性怒发，嘴里还喊着"我的亲亲"，身子却已爬上了床，一把挨在她身上。刚要替她宽衣亲嘴的时候，慧珠已惊醒过来，睡眼蒙眬地看见一个人挨在她身上，不觉大喊起来。刘权就赶快把她嘴巴蒙住，使她不能喊叫，却对慧珠嬉皮笑脸地做出那些说不出来的肉麻样子。这时慧珠被他捺住在下面，她到底是个女人，哪里挣扎得脱？一时情急智生，她就假意对刘权说："你起来让我小解之后，好好地宽衣就枕，这像个什么样子呢？"刘权听了说道："好，好，我还怕你逃到什么地方去不成吗？"一面翻身爬起来，让慧珠下床小解。不料慧珠走下床来，顺手在桌上拿了一把茶壶，向刘权头上打来。刘权把

35

头一偏没打着，却被开水把嘴脸烫痛了，更使他气愤，直奔过来捉拿慧珠。

慧珠口里一面喊救命，一面跑出房间，向书房跑来，想要找先生救护。不料先生因为馥儿上坟去了，他也老早出去逛街散心去了。慧珠来到书房，看见先生不在，她想不好了，今天定要遭此贼的淫辱，如何得了呢？她本来是有病的人，哪里经得起这么一急一气，眼前一黑，不觉跌倒在地。刘权早已赶了过来，一把揪住慧珠头发，一手就将她乱打，说道："你这贱人，日前你俩所商量的话，都被我听见了，你怕我还不晓得？我今天有意抬举你，你不好好顺从，还要来伤害我。我看你的心是狠毒不过。你现在好好地顺从便罢，不然，我就要你的命。"慧珠到底是个女人，又在病中，哪里抵得过刘权的力气，挣了半天，还是挣不脱身，嘴里气喘吁吁地要喊也喊不出来，顺口就把刘权的左耳拼命地一口咬了下来，说道："我就死了，也不饶你这贼子刘权的性命。"说着不禁号啕大哭起来。

这时刘权痛得满地打滚，爬起来把慧珠一把揪住，咬牙切齿，不管上下将她乱打一顿。只打得慧珠死去活来，口吐鲜血，他还不肯放手。听见外面打门的声音，他才住手。前去开门一看，进来的却是先生，他也不言不语地回自己家里去了。

这里先生来到书房门口，听见里面有人哼的声音，他走进来一看，却是女东家被人打伤了，周身是血，只有一口气在那里呼吸。他正在急得不了的时候，太太三人回来了，先生就赶出来告诉太太。太太挽了馥儿，刘德跟在后面，走进书房。看见慧珠蓬头散发、鲜血淋淋的样子，十分可惨。不觉得哭起来道："妹妹你怎样了？将才我们出去的辰光，你还是好好的，这是怎么一回事？你赶快讲把我听吧。"一面说一面叫刘德把慧珠抬到里面去，又要他赶快去请医生。刘馥看见娘这个样子，也站在旁边啼哭。

慧珠这时已悠悠地醒转过来，叹了一口气，眼泪也扑簌簌地掉下来了。伸手握住刘馥的小手，只喊了一声："我的亲儿呀！"却又是一口鲜血直往上冲，昏了过去。只把个刘太太骇得魂飞魄散，走到床边替她捏人中，摸胸口，嘴里不住地喊"妹妹醒来，妹妹醒来"，两行眼泪滚滚地洒了慧珠一脸一身都是，她又连忙拿手巾来揩。一会儿慧珠又醒转来，对太太说道："慧珠承老爷太太的恩德，真是粉身碎骨难报大德。现在被刘权逼奸不从，将我毒打，我死了都不饶他的。太太你千万自己保重身体，遇事留心，以免再受那贼子的暗算。馥儿年纪幼小，总望太太好生抚养，将来也可替我出口气，哪怕我就死了，也要感激太太的。"讲到这里，不觉鲜血直往上冲，大叫一声，手脚一伸，就此归西去了。太太抱住了尸体号啕痛哭，馥儿也在一旁啜泣。

这时刘德已请医生进来，却已不中用了，只好打发医生走了。就叫刘德去备办棺木衣衾等件，又请了几个僧道超度。忙了半个月，才弄好了，抬下乡去，就葬在刘员外墓侧。刘馥虽年纪幼小，样样都懂，常常想起了娘就哭，连饭都不肯吃。先生看见他这个样子，也陪了他不少眼泪。刘太太越发不用说了。

却说刘权听得慧珠死了，心中好不欢喜，急忙跑来假意殷勤问长问短，却被太太同刘德指着他一五一十地大骂。恼得刘权性发，对他们说道："你们好好地安分，还给点儿饭把你们吃，否则统滚出去。"只把刘太太气得手脚冰冷，当夜卧床不起，不多几天也就呜呼了。刘德带领刘馥遵礼成服，一切丧葬的事都是有条不紊，这也不必细表。

再说刘权看见太太已死，他于是跑了过来，就把所有的田地房产的契据和一切金银细软统统检点收藏起来。又把先生辞了，每日里看见刘馥不是打就是骂，总说他是私生螟蛉，不能来扰乱刘家的血统，因此就把他赶了出门。只把个刘德气得要死，打了一个包裹，跟随刘馥出来。走了十里路程，刘馥却也走不动了，就在一个路边的茶棚里坐下歇息。刘德就向他道："小东人，你打算往哪里去呀？"刘馥听了不觉一阵伤感，哭了起来道："前路茫茫，不知去处，总求叔叔指教哦。"刘德说道:"小东人,你不要着急,老奴受了员外太太莫大之恩,无从报答。今天跟随你出来,原是路上保护你的。现在我想起了镇江府城员外还有一个表亲在那里,我看不如就到镇江去看看,好不好呢?"只可怜刘馥五六岁的人,他晓得什么,听见刘德说起镇江有个亲戚,不胜欢喜说道:"不是叔叔说起,我一点儿也不晓得,我们就到镇江去吧。"说完,两人就起身赶路。

一个是老态龙钟,一个是伶仃幼弱,哪里走得动?一天只好走几十里罢了。一路餐风宿露,晓行夜住,走了十几天,才到淮北。那天落在一家客店里,不想刘德年纪大了,路上又受了点儿风霜,到了晚上就大寒大热地生起病来了。只把个刘馥急得不得了,打开包裹一看,只有三五两散碎银子,连忙拿了出来,叫人去请医生。看脉包药,又用了二两银子。哪里晓得这服药吃了下去,当晚就死了。只急得个刘馥走投无路,手里又无银两,想想自己的身世,不觉放声痛哭,却惊动了左边官房里面的一位官府派当差的,出来问问什么事情,这栈房里的伙计就替他说了情由。那当差的回身进去不多时,又走出来说:"我们老爷叫那小厮前来有话问他。"那伙计就走到刘馥身边说道:"人死不能复生,你也不要哭了。现在有位官府喊你前去问话,你好好地去说吧,看你的运气,作兴周济你一点儿,也不晓得的事。"刘馥听了,只得收泪跟随那当差的走进左边官房里去。

看见上面坐着一位,四十多岁年纪,八字胡须,白净脸皮,头戴亮蓝顶子大帽,身穿开气袍,足蹬粉底靴,手里拿了一根烟袋,在那里吃烟。刘馥走上去磕了一个头,爬起来又止不住地暗泣。那官府问他缘由,他只得一五一十地诉说,那官府见他长得聪明俊秀,仪表非凡,心里十分可怜他,就对他说道:"我看你孤苦伶仃,十分可怜。我现拿十两银子周济于你,你赶快去把葬事办妥,就在我身边当个小厮,同我到扬州任上,将来我再替你父母申雪,提拔提拔于你,你可愿意吗?"刘馥这时有说不出的感激,又磕了几个头,拿了银子出来，草草地将刘德棺殓埋葬妥当，明天就同这官府启程。

这天走到淮城，不知怎样刘馥把一个鼻烟瓶打碎了，被那官府打骂了一顿，刘馥跑到外面来偷哭。却巧金钩李打那里走过，看见刘馥。刘馥告诉了底蕴，金钩李即走进馆驿，叩见那位官府，只说刘馥是他表弟，遭难在外，蒙恩搭救，现在情愿缴还奴价，赎领完聚。那官府无法，只好答应给他领了回去。

金钩李同刘馥回到自己家中，每日教他武艺，刘馥报仇心切，人又聪明，故此不上五年，居然练得本领出众，武艺超群，几次三番要辞别师父回去报仇。金钩李对他说道："你小小年纪，人地生疏，诸多不便，这桩事包管在为师的身上，你不要心急的。我今天就要动身到佛山去与你大师兄二师兄会除那贼，回头就到长沙，你不如先到长沙去等我们吧。"刘馥唯唯听命，收拾了一个包裹就拜别师父，取道往长沙去了。

金钩李就剑光掣电般向南去了，到得佛山会见印光，就把刘权一家结果了。来到长沙，遇见了忽来子和袁崇厚、许建等，大家就在城隍庙里叙了一番。

到了明天，刘馥也来了，拜见了师父和师叔师兄，就问师父到佛山去怎样的处置。金钩李随将杀死刘权一家九口情形一一说知明白，刘馥又上前谢过师父，然后大家商量到岳州去的办法。

欲知后事如何，且听下回分解。

第七回

石植武府衙揭奸
金钩李监牢诛蠹

却说金钩李等都在岳州袁崇厚家中住下，探听洞庭湖中君山水寨的消息。一日，袁崇厚听得人说长沙县新补李仲威，便告诉许建，并说道："李仲威不是劫你护送的那个仇孝子的强盗吗？但是仇芝田说他是湖广衡山人，他怎能做本省的官判呢？"印光在旁听了便道："世间同名同姓的尽多，或者另是一个李仲威吧！"许建道："我记得仇芝田说过劫他的那个衡山李仲威，绰号歪头龟，脑袋是歪的，故此又叫歪头李。我们只须找个人乘便看看，便知道真假。若不是歪头李便罢了，倘若是他再去除去不迟。"大家都道有理，便议定要小师弟刘馥前往。

不到十日，刘馥回来，大家便问探得怎样，刘馥道："我到长沙，正逢着李仲威出衙行香，看了个仔细，果然脑袋是歪的，还带着五官都不正。又听得近日长沙府城里自从李仲威到任，便接连出了几个大窃案。还有一案是黑夜持刃奸杀幼妇，案情很重。知府急得了不得，将差壮乱比，又扎饬两县限期破案，却是一根贼毛也没捞着。大概是这小子官运不通，所以出了岔事儿了。"金钩李听了道："这些事难保不是有人和他作对，故意闹的，不就是李仲威，或是他的党羽干的。咱们除去了王霖，却来了这贼，长沙百姓真是命苦了。"忽来子道："这事是你我种因，倒不能不由你我结果，咱们就走走吧。"金钩李道："这个自然，只是人多反不好，咱们俩就够了，你等兄弟还是在此访着君山消息吧。"崇厚等答应着，他两人便放出剑光，身剑合一，恍如两道长虹掣电般向南去了。

约莫顿饭工夫，二人已到长沙城外旷野之地，收住剑光，走到城边，将足一蹬，跳过护城河，上到城头。那时正是初更将尽，万籁无声，二人便在城楼前面一株桃花树下坐着休息。忽见离城两箭远近，一条黑影从屋面上一闪就不见了。二人看得明白，跟着那黑影便追。一转眼到了长沙府衙，那黑影下去了。二人方要跳下察看，那黑影又从下跳上，直奔县衙。忽来子便随着追去，金钩李便停步听了一听，见府衙没什么动静，便也随后跟来，一前两后地来到县衙监狱屋上。那黑影一反身下去了，二人便在屋上候着。看看鸡鸣三唱，不见那黑影出来，便回到城楼，金钩李道："看来县狱里面竟有异人埋迹，我想先入狱里探看一看，贤弟还是在天心阁候我吧。"忽来子应允了。

金钩李便跳出城外旷野，候着天明走进城来。到了长沙县前，便故意和卖菜人寻闹，县里差役看见，便来吆喝，金钩李便说差役不公，一阵扭打抓破了卖菜人的面皮，又打伤了一个差役的脑袋，其余的差役和县里的民壮便一齐动手，将金钩李横拖直拽拖进衙里，一面拳打脚踢，一面套上锁链，抬了受伤的人，传报内衙。一会儿出来个亲随传语道："太爷说知道了，收到监里去吧。"众人便把金钩李押到监狱，交付过了，牢头便叫金钩李拜狱神，金钩李大喝一声道："俺不省得。"那牢头冷笑道："这会儿要你充好汉，等会儿给你个规矩，你才晓得老子的厉害。"便叫小牢子把他带进去。

说着开了狱门，将金钩李推入。那时众囚正开了早封，在院中过那一霎时的快活光阴，一堆一堆攒簇着闲话。听得狱门开处，进来一个白发老者，众人嘟囔道："又来了新客了。"金钩李哈哈大笑道："我是特来尝味的，看这光景苦恼得很啦。"众人一听，不由都笑起来，便三言四语道："你大概是初次遭难，不懂规矩，待我们说

41

给你听吧。大家都是受难的，不忍看见你吃亏啦。"金钩李道："不过胡乱混他几天罢了，谁指望在这里面创祖业吗？还学他娘的什么规矩啦。"众囚道："你不相信我们的好话，等会儿就会知道的。"金钩李笑道："等会儿不过吃吃点心罢了。"众囚见他说不入港，便渐渐地引开去了。

金钩李纵目四看，不知哪个是昨夜的黑影，只望着众囚一个个看去，却都是面有菜色，骨立形销，十分可怜的模样，不由起了个怜念之心。从怀里掏出一包散碎银两，在台阶上搭配均匀，叫道："我看诸位都是苦恼，这些银两诸位便拿去使用吧。"众囚听了，都奇怪起来，便道："你何不把银两送些给牢头赵义，再将些给牢里的老犯，免得吃苦不好吗？你有这东西，正好留着救命，我们怎好忍心使你的啦？"金钩李道："诸位休要管我，快些拿去吧。"说着便一份一份散给众囚。只见那东墙边站着一个矮小精干的人，两眼只向自己瞧着，却不过来取银两。金钩李便知道那人八成就是昨夜那个黑影，方要上前和他攀话，恰值那牢头赵义进狱收封。连推带扯，把金钩李上了匣子，赵义便抢起碗口粗细的木棒，扑扑地乱打。哪知金钩李没事人儿一般，反倒哈哈大笑道："打够了吗，换个样儿吧。"那赵义气得暴跳如雷，叫伙计取刑具来。一时那些什么蜻蜓点水、倒挂竹筒种种私刑都用尽了，金钩李还是丝毫无伤。赵义只得搭讪着向牢子道："这人多管是得了疯病，多加两副镣，你们好生看守吧。"便叫牢子给金钩李钉了三副头号铁镣，又上了两副手铐，才拨定了金钩李的囚房，收了封恨恨地出去了。

到得夜间查过了监牢，金钩李便想去寻那人，忽见房门打开，眼前黑影一闪，日间靠墙站立的那人已到面前。金钩李便假装没看见，埋头躺着，那人推了推他的脑袋道："朋友，你为什么到此？"金钩李翻身坐起道："就为你到此。"那人怔了一怔道："你为我何来？"金钩李道："为访你来。"那人道："你怎知道我？"金钩李道："你又怎知我？"那人道："我今日日间见你举动，便知你是个英雄，故来问你。"金钩李道："我昨日夜间见你举动，便知你是个异人，特来访你。"那人大惊道："你见我吗？"金钩李道："你没见我吗？"那人道："你为什么要探访我的踪迹？"金钩李笑道："好汉惜好汉，你还问什么。"那人道："你贵姓啦？"金钩李道："我叫李淮南。"那人道："你可是飞道人的弟子、千里侠的师兄海州金钩侠吗？"金钩李微笑道："然也。"那人道："我便是君山寨的石植武，因为这县署的狗官是个毛贼，借官遮目，偷盗百姓，奸杀幼妇，特来除他的。昨夜才得觑他的实在，便暗地里递了个信给府里，好破案拿他，除去民贼，所以遇着了你前辈长者。此贼大概在日内可以就捕，我就好回寨去了。你老若不嫌弃，便请到敝寨盘桓几日，我们寨中的方四弟还是千里侠的弟子，你老总该赏个光吧。"金钩李道："我也因要除歪头李，才同师弟千里侠来到长沙，他还在天心阁等着啦。现在此贼既已被你处置好了，我们也不必耽搁，就此走吧，出去再和师弟到贵寨拜望。"说罢，站起来一提气，那骨节便碎瓷般地爆响，石植武也便跟着立起，只见金钩李戴的镣铐都已成了小段的碎铁散在地下。

二人出得屋檐，只见忽来子立在屋上道："怎的才出来呢？"金钩李道："你来此做什么啦？"忽来子道："我在阁上看见县前火光，忙去看时，原来是知府带着营兵在捉拿李仲威。那贼上屋想逃走，被我一个耳光打了下去，见已捕了，便来接你回去。"金钩李也将前事说了一遍，忽来子便和石植武见过，便即忙来到牢前。忽来子道："这牢头十分可恶，不如把他了结，也替众人除了一个祸水吧。"将手指向赵义卧房窗上一指，只见一道白光绕入窗去，霎时飞回。托在手中一看，知道宝物没空回，略拭一拭便收过了。

诸事已毕，便同展夜行术出了城垣。忽来子向石植武道："你我分路走吧，约计你回到君山之日，我等再来奉访。"石植武问过二人住处，便道："方四弟想念许久了，你老定要来的。"忽来子道："决不愆期。"说罢，呼的一声金钩李和忽来子都无影无踪。石植武见了，不胜羡慕。想道：方四弟也有此本领，只可惜我无缘，不曾学得。此回如果他们来山，一定要方四弟替我介绍，和他们学习，想必他们一定会肯的。想到这里，不觉心中大喜，便向大路上赶行回山，报告朱恒方柱知道，准备迎接他们。

这且不说，再讲安徽芜湖有个陈遂，生得豹头环眼，虎背熊腰，身长八尺，声如巨钟，两臂有千斤之力，祖上也是军功出身，自小不喜读书，专爱耍枪弄棒，惹是招非。他父母死了之后，越发无所顾忌，把几十亩田地卖了，结交一班流氓地痞，嫖赌吃喝。不上一年，败得干干净净。那一天吃醉了酒，打死了一个门军，因此逃亡在外。遇着了金毛犼收他为徒，学得一身的本领。他于是在长江一带设立一个镖局，又收了几个徒弟，专一替这些过往客商保镖度日。因为他喜用大刀，他自己那把刀上下都是铁打成功的，足有四五百斤重，他用起来好像使木棍一样的，毫不费力，于是大家就喊他作大刀陈。但他手下几个徒弟尽都是不中用的，只有一个方正，本领却还不错。他这个镖局设了几年，生意倒还好，自从金钩李和忽来子出来之后，一众大商巨贾都改请他们保护，陈遂的镖局就无形地冷淡了。陈遂得知情形，不觉大怒，正要找他俩算账，刚巧黄山有两个大盗，一个姓郑名通，生得满脸漆黑，别号人称穿山甲。一个姓郭名文远，生得满脸通红，别号人称火龙神。两人都是江洋大盗，本领非凡，同陈遂都是八拜之交，只因犯案累累，官府捕拿太紧，因此带领一班弟兄来到黄山，做个根本。

这山生得悬崖直壁，鸟道羊肠，形势非常险要。被他们占住了，把山上布置得井井有条。因为人数太少，这天由郭文远亲自下山来约陈遂入伙。陈遂本来心怀不正，久有图谋不轨之心，只以人手薄弱，根基全无，因此作罢。现在看见郭文远前来邀约，正中下怀。又以镖局生意冷淡，借此收场，只留一二个徒弟在店探听消息，其余的都随他到黄山落草。郑、郭就让他做寨主，设筵庆贺不提。

到了明天，召集全寨的大小头目喽啰兵等，共计也有二千多人，每日里在山上操演步伐，十分威武。所有过往的客商受害的也不知有多少。大家告到官府，屡次派遣官兵剿灭，总是失败，而他们的名气也一天大似一天了。陈遂因为金钩李同忽来子破坏他的镖局，心里十分愤恨，总想报复，常常派人出去打听消息。这天有个头目回报金钩李等在长沙聚会，他听得了，就下山向长沙进发。

欲知后事如何，且听下回分解。

第八回

陈遂大闹武昌城
李忽同赴洞庭约

却说陈遂下了黄山，这天来到武昌。看见一家大门口立了一个女子，真是生得倾城倾国，盖世无双。他看见了，不觉淫兴大发，两眼看着那个女子，一动也不动立在那里。这女子一抬头，看见他那副怪样子，不觉对他一笑，回身进去，便把门关了。陈遂以为她这一笑定是有意思，更是支持不住，就在那家门口四围地看了个仔细，以便晚上前去采花。这是他生平最喜欢的事。

等到上灯的时候，他吃了饭就预备妥当。因为时光太早，又到茶坊戏馆里去逛了一会儿，已是二更天气了。他于是来到那个门口，飞身上屋，向下面细细地观看。只是满屋漆黑，不知哪间房子是那女子住的。正在那里探望的时候，脚底一个不留神，踏了那块有青苔的瓦上，身体向前一蹿，人虽没有跌了下去，瓦却被他踏烂了几块。

就在这个时候，东窗里呼的声射出一支镖来，他连忙一跳，却打在左腿之上，把他恨极了，跳起来嚷道："休要暗箭伤人，有本事的只管出来比试比试。"话还未了，只见一个人飞身上屋，一拳打来，一股白烟直扑过来。陈遂闻得一股异香，不觉骨软筋疲，翻身栽倒。就被这人把他提了下来，四马攒蹄地捆个结实。叫齐了一众家人，点了两盏大灯，预备好了，拿点儿解药把他一闻，陈遂也就清醒过来。

只因捆住了不能动弹，就破口大骂。那人问他姓名，今夜胆敢前来做什么，陈遂笑道："你爷爷行不更名，坐不改姓，黄山大刀陈遂就是我。只因日间看见你家姑娘好看，故此前来采花。不想中你奸计，你好好地放了我就罢了，否则总有一天，要你全家的性命哩。"这人听了也不答话，叫人把他抬了，跟在后面一直往县衙里来。

看书的列位你要晓得，这个捉陈遂的究竟是个什么样的人呢？原来这人就是夏口县的捕快头目，姓张名自强，别号人称夜行鬼。他是了尘和尚的徒弟，学得一身软硬的功夫，本领却也非凡。又练就一双夜眼，哪怕晚上都可以看见十几里路远的东西，一夜工夫能走四五百路程。只是不会剑术，为人却是豪侠尚义。现年五十六岁，老妻业已过世，膝下生有一男一女。男名俊英，女名秀英，都是才貌双全。儿子今已十六岁，女儿十五岁，张自强爱同掌珠。他本是直隶大名府人，因为现任夏口县老爷是他旧东家，因此携带儿女来武昌保护老爷家。住在县前不远，每天散班时回来教导儿女的书字武艺，倒也安闲自在。自从陈遂拒敌官兵之后，上面已有公文到来，不论府县，一体协缉解办。陈遂来到武昌，张自强在街上看见，已经注意于他，暗暗跟随，看他的举动。等到看见他在自己家门口张望，他就明白了，所以晚上回来统通布置好了，只等捉贼。那个闷香是他自己做的，名叫追魂夺魄香，厉害无比，闻了此香，非得他家的解药，必要二十四个时辰，才得醒来的。

闲话少说，且说张自强将陈遂解到县衙，禀过老爷，因为他是大盗，当夜就坐堂审问。陈遂一一招认不讳，随即吩咐钉镣收监，一面申详上报请示不提。

再说郑通、郭文远两人在山见陈遂许久不回，派人前去武昌探听消息，听说陈遂被押，连夜跑回山寨报信。郑通叫郭文远镇守山寨，自己选了二百名精壮喽兵，叫十几个头目，装扮客商模样，分头带领，来到武昌城内，只等炮响动手。郑通带了十几个头目，等到黄昏时候，来到县前，把信炮一点，响震全城。郑通率领一班头目，大喊一声，冲进县衙打开监门，先把陈遂救了出来。

这时二百名喽兵在城内四面放火，呐喊助威。这里陈遂和郑通分头杀进府衙县衙，都是空无一人。他们晓得城里有了准备，只得退了出来，走到街上会集了。郑通说："只要寨主救出来了，我们现在寡不敌众，不如趁早出城回山，下回再来报仇就是了。"陈遂说："你们先出城，我要去杀了张自强一家，才出这口气。"讲完了就飞步朝东向张家去了。郑通只得带了十几个头目，杀出城来。

恰巧张自强带领许多民壮捕快，把这些喽兵乱砍乱杀，一班逃犯跑得慢的，通被他们捉住解来。路上碰见郑通，张自强奋勇当先，直杀过来，郑通急忙抵挡。这十几个头目也和一班捕快对敌起来。郑通虽然猛勇，到底贼人心虚，只想逃路，张自强越杀越有精神，一步紧似一步，郑通只有招架之功并无还手之力，不一会儿城守营的兵丁把这些喽兵杀的杀，捉的捉，可怜二百名喽兵不曾逃得一个。

赖都司听见这边呐喊声响，又赶快带兵追来了。郑通看见情形晓得不妙，呼的一声飞身上屋就想逃走。张自强看见，抖手就是一镖，打在他的肾囊，郑通一痛一慌，脚底一滑，就由屋上滚了下来。张自强赶过来就是一刀，把他的右臂砍了，又一连几刀背，打得动弹不得，然后叫他们捆绑，解进县衙。这十几个头目明知不是敌手，只得放下刀来投降。赖都司把他们十几个头目一个个也都绑进衙门去了。

只有陈遂到了张自强家里，空无人烟，心中十分气恨，在柴房里点了一把火，跟着出来，追赶郑通。迎面来了一个头目，说："寨主爷，大事不好了，所有的弟兄们统统伤亡殆尽。郑寨主也被捉将官里去了，我们还是快点儿逃走，回去再说吧。"陈遂想郑通为来救我，反受牢狱之灾，于心何忍，想要救他，又是孤掌难鸣，只好回去再来设法吧。于是使用夜行术，同那头目飞到城外，然后叫那头目回山去告知郭寨主："千万不可妄动，等我回来商议，至要至要。"陈遂等那头目去了，连夜赶向长沙城来。暂且不表。

再说武昌城的府县当夜坐堂，把郑通和十几个头目捉来审问一番。尽皆招认劫牢反狱不讳，就把郑通打了五百大板，十几个头目一人打了三百大板，打得两腿鲜血直流，行走不动。吩咐钉牢入狱，严加看管，又将伤亡的喽兵分别处理。所有的府县两监的人犯，因为脚镣未曾除掉，逃走不了，通被追捉回来。只有十几个轻罪未上刑具的，却已逃脱无踪。四城虽然放火，却只烧了十几家店铺，随即救灭了。这回总算是张自强事前防范得严密，事后又异常出力地剿捕，虽然逃走了一个陈遂，却捉了一个郑通，没有受重大的损失。府县一面画影图形地捉拿陈遂，嘉奖张自强，一面申文上宪，奏请处分。这么一来，只闹得远近皆知。

金钩李、忽来子在岳州听见了，就派刘馥去武昌探听消息。第二天回来，皆知底蕴。李、忽二人心里很不以陈遂为然。大家正在谈论之际，忽见空中来了一股剑气，李、忽晓得有人暗算，连忙运用剑气来抵住，只见三道剑光，在空中翻腾搅动。金钩李道："看这剑气，好像我们同门中人，这一定是陈遂来同我们作对，不能不仔细一点儿，免得伤了和气，对不起师父。"话未说了，只见陈遂飞了过来。李、忽见了，赶忙同他打招呼。陈遂气愤愤地说道："好，好，你们还要假仁假义做这种模样做什么？我好好的镖局被你们弄坏了，害得我走投无路。今天大家势不两立，拼个你死我活吧。不怕你们人多，就是一齐来，我也不怕的。"李、忽听了不觉十分诧异地说道："你说的话我们完全不懂，这真是冤枉杀人了。"陈遂笑道："不要装痴做聋吧。"随即一道白光冲了过来，李、忽急忙放剑抵住。

这里袁崇厚、许建、印光、刘馥等在一旁都是气愤愤地想要上来助战，却被李、忽喝住。陈遂想道：他们人多势众，我何不如此如此。想罢就虚晃一剑，向西飞跑。李、忽也就收了剑光，不去追赶。恼了许、袁二人，一纵身躯，跟踪追了过去。这时陈遂早已把夺命镖拿在手中，看见袁、许二人紧步追来，心里不觉暗喜，故意慢走几步，等他们走近了，抖手就是两镖，直奔袁、许咽喉而来。袁、许虽然提防着暗算，一时避让不及，把头一偏却都打在肩上。两人还是舍命地追赶。不到一刻的工夫，两人觉得周身肿痛，顿时跌倒在地，人事不知。陈遂回头看见，哈哈大笑道："好小辈，你不识我的厉害，今天叫你尝尝滋味。你这算是替你师父受了灾祸，休要埋怨于我。"讲完了正要蹿过来结果他俩的性命，好在金钩李赶来。陈遂一想：我这毒药镖非得我的解药，明天准死无疑，现在免得我来费手脚，就饶他们一个全尸吧。想完了就借剑光直向黄山去了。

却说金钩李同忽来子看见陈遂诈败逃走，必是用计，也不追赶。看见袁、许二人去追，他喝止不住，唯恐受陈遂的暗算，心里着实有些放心不下，只得远远跟随在后。及至看见他两人倒地，陈遂要下手的时候，实在按捺不住了，赶忙飞了过来救护。看他二人肩受镖伤，面色灰白，四肢青肿，金钩李晓得陈遂的镖是在子午时用毒药水炼成的，打在人的身上，只要见血，没有他的解药那是准死无疑，厉害无比，因此他取个名字叫作子午追魂夺命镖。当下金钩李把他二人抬到家里，叫刘馥好生看守，自己借剑术飞到师父沈离尘那里讨求救济。沈离尘取了一小包百宝丹交给金钩李，要他赶快去搭救袁、许，以免延误。

金钩李叩别师父，拿了灵丹，用剑光回到岳州。用水将药调送两人口内，肩上也敷了药。一会子只听得两人肚里呱呱地响了一阵，吐出许多紫黑色的水来，才算保全了他二人的性命，当下一同跪下向师父谢恩。金钩李又再三地告诫他们，以后千万不可凭血气之勇，自误误人，切记切记。袁许唯唯听命。

正在这个时候，只见石植武走进来向两侠行礼，道："现在山上诸事齐备，方柱弟弟特请我来迎接各位上山去盘桓几日。船只均已预备妥当，幸得今日天气晴和，就请各位下船吧。"金钩李同忽来子本来闲着无事，就带领了袁、许一班徒弟随同石植武来到湖边。正在要上船的当儿，只见一个武生老远地飞奔过来，见了忽来子口称："师父在上，弟子叩见。"忽来子说道："你怎么这个时候才来呢？赶快过来参见师伯，有话等上船再说吧。"那武生走到金钩李面前喊了一声师伯，又见过了袁、许等一众师兄师弟。金钩李问他名字，才晓得他叫王正学。

霎时大家下了船，来到舱里坐定，船也慢慢地开了。忽来子就问王正学一向做些什么："凌霄可曾看见？你这回又打哪里来的呢？"王正学就说道："弟子自从与师父分别之后，想到西南各省去游历一番，顺便考察那边的人情风土、民间疾苦，我便取道汉中前进。一天走到潼关，歇在一家客店，半夜里听见有人哭得很是伤心，我被他吵得一夜未曾合眼。第二天，我叫个伙计去把那人请了出来，等我问问他的情形看。当下由那边走出一个老者，年纪约莫有五十多岁的样子，走来说道：'老汉姓伏名惠卿，现在南乡赵乡绅家里种田。夫妻两口，只生一女，现年十四岁。虽然说不得才貌双全，却也秀慧可爱，老夫妻两人没有儿子，总想招个好女婿进门，做个半子，将来下半世也有可靠。不料今年赵乡绅的儿子下乡收租，被他看见，硬要强纳为妾。老汉夫妻哀求于他，却被他叫人将我夫妻重打一顿，又把我女儿强抢去了。我前天同妻子来到城里，跑到县衙告状，又被差役乱打一回。我妻子气得一病奄奄，又没有钱吃药，恐怕就要死。我想好好的一家人家，被他弄得这样，不觉伤心痛哭，惊动了官人，真该万死，总求你老人家原谅我吧。'说了又大哭起来。我听了十分可怜，便向他问明了赵乡绅的住处。到了晚上，换了夜行衣靠，施展飞檐走壁的功夫，来到赵府。看见有个房门用锁锁住，就走到窗下朝里一看，只见床上有个女子，被人捆绑床上，不能挣扎。于是撬开窗户飞身进去，走到床边，把那女子口里塞的棉花取出，问她姓名，晓得她是伏女，就将她背在肩上，飞上房屋。回到店中，轻轻地去喊伏老头子出来，叫他去认女儿。伏惠卿不觉诧异，来到上房一看，果然是他女儿，父女两人不觉又惊又喜，趴在地下磕头谢恩。我说：'罢了罢了，我这里有十两银子送予你们做路费，你们三人连夜赶快逃走吧，免得明天又要受赵家的苦。'伏惠卿问了我的姓名，千恩万谢地带了妻女逃奔远方去了。

"第二天我正在赶路，碰见凌霄师妹，听说我要到四川去，她欢喜得很，也要同去。我想两人有个伴侣，路上也不寂寞，心里十分高兴。不料那天船走到乌鸦滩的地方，那个船夫进船来说道：'今晚就在此处停泊，明天早晨趁潮水涨的时候，才好过去。不然恐怕船底触礁，那是很危险的。'我们就要他停船。到了晚上二更时候，只听得山上有千万的鸦啼猿叫，草木萧萧，令人不觉毛骨悚然。但是好奇的心一时又忍不住，就走到后舱去喊凌霄同上岸去看看。只见房里空无一人，我非常诧异，走出船舷一看，只见凌霄站在篷顶上，四下张望。我道：'你在此做什么？'她说：'你听见了吗？'我说：'早已听见了，特来约你上岸去看看，你以为如何？'凌霄就同我上岸来到山上，只见千百成群的猿猴在那里跳上跳下，见了人都四散逃得干干净净。我们将要回船，只见潮水陡然涨起来了，这时已有四更时候，那船夫喊我们上船，张起满帆，如飞地向前进发。

"不料刚到得川中叙府，她忽然要回巢湖，看她的幼年姊妹。我便劝她且由云南回来再去，她执意不从。我再要拦时，她便急得要哭了。没奈何，只得依她。哪知到了巢湖时，她的幼年伙伴都因饥荒逃向河南一带就食去了。她便说做事总从近身的起，家门口还不能护卫，说什么行侠救世？便立意要赶办十万银两，赈济饥民，重兴农亩。却是一时难得这许多银两，又急得她抓耳挠腮。我劝她道：'这不是急得来的事，且缓缓筹划吧。'她不相信，直眠思梦想的，弄得忽而笑一阵，忽而愣一阵。我怕她急出病来，便哄她说：'若求真宝贝，须到帝王家。你要遂你的志向，等我同你到北京去一趟，看看机会吧。'她听了喜欢得什么似的，那天夜里便瞒着我走了。还留着个字帖儿，说她爱独成此事。直到去年十月，她到我家中访我，跟寻到此。我便问她赈灾办好了吗，哪知她有志竟成，居然在福王府里取了一串东珠、一件福寿貂和些珍宝，到福建卖给波斯人，得了十多万两，暗地回到巢湖，招聚荒民，将银两借贷出去，使他们重整阡陌，浚水高堤。一年工夫，已是沃野千里，她才将那些借据约帖暗中烧了，只身出游，也没给那些人知道。

"冬月初旬，她说在这里住得腻烦了，要到黄河去走一趟，探探河工内容，再警醒那些狗官，莫只顾肥私，贻害万世。我说黄河河工积弊已深，不如暗中给他个了结，警告后来人。要想去告诫告诫他，使不贪婪害民，恐难做到。她听了就要去。再留她时，她说她要到黄河度岁，还要尝尝金丝鲤的滋味。若再阻她时，她便急得要哭了，我只得由她去了。正想着要到黄河一看，看她怎样弄法，便听得师父和你们来了，因此未去。大概她还在河南一带啦。"

印光听了道："过两日咱俩同去河南寻她可好？"王正学道："那是再好没有了。"忽来子道："到了君山之后，若有多日耽搁，印光便去寻了她来。也趁此见见师伯和同道兄弟，咱们将来做事，也就此议好。分道扬镳，彼此救应，免得和先前一般的散漫，同门还不相识哩。"金钩李道："这凌霄是你在何处收得的弟子啊？"忽来子道："她是淮海人氏，自幼在巢湖住居。父母死后，被她的母舅将她卖与跑解马的做女。是咱们师父遇见那卖艺的折磨她，便将她救将出来。见她资质慧正，要我收作弟子，在潼关学艺七载，今年才得十五岁啦。"

正说之间，只听得船边一声篙响，众人忙看时，原来是一只八桨小筏，靠住船旁边系住。只见一个大汉从小筏上跳过大船来，走到舱口，躬身立住。石植武便喊道："你来了吗？"大汉道："朱爷叫来迎接的。"说着便递上一个红帖给植武。植武便递给金钩李等观看，说道："寨主特差南路头目前来迎接各位大驾。"众人看那帖上写的是"晚生朱恒顿首拜"。众人看过了，金钩李便道："我等特来瞻仰贵寨，寨主何必如此客气，又劳头目远出。"大汉道："敝寨主说本当亲到湖南恭迎众位爷的大驾，只因实在是寨里有些事体，不得分身，特着头目卫定邦前来告罪，并求众位海涵。"金钩李方要答言，石植武已向那大汉道："卫头目你回报朱爷去吧，这里有我们在此服侍，你不必耽搁。你回去说了，好叫朱爷放心。"大汉应了一个是，又向众人告过罪，才退了出去。

不一会儿，听得水手乱打呼哨，石植武便道："快到了，亏得风顺，省了半日工夫。"众人听得一齐向外观看，但见白茫茫烟波浩渺中，隐隐地现着一座雄峻山头，远看去虽是不大，却层峦叠嶂，颇具曲折盘桓之致，端的是好个所在。大家正在欣赏之间，船近滩边，但见树林丛密，赫濯森严。滩边泊着数十号大船，连环贯串，那桅杆刺猬般地排着。从那密缝中望去，见山旁边有一座木栅上竖着一面红旗，旗上绣着"君山镖局"四个大黑字，迎风招展，气象很是威严。船到栅前岸边，方在抛锚紧缆，只听得一声炮响，那栅内走出几百个彪形壮汉，两边排列站着，为首一人遍体青衣，生得剑眉星目，大耳方颐，大踏步地来到船头。石植武便向众人说道："这便是朱寨主，亲自来接众位。"金钩李和忽来子便首先站起，迈步出舱，石植武让过众人，随后也到船头，向朱恒一一通过姓名。朱恒躬身道："大侠不嫌水洼，俯允下降，真是敝寨千万之幸了。"便叫孩子们带马过来。众人谦让了一番，才一齐上岸，扳鞍上马，一抖丝缰，便到栅前。

一霎间，鼓角齐鸣，接着又是轰隆一声大炮，栅边几百壮汉暴雷般一声大喏。两旁伏下，栅门左右两旁又闪出二十骑马来，马上坐着的都是青靴皂衣的壮仆，迎着金钩李等一齐声喏，拨转马头，泼啦啦向前引导。一行人跟着鞍辔行来，一时到得寨外。石植武便一磕镫，迈到前面，口中呼哨一声，将马勒住。二十骑马便雁翅般地两边排列，让过众人。这当儿寨门大开，门前立着十数个蓝衣仆役，垂手站着，鸦雀无声。石植武早跳下马，紧走几步，引导着众人扳鞍下马，仆役走过接过马匹。朱恒望着众壮汉仆役等将头一摆，便都顺序退下。

朱恒这才让众人进了寨门，由二门向东走了多时，方到一所院落，但见屏开龟甲，帘卷虾须，铺饰得十分齐整。朱恒让众人坐定，献过了茶，便说道："俺朱恒读书不成，学武不就，因念山河腥膻，想仗老天给俺的一腔热血，跟随天下英雄共杀胡儿。怎奈中原无主已久，百姓只知苟安，莽莽大地竟甘心送却，不想取还。俺孤掌难鸣，只得暂借这水中一点儿土等待机缘。去年承方四弟念在幼年同学，来此帮着，部署撑起水路镖局的旗儿，免却那官府来寻烦恼，保得这尺寸青山不完贼税，也算稍吐一口恶气。只是往来豪杰常因待遇不周，毁我声名，今日天幸石二弟请得诸位大侠光临，千万多住几时，看看俺朱恒可是那鸡鸣狗盗之辈。"说罢不觉渐渐低下头来，喉间哽咽，几乎不能成声。

金钩李掀须答道："朱寨主，你不必感慨，老天有眼，总不辜负你的苦心，江湖上你谈我说之言，更是不足计较。我辈只求自问不愧天地鬼神，这些人原不配知道你我的事，你我意气相投，相逢不易，且作十日快饮如何？"忽来子道："寨主怀抱，我一见便知，大家都是伤心人，也无须剖白，天下尚且颠倒，何况你我一身啦。"石植武道："诸位到此已久，尚没用饭，不如席间再叙吧。"朱恒才抬起头来道："贤弟便叫孩子们摆来吧。"

石植武起身叫仆役抬上酒席，东西摆好，朱恒站起来，依次安坐就席。酒过三巡，只见一个壮汉走来，向石植武耳边说了数语，植武也和他附耳低言了几句，朱恒便问道："什么事？我们英雄相聚，有何忌避？何必如此，有话便说吧。"植武道："没什么大事，是南路头目卫安邦拿着了一班广东来的官眷，还夹着附船的两个客人，来问怎么办法。我回他说现在有客，要他且将人押过，候晚上问清了再办。"朱恒道："这里没外人，就押上来吧，等什么晚上。"那壮汉答应一声去了。

不一会儿，便押着一群男女来到筵前，朱恒便盘问他们的底细。

那干人都叩头求饶，只见数内一人望着席上叫道："那不是许二爷和袁大爷吗，求你老救救我父子呀！"袁崇厚和许建听得，吃了一惊，闪目看时，却原来是仇芝田。忙问道："你怎到此地？"朱恒见是袁许二人的熟识，便连忙叫放了绑缚，问道："这些人都是你的同伴吗？"芝田指着一个老者道："我只和我父亲两人，由番禺附他们伴同行的。"袁许二人便请朱恒将芝田的父亲也放了，才问芝田道："你本来认识这些同行的人吗？"芝田道："不认识，是动身时才相识的。"朱恒叫他父子坐下，许建将前事说明，才问他别后的事。

芝田道："我寻着了父亲回来，因听得梅关有强人掳人出海，故此走湖广返乡。由衡州搭船，今早过湖，忽然船底穿了一个窟窿，沉了下去，便在水中被捆到这里来了。"朱恒笑道："这是孩子们不知道，多有得罪了。"芝田父子这才和众人一一见过，朱恒因闻他是个寻亲的孝子，便让他父子在小师弟刘馥肩下坐了，又叫将刚才拿到的这班奴才照旧扔了他。芝田的父亲不懂，便悄悄地问芝田可知怎叫扔了他。石植武坐得和他相近，听得了，便笑答道："我们这里，专和这班贼官蠹吏作对，探听了有剥民害民的官府过湖时，便叫孩子们来系块石头，扔在湖心里，这就叫扔了。"芝田父子听了，不觉毛骨悚然。一时酒罢，朱恒已在后面花园里收拾一所大院落，安置众人住下。

次日，仇家父子告辞。朱恒知他父子行李萧条，便送了两条蒜金压惊，并且派船送到汉口。仇家父子起程后，朱恒便邀金钩李等到山前山后去游玩。一行人步行出了寨，先向山后行来，却是一路碎石砌成的道路。走不百步，那路更加宽阔，两旁便有些居民房屋，都是参差不齐。有在树林里的，有在路边上的，门前多半晒着渔网。屋里的人，望见他们都走出来观看。众人随路走到一条长街，只见两旁列着二三十家店铺，也有一家酒楼，看去倒也整齐兴旺。行到街尽头，见一片敞地里有许多壮汉在那里较武。众人近前观看，却是石植武在那里指拨，望见众人来到，便走到跟前迎接。忽来子道：

"你有事不必客气吧。"植武答道:"没什么事,不过得闲教孩子们练着玩玩罢了。"忽来子等随即又往各处赏玩了一会儿,回到聚义厅上。忽来子想起了凌霄,放心不下,就叫方柱往河南去探听下落。方柱唯唯受命,第二天就收拾行囊辞别众位。下船过湖,来到对岸,起身向河南进发。

这天来到开封城外,天色已晚,不能进城,就在一个乡村人家借宿了一宵。天明起来,梳洗过了即走进城来。到处闲逛了一会儿,依然毫无凌霄的踪迹,看看天色将晚,只得走出城来,仍旧在那个乡村人家住宿。一连几天都是如此,摸不着一点儿头脑,心里十分焦躁。

这天想起了王正学说凌霄因为黄河河工积弊太深,她要去警诫警诫他们的话,他想:我不如晚上到河院去候她。打定主意,到了初更将近,他就施展功夫,来到河院,在屋上四面留神细探,一点儿影子也没有。一连去了三天,不觉心灰意懒起来。到了第四天,他正在屋上探望,却见一条黑影打里面飞了出来,一直朝西出城去了。方柱看了有点儿疑心,跟着施展功夫,追了下来。远远看见前面的黑影落在一间屋就不见了,方柱飞到临近一看,却原来是座土地庙。他想这个黑影一定落在里面,他就在屋上打了一个暗号,只见那条黑影飞奔上来,也打了个暗号,彼此知道都是同道中人,都飞过来见礼。方柱看见是个英俊少年,有点儿惊异,就拱手道:"请问贵姓大名,尊师上下怎么称呼?"只见那少年不觉扑哧一声笑了起来,弄得方柱越发不懂。那少年开口道:"方师兄,你几时来的呀?师父可好吗?"方柱听了声音,才晓得就是凌霄师妹,随即说道:"我们有话下去说吧。"两人来到土地神前坐下,方柱道:"师妹你几时改的装呀,连我都看不出来。"凌霄道:"提起此事,说来很长,等我慢慢地告诉你。"

欲知后事如何,且听下回分解。

第九回

凌霄侠女扮男装
花明贼恩将仇报

　　却说凌霄和方柱在土地庙见面，方柱见她女扮男装，很为诧异。凌霄就对他说道："我从北京回来，觉得一个女孩子家单身行走，惹人注目，因此到了赣州就买了一身文生衣帽，连夜改扮起来，人家却也不知我的底细。那天听说城外黄家墟趁墟的日子，非常热闹，我好在没事，也就去看看。到了那里，只见人山人海，生意十分兴旺，看了一会儿，觉得肚里有点儿饥饿，信步走到杏林春馆子里吃了点儿饭。刚刚走出门口，看见十几个人，抓了一个三十多岁的男子，横拖倒扯地向东去了，后面有个五官不正的公子，笑嘻嘻地跟着一路去了。我看见心里有点儿奇怪，就问掌柜的是怎么一回事。这掌柜的说道：'这公子是本镇有名的张百万的儿子，倚仗钱多势大，常常带领一班打手抢劫良家妇女，鱼肉小民，无恶不作。他又结交官府，横行乡里，害得一众百姓叫苦连天，无从申诉，因此大家送他一个别号，叫作张老虎。刚才被他抓去的那个人，姓盛名时瑞，也是书香世第，人极忠厚，就住在前街朝南八字墙内。他有个妹妹，生得花容月貌，才学兼全。张老虎几次三番托人做媒，他都不肯，因此怀恨在心。今天想必还是为的这事，只可怜盛官人又要受无妄之灾了。'我当时听了不觉无名火起，马上跟着他们追赶。远远地看见他们进了一间大门，我就认明路径，到晚上墟场散了就落

58

在一家客店里打尖，等到初更过后，扎缚停当，飞进张百万家里，看见张老虎还抱住两个女子在厅上吃酒行乐。我想不如先救了盛时瑞再来杀他不迟，但是盛时瑞不知被他们藏在何处。正要下去探访，只见迎面来了两个更夫，一路敲了过来，我走上去一拳一个，把他们打倒在地，就把他们的衣裳撕了一块塞在打锣的嘴里，又拿一根绳子，把他捆在树上，然后抓住这个打更的，问他：'今天捉来的那个人在哪里，你快快说明了就饶你，否则要你的命。'打更的吓得要死，说：'在后面马棚里吊着，我是不扯谎，求大王放了我吧。'我听了说道'暂且委屈你几时'，也把他同那个打锣的捆在一起。这才赶到马棚一看，果见盛时瑞高吊在那里，我就上前替他解放绳索，把他背了，飞身出来，送到他的家里。盛时瑞说不尽的千恩万谢，又恳求我收他做个徒弟，教他武艺，免得受人欺负，我只好答应了他。当时就点了香烛，拜我为师。这时我本想回头去杀了张老虎，替众人除害，但是怕连累了盛时瑞，只好缓一步再说。我就住在盛家，一来教他武艺，二来使张老虎不敢再来欺侮他。就是这样耽搁了多时，只因生性好动，常常爱出去闲逛闲逛，有许多人背后唧唧哝哝的，都指我是个龙阳君，对着我挤眉弄眼的，说不出那种的丑态。被我惩治了几个，他们才稍稍敛迹。回想从前未改装的时候，也是招蜂引蝶，争先逐后地来围绕着我，改了装之后，他们又说我是什么龙阳君，真使人总是怄气的。"

方柱笑道："总怪师妹长得太标致了，所以不管你是男装女装，总有人争宠于你。像我要想做个龙阳君，却还求之不可得呢。"凌霄把眼睛一鼓道："你不要来取笑我了，我问你怎么知道我在这里呢？师父师伯他们又在哪里呢？"方柱道："师父师伯同各位师兄现今都在洞庭君山聚会，只因王师兄讲起师妹的行踪，师父挂念着你，有点儿放心不下，因此要我到河南来寻你。我寻了几天，今晚才得遇见，真是万千之喜。你这里还有什么未了的事情没有，如果有哩就赶快地办，没有哩我们趁早去君山，免得众人的盼望。师妹你看好不好哩?"凌霄听了非常欢喜地说道:"这里也没有什么事,我们就明天一早动身吧。"

讲讲不觉已经天色微明,他们也就不睡了,起来扎缚停当,就向大路赶路前进。这天来到襄阳,在一个店铺里打尖。凌霄是个天真烂漫生性好玩的,这天吃了午饭,就跑到街上去走走。看见一个落魄的男子,在那边旷地上卖武讨钱,看的人围了一大圈,凌霄挤进当中一看,见他十分可怜,就打身上褡包里捡了一锭小银子,递给那个人道:"我这点点薄意送你吃杯酒吧,天色已不早了,你也不如早点儿收场休息,再练几趟也是没用的。"讲了这番话,她掉转身躯也就走了。一直回到客店,和方柱闲谈了一会儿,就早点儿安睡,以便明日早起赶路。

这且不表,再说那个卖武的原来却是花明,现在弄得无家可归,白天借卖武敛钱,晚上靠做贼度日。先前凌霄解囊助他银两之时,花明一双贼眼就盯住了她这个银包,他听了凌霄的话,一面收了场子,却暗暗地跟随凌霄,认明她的住处,以便晚上下手。等到二更以后,花明就将凌霄住房的西墙掘了一个大洞,先拿一个木头人进来试探,这是他们做贼的规矩。哪里晓得凌霄被床上的臭虫咬得一晚不曾合眼,起先听得墙角根响,她就晓得不对,却故意睡在床上,不动声色地看个究竟。等一下看见掘了一个大洞了,她还是不响,又一会子,看见撞进来一个木头人,她仍旧不声不响地候着。花明听见里面一无声息,他以为人都睡死了,今晚一定会发个小财,不觉兴高采烈地爬了进来,拿了一个火种,四面一照,壁上空无所有,料想银包衣服必在床上,于是轻轻地一步一步移到床门口来。将要掀帐子的时候,却被凌霄提起一脚,出其不意把花明踢到房门口,一跤跌到地上。凌霄跟着蹿了过来,好像鹰抓燕雀一般,把他提了起来,开了房门大喊捉贼。却早惊醒了方柱,和一班人客伙计统通走出来观看。凌霄当众讲起白天见他可怜,周济他的银两,不想他狼心狗肺见财起意,晚上还来偷她,真正可恶之极。一面讲一面将花明乱打一顿。凌霄是个有武艺的，花明如何经得起她的拳头，只打得他杀猪般地叫喊，哀求饶命。方柱见他可怜，也就过来讨情，凌霄才把他放了，只吓得花明抱头鼠窜逃去了。方柱同凌霄就收拾行装，向岳州而来。

一路看不尽的天然风景，胸襟顿觉畅快了许多。在路有话即长，无话即短。这天来到岳州洞庭湖，恰好遇着石植武在那里巡哨。就握了方柱的手道："四弟，你们会剑术的真个快啦。"方柱笑道："千里迢迢，怎比在近飞来飞去的便当，况且不是紧要关头，也不好使用剑术。"植武笑道："这个我就不知道了，二位辛苦了，船上歇息吧，众位大侠都在山中盼望啦。"二人便随植武来到湖岸，上了一只双桡大船。大家叙谈，又说明凌霄改装的事，不知不觉已到君山。

欲知后事如何，且听下回分解。

第十回

君山寨朱恒宴客
岳州城方柱求计

　　且说金钩李和忽来子等住在君山寨里，暇时便教习骑射，谈话技击，和朱恒十分相投。那日，正和朱恒等在新立的箭厅上看寨众演习袖箭，忽见寨里壮汉来报说："石爷接着了方爷和印师父，还有一位公子同来寨里了。"忽来子想道，难道没寻着凌霄吗，却又同来了什么人啦？便道："就这里见吧。"壮汉应了去。

　　不多时，只见箭厅前面有四个人直走过来。打头的是印光，随后便是方柱和一个鲜衣华服的少年，石植武跟在后面。来到厅上，那少年便奔忽来子跪下，叩头起来，叫声"师父，弟子来了"。忽来子定睛一看道："凌霄你怎这样的打扮啦？快过来见过师伯。"凌霄便拜过金钩李，又和袁崇厚、许建、刘馥见过礼，回身和朱恒拖地一揖。金钩李看了笑道："看来倒是个温文儒雅的哥儿，怪不得说是有位公子同来啦。"凌霄道："师伯，你老人家不知道做女孩子多么憋气啦。"忽来子也笑道："你这只是淘气罢了，还憋什么气啦？"朱恒听得也不觉笑了。石植武道："我在岳州又遇着卫定邦，他说长沙知县李仲威问了斩了，也还算鞑子们有些法度呢。"朱恒道："什么法度不法度，反正那法度也不过是几人弄出来给官府磨百姓的东西罢了。俺们只要除害，管什么法啦。今日凌女侠到此，真是俺们

62

的盛会。你只去吩咐寨里，备酒庆贺，众位团聚，我即刻便同众位回寨里来。"植武应着下厅去了。

这里师徒们略叙别后的事，朱恒便邀请来到寨里。只见酒宴已经摆在外面大厅，朱恒便让众人入座，自己和植武在下首相陪。酒过一巡，方柱便说起凌霄在柳树村夜缚小偷的事，引得众人大笑。正在欢聚，忽见北路头目吴春林来报道，外面有一姓王的，说是特来拜访金钩侠和千里侠的，头目已驾船渡到栅前了。金钩李道："是个什么样人。"吴春林道："说话叽里呱啦的，像个广东人，生得高个儿，大颧骨。"金钩李略一凝想，便道："就烦头目引他进来吧。"吴春林答应去了。忽来子道："这个是什么人来寻我啦？"金钩李道："我想着那形状，怕是海里龙王雷，只是怎的又寻你啦。"许建嚷道："若是王雷到来，我们便拼了他。"金钩李道："你等休要乱动，只看我眼色行事便了。"

众人应着，只见吴春林已引着一个人来到大厅，那人抱拳向上道："朱寨主请了，俺王雷特来拜访两位大侠，不知可在贵寨吗？"金钩李站起，离席道："我便是李准南，那边便是我师弟忽来子，你寻我俩做什么？若是有何话说，不妨请讲；若是有何举动，我们便过湖恭候，不要在此惊扰别人，如何？"王雷笑道："你仗人多吗？须知俺来者不怕，怕者不来。今日我且问你，佛山刘权与你何仇，你杀死他一家九口？"金钩李哈哈笑道："原来为此，只因我年前六月，在淮北闲游遇见一个官府，带着个小厮，就是我现在的第三小徒刘馥，经过淮城。我见这刘馥眉呈英彩，眼现星光，知是个剑侠之材，便将银把他赎了。细问情由，才知道本是大商刘槐的儿子，只因叔父刘权欺他父死年幼，逼奸他母亲不从，将他母打死，又占他产业，说他是私生螟蛉，不是刘氏子孙，将他赶出家门，流落至此。我一访问，知道刘权还在佛山，便去将他全家杀了，以警诫世上灭伦吞产的禽兽，所杀的是助恶奴才、不贤妻子，并没冤杀。这

63

事与足下何干，远劳下问？"王雷听了，又问道："那么善化县呢？"金钩李道："足下问的是那个善化县王霖吗？"王雷道："不是他是谁？"金钩李道："那你只问他所作所为，看我是为公为私。"王雷道："我和鞑子作对，要他取些银钱来整顿兵马，要你为什么公？江湖上称你是个大侠，原来你却是那鞑子的走狗，和先前云中燕等一流的东西。"金钩李答道："如此足下更误会我意了。我说的为公，是为百姓，不是说那皇帝家里的公，我等做事只要救多人，便不惜杀一二人，更不愿惊动世俗。江湖上称我为大侠也好，叫我作牛马也好，我全不管，我只抱定我的救世婆心干去便了。"王雷道："那么为什么千里侠的弟子又辱我从人，传言要我们敛迹，不要撞在你们手里。难道江湖上只许你们师徒横行吗？"忽来子站起来答道："我的弟子全都在此，足下且看是谁？"王雷道："我不认识，是我到河南淮北寻你等，路遇我的族弟王霖的从人花明，说被你的弟子凌姑娘打了一顿，传言不许我辈在江湖上行事，我才得知踪迹，上这里来的。难道你能推说不知道吗？"忽来子听了答道："是此事嘛，足下休听一面之词。"便将凌霄缚贼的事说了一遍，又道："足下再细问花明便知道我言不虚了。"王雷怔了一怔道："我要赤手挽回这乾坤，前言不说了，以后你们莫阻滞我的事如何？"

朱恒听得言语渐和，便起身道："王寨主千里远来，何不坐下薄酒一叙。大家都是江湖上人，何必为些小事失和啦。"王雷方要答言，只听得金钩李和忽来子一齐说道："只要足下和足下的手下人不害百姓，不残良善，我们便不管。若不能时，我们为'侠义'两字，只好得罪足下了。"王雷道："我不筹饷何以兴兵？你这分明是和我作对了。老实说，就是你们几个人，大概禁不了我'劫取'两字，我取百姓的与你们何干？"忽来子道："你何妨分开来，只取官家的，不取百姓的呢？天下无主的钱多得很，足下何不去取呢？"王雷道："我要各省布人做内应，就不能专干那绿林营生，一时缺饷就不能不

64

随便劫取。为天下哪管得许多？你们既然要作对，明年今日，我在琼岛候着你们，拼个你死我活。我胜就我行我是，你胜我就跳海一死，以免你们照着我。你们敢来吗？"两侠和众弟子听得，一齐答道："失约就是匹夫。"王雷笑道："好好，我去了。"说着向上将手一拱，拔出背上的宝剑一晃，朱恒等只觉光华耀目，便不见王雷的踪影了。

朱恒道："听此人所言，也非盗贼之流，诸位何妨使他得成所志？"忽来子叹道："我辈岂不知复国救民要紧？怎奈虏势方盛，若动干戈，徒然苦了百姓，事体未必得济。所以才做江湖游侠，铲除凶暴，保救善良百姓，也是我辈一点儿苦心。这王雷是了尘和尚的大弟子，与我辈本是同道中人，只因他拿错了主意，以为剿灭鞑子，便是救民，要灭鞑子就不能不筹钱练兵，一时钱不济用，便随便乱取，并且招氓纳匪，以致良莠不齐，因此不但没有救得百姓，反倒害了百姓。我等原要劝他向正路上做去，不料他一意孤行，就此一走，只得且候明年再细劝他了。"朱恒叹道："说来原是不易，只是英雄难得，明年比赛时，总望剑下留情，替天下保全这一个血性男子。"金钩李道："我们并无杀他之心，不过想导他成功，不要他误入歧途罢了。"朱恒道："如此方见大侠怜才扶植之心，俺朱恒只有拜服而已。"便叫："且添酒来，我敬众位一杯。"

说毕，斟了一巡酒，大家饮毕，印光说道："那河院的密件，都给师妹取了来，我看不如再将他杀了，他有这些罪案，大约也不冤枉。"忽来子道："我等做事，虽要光明磊落，只是太露了，便近于好名，我看不如如此如此，也正了他的罪，也断了以后的弊，我们也不露形迹。"说着望了金钩李道："师兄，你以为何如？"金钩李道："就此甚好，只看你们哪几个人去。"话刚说完，只见崇厚、印光等六人齐声应道愿去，忽来子道："你等休忙，且听我说，现在河院的密件既在凌霄手里，那第一件事，自然是她去了，况且她素来

65

灵敏，大概误不了事。"凌霄听得大喜道："我去我去，管保做到。"
忽来子又道："路上的事，最好是印光去，因为是个僧人，不招人疑
惑。"印光也应道："我去准干好，用不着人帮忙。"忽来子又道：
"河南一地的事太杂，地面太广，须得烦琪生、运葵同走遭吧。"袁
崇厚和许建听了，连忙答应了。

　　分派才了，只见刘馥站起来，望着金钩李和忽来子道："师父师
叔，我呢？"金钩李道："你没事且同我回海州去。"刘馥道："我跟
着师父五六年，从未出马做事，这回总该让我试试，才不辜负师父
教我的恩德。"金钩李道："你定要去，你便和他们送信去，不要多
事误事。"刘馥答应了。方柱道："这事据弟子看来，只要我们伴中
任便去一个，便都干得了，何必去许多人呢？"金钩李道："不过是
去的人多了结得快当些，好准备明年到琼岛的事。现在石寨主要同
我离此学剑，你就在此帮朱寨主料理些事。我们无论在哪里，每隔
半年各人递一个信来给你，有事只到这里问讯，岂不是声气相闻
吗？"朱恒道："众位不弃俺，总望常来聚聚，如今只恨俺无缘，摆
不开身子去从师学剑。还望众位在此畅聚几天，再行起程，一则也
表俺一点儿心，二则众位不易团聚，就此叙阔，不知众位可能应
允？"众人听说，齐声应了。朱恒大喜，便叫准备祭礼神福，给石植
武拜师，祭神盟誓发愿，随即重新拜见同门，从此刘馥也做了师
兄了。

　　次日，寨中大摆筵宴，庆贺石植武。接连又叙了三天，方才设
宴饯行。朱恒又恐众人路上没钱使用，取出二千两银子，每人致送
二百，多的给石植武带着应用，众人推却不脱，只得受了。这时已
是夏天，炎光逼人，大地如火，众人便要趁晚凉过湖起程。朱恒挽
留不住，只得叫头目备好一艘大船，自己和方柱相送众人过湖。船
舱中又摆设酒果，大家坐谈。

　　朱恒向石植武道："贤弟，你我相处十年，情同骨肉，你此去三

年五载，学成时千万来俺这里叙叙。"说毕，扑簌簌泪下如雨。植武也不觉伤感道："大哥放心，寨里有方师弟在此，万无一失。我去此多则一年，少则半载，定同师父来寨里看你。"朱恒回头对头目道："将我带来的东西取来。"头目应声取出八个小包裹，放在桌上，朱恒站起道："俺见诸位夏衣未备，这是俺叫俺妻子照诸位平常脱下洗涤的衣服样式裁剪的，诸位带着胡乱穿着，也是俺一点儿敬意。每包是单衣两套，长衫一件，鞋袜各两件，并有一包君山上产茶叶，诸位路上将来泡喝，总比村店的茶稍微好些。这包裹上都注明了诸位的大号，便请收过。只石贤弟包内多把倭刀，这是贤弟素来所爱，俺便将来奉赠，做个纪念。凌女侠的包裹里多一包果子，是因为女侠爱君山树果，俺叫妻子亲手摘来的。现在船将靠岸，俺朱恒不能远送了，诸位千万保重，明年入广，务必再来寨里团聚数日。"众人听了道："朱寨主如此费心，叫我们何以为情？船将泊岸，不敢再劳远送了。我们入广，总同植武来望寨主。寨主放心，我们半年一信，还要烦劳寨主哩。"

正说着，船到南岸，水手已将缆系好，众人别过朱恒，取了包裹上岸。朱恒站在船头，望见众人走远了，方开船回去，方柱却随着众人来到袁崇厚家中歇息一夜。

次日清晨，大家收拾起行，方柱向忽来子道："弟子在此与朱寨主守山，师父可有什么教训呢？"忽来子道："静以待时，诚以接物，谨守此言，终身不败。"方柱道："弟子谨当遵训。只是官兵若来，如何？"忽来子道："君山本渔户之地，官兵来时，不对敌他也不能如何。这山四面环水，他粮运不便，且怕你们突起与他为难时，没得退路，断不久留的。况且现在官府粉饰太平，更不能为这君山来费钱练水师，你又何必远虑呢？"方柱又问道："若青草湖的人来作对，或者另有人来搅扰又怎样？"忽来子道："审时度势，可战则战，不可战则取和为是。"方柱听了起身拜道："师父之言可保君山长存百世，弟子奉朱寨主之命，特为求计，只此可以回复朱寨主了。"金钩李叹道：

"朱寨主真是个善培根本的英雄，怎奈众醉独醒，挽回不易。只看他志坚金石，天可怜助他成功，洗尽这河山，救出这黎庶，方不负他这点儿丹忱。我们也要尽力之所能，帮他一把才好。"说罢对方柱道："你以此言上复朱寨主，若有事时，到海州寻我便了。"方柱答应了，回身拜别师父师伯和众同门，方才一同出门，分途而去。

欲知后事如何，且听下回分解。

第十一回

遭强梁鸦儿陷身
诛凶暴凌霄飞剑

却说金钩李等一行人离了岳州，也不乘船，也不雇牲口车辆，只沿江岸向北迤逦行来。一路上只见禾浪迎风，江波接日，虽然赤帝当空，一行人谈谈讲讲，倒也不觉奇热。

一日，来到汉口，寻了下处，叫店小二将君山带来的茶叶泡了一壶，师徒来到后院瓜棚下乘凉闲话。石植武道："师姐进京，还是走武胜关起旱去，还是走运河乘船去哩？"凌霄道："谁耐烦憋许久的船舱，还是由旱路去爽快得多。"忽来子道："原是要快当些，才要这许多人去干，怎好乘船哩，倒是你和你师父不妨由这里乘下水船到海州，我也可以同路到湖州家里去望望。"袁崇厚道："那么俺们不是要在这里分路吗？"金钩李道："就此分道最好，就是你们也可分作几路走，免得人多碍眼，事了之后，腊底春初，在岳州会齐入广便了。"凌霄听了道："袁许二位师兄，你二人到河南时，我有个弟子在那里，我写个字帖儿，你俩去寻他好吗？"崇厚道："君有熟人，可以探访，那是再好没有了，何况是你的弟子哩。"

凌霄便起身向店柜上要了一套笔砚和纸，便去写字帖儿。一会儿写好，店家已将饭摆上，众人便坐下吃饭。凌霄将字帖儿交给袁崇厚收了，许建便没去细瞧。饭后一宵无事。次日，袁崇厚等送过两位师父和石植武上了船，回来这才商量分途起行的事。

刘馥便要同凌霄进京去看看，崇厚阻他不住，只得由他。又过了一日，凌霄便和刘馥先起行。向南北大路行来，两人在路上商量，只作亲弟兄称呼，以避旁人的耳目。两人一日来到朱仙镇，刘馥便先往客店走来，掌柜的瞧见便嚷道："少爷住店，这里来，俺们店又清净，吃的又整治得好，还留着三间上房等着啦。"刘馥便进店道："上房嘛，我来看看。"店小二便连忙引着刘馥来到一个一明两暗的上房里，口里便嚷道："来一壶香茶。"刘馥心里想道：他将我当作公子哥啦。方待开言，凌霄已走进来道："就住下吧，不必再拣了。"小二听了，走过来道："少年还有伴儿吗？"刘馥道："就我弟兄俩，你先弄些吃的来吧。"小二方要走，凌霄叫住他道："我问你，你店里可有厕屋？"小二道："就在后面院里。"

　　凌霄便向后院走来，只见两个小媳妇，方蹲在那敞地里撒尿，看见凌霄来了，提着裤跑了进去。凌霄暗暗好笑道：你避我吗？怎知我和你是一样的女孩子呢。想着便四围一看，只见转圈都是矮墙，恐怕被人瞧出破绽，不稳便，仍然回身进来。到了房里，便叫刘馥道："兄弟，你出去走走好吗？"刘馥不知何故，只得含糊着走将出来。凌霄这才回身到里间，关上门，去炕角落里溲解了。

　　整顿了衣裳，才开门走到外间，要去净手，只见房里坐着个油头粉面的女人。看见她出来，连忙近前迎着道："你辛苦了，怎这早晚才到啦。"凌霄怔了一怔道："我没认识你呀。"那女人道："我便是柴火巷的小红儿，你忘了吗？"凌霄道："我不知道，我从前没到过此地，你大概是认差了人。"那女人嘻着脸道："你没到过此地，这不是到了嘛。"说着便拿着帕子给凌霄掸灰。凌霄便叫掌柜的快来，掌柜的听得，忙走来道："你老啥事？"凌霄怒道："你们店里怎么这样不规矩，我没在房里，你怎么让这些混账女人到我房里来，倘或丢了东西问谁啦？"掌柜的道："不相干，她们不敢的，你老怕烦，我给你老吆喝出去。"说着便向那个女人道："不睁着眼就串门子，少爷可是要你的？快给我走吧。"那女人翻着眼道："去就去咧，多么奇怪哟，你们店里不指我，我就能来吗？"掌柜的喝道："混七八糟说些什么，夹着你妈的走吧。"那女人才扭扭捏捏一路咕叽着走了，掌柜的跟着出去。

　　凌霄才关上外间房门，只听得刘馥叫道："哥，快开门，气死我了。"凌霄忙开门问道："什么事？"刘馥进房，把手中攥的长衫朝炕上一丢道："真是无法无天，叫人把肚皮都气破了。"凌霄道："到底是什么事，你怎不说个明白呢。"刘馥揩了一把汗，取过一把扇子扇着说道："我方才出去，想到大街上买些吃的，怎知走到一家首饰店门口，看见几个大汉簇拥着一个老头子如飞地走过，后面跟着许多闲人瞧看，我不知是什么事，便去问那首饰店掌柜的。掌柜的说那老头子是路过此处的，住在前面店里，有一个老婆子还有一个儿子一个女儿，只因昨日清早，那女儿忽然不见了，老头子急得四处去寻，没寻着。今天早上又出来寻找，看见一家门前有他女儿戴的一朵花掉在地上，他便去那门里问讯，谁知那个门里便是坐山虎相勤的家里。这姓相的是一个有名的人贩子，家里来往的尽是江湖上的皮行。我问他皮行是什么，他道就是拐骗人口的人。这老头子去问时，给他们一顿威吓了出来。刚才又来了七八个人到店里，说老头子打伤了他家里的人，要同去见协台。这里的协台平素得了他们不少的钱财，大概是他们又和协台说好了，要给这老头子些苦吃，撺他离开此地罢了。我听了这话，直气得七孔生烟，你看这南北通衢的朱仙镇，竟会生出这种事来，还了得吗？"凌霄道："你可曾问了那姓相的门庭住址吗？"刘馥道："这个我倒没问，大概只在左近吧。"凌霄便走出去问了问掌柜的，进来说道："兄弟，你休气苦，我已问明了。那姓相的就住在这后街，我们等会儿去救出那女子和老头儿便了。"刘馥也不作声，饭也懒吃，跳上炕去睡了。

　　到了二更过后，凌霄唤起他来，扎抹过了，出了房。一伏身纵上屋面，由后屋檐跃过对街，走不几家，早见一所高大的房屋现在眼前。二人嗖地跳了上去，静静一听，院里还有人纳凉说话，便将身伏在屋脊，候了有半个更次，见没什么动静，才慢慢地来到后面。方要跳下，只听得西角上人声嘈杂，二人便奔西偏屋顶，只见有三个人在那当地天井中吃瓜，正在你争我夺地玩耍，走廊柱上却绑着个人。刘馥定睛一看，正是日间看见的那个老头儿。不觉怒从心上起，恶向胆边生，抬手照着那个捧着半个瓜的汉子就是一袖箭打去。只听得吱的一声，那人扑地便倒。这两个看见笑道："抢多了怎胀得躺下啦。"刚要去扶，只听得又是吱的一声，后面的一个人又躺下了。凌霄见刘馥已射死两个，怕这个知觉跑去报信，来多了人碍手，便乘这人回头时，飞下天井，夹脖子叉住，一亮剑，轻轻喝道："不许嚷！"那人吃拿住了，挣扎不得，只得哀求道："爷爷，不干我事，你饶了我吧。"刘馥翻身跳下道："哥，这些东西饶不得。"凌霄道："你且救那老头儿去，我有话问他。"刘馥便放出宝剑，走到廊边，割断绳索，夹着那老头儿飞身上屋去了。

这里凌霄将那人提起，走过廊边拾起割断的绳索将他寒鸭凫水般捆了，又去关了向外面的门，才大马金刀地坐在走廊栏上，瞪着那人问道："你且说为什么将这老头儿捆在这里？"那人道："我们大爷叫捆在这里的。"凌霄道："你大爷是谁？前夜在镇东大街店里弄来的那个女子关在哪里？是怎样弄来的？你照实说了，我便饶你。若瞒了半个字，你便仔细你的脑袋。"那人道："我们大爷姓相，那女子是我们大爷那日打街上过，看见那女子生得不错，便叫小黑猿儿用迷药盗来的。照规矩要陪我们大爷睡三夜才走的，因为这老头儿知道了，没来得及，昨夜就装走了。"凌霄道："怎样个装法，装到哪里去了？"那人道："还是用上迷药，将口袋盛着送到南方去了。"凌霄又问："你们这里共计卖了多少女子？"那人道："没计数儿，大概不在少数了。"凌霄方要再盘问时，只听得门外喊道："大花儿，快开门，大爷要人啦，难道都挺了尸吗？"接着便打得门一片声响。凌霄忙站起，照那人咽喉一剑刺死，闪身站在门后轻轻地拔了门闩。

那门猛地一开，扑进一个人来，凌霄便照脖子一剑，将脑袋砍得西瓜般滚了。后面一个小子提着个灯笼，看见前面的人忽然没了脑袋，只吓得目瞪口呆，动弹不得。凌霄便跳出门去，唰地一剑也砍死了。便吹灭里面的灯，又踏灭了灯笼，才提着剑向东屋走来。

刚到堂门，顶头遇见两人出来。前面一人才问得一声是哪个，早已了了账了。后面那个便飞跑转去，凌霄方要追赶，只见屋上飞下一人，一剑将那人劈了个两半。凌霄闪眼看时，原来是刘馥。二人打了个照面，便同向后屋里来。只见房里坐着五个人，正在指手舞脚地谈天，二人便大喝一声，一跳入去，手起剑落，已砍翻两个，那三个方待挣扎，刘馥一旋身，又杀了一双。这一个举起坐的椅子便来招架，凌霄将剑挑起椅子，一抬手一支袖箭奔出，将那人喉间射了个窟窿，仰后倒了。

二人方在瞧看，只听得里面房门一响，跳出一个猴儿般的人来，看见二人也不开口，朝着刘馥就是一刀，刘馥一伏身让过，扫地就是一剑，那人双脚一跳，刚躲过了，凌霄的剑已劈将进来。那人将刀一架，只听得当啷一声，那人的刀已成两段，手里只拿着个半段。刘馥眼明手快，早已飞起一脚，将那人打倒在地，一脚踏住喝问道："你叫什么名字？那相勤哪里去了？"那人道："俺叫小黑猿谢桝，什么相勤，俺不知道。"刘馥提起剑来拦头一剑，将他劈死。回身看时不见凌霄，便忙向后院赶来。

只见里面烟雾昏沉，凌霄躺在台阶下面，刘馥大惊，方要拢去扶救。只见烟里奔出一人，手提单刀，直冲凌霄举刀要劈。刘馥连忙一放手，一道剑光着地一卷，那人两脚已断，朝后便倒。刘馥才跳过，将凌霄捧过这边台阶。看时一些没伤，只同睡着一般，人事不知。刘馥好生着急，正没做理会处，忽听见那没脚人躺在地下叫唤，猛然想起那烟必定是这人烧的什么熏香迷药，所以凌师姐闷倒了，他却出入自如，必是有解药，且提他过来一问便知。想罢，自己闭住气，跳过那边台阶，将那没脚人一把提起。仍跳回来看时，见他鼻孔里塞着两点东西，刘馥也不暇详问，便抠将出来，塞向凌霄鼻孔里去。一霎时，凌霄打了个喷嚏，猛然站起道："兄弟怎么了？"刘馥道："我刚进来，便见你躺下了，你是怎的啦？"凌霄便到那没脚人身边乱搜，在他怀里搜得一个小布包，打开一看，却是两瓶药末。一瓶上写着个"解"字，另外还有一个字条写道："昏黑散用红浮萍、生半夏、闹杨花、月信纸等分为末，定神香加樟脑一分，解药用金银花、青苔、甘草等分为条，入鼻或水服。"凌霄看罢大喜，想道：这个秘方不想无意中被我捡得，这两瓶药大约就是迷药和解药了，且留着，将来总有用着的时候。想罢，取了些解药与刘馥，便将瓶方一齐揣起。

二人同向那烟迷迷的院中走来，进得里面看时，并无一人，二人便四下搜寻，直到床下揭帷一看，却见一个女人和一个丫鬟样的女孩子，颤抖抖地缩在床底角里。凌霄一伏身将她俩拖将出来，问道："那相勤哪里去了？"女人战兢兢地说道："刚才提刀出去了，没进来。"刘馥道："你是他何人？"女人道："我和他是夫妻，他的事我不知道。"刘馥又问道："他的要紧东西放在哪里？"女人指道："都在这夹壁里。"刘馥便去搜寻，凌霄便将女人和丫鬟都结果了。

一时刘馥搜得许多信函，内中有几封是本镇武衙的，也没抽出细看，便揣在怀里，同凌霄回身走出。到东屋门口，凌霄忽然停步想了一想，便叫刘馥寻了个火种，再从外面将门一重重地紧闭，然后放起火来。两人飞身跳出，来到下处屋上，凌霄方问道："那老头儿呢？"刘馥道："我将他安放在南头土地祠了。"凌霄点头道："你再去东街店里将那老婆子和他儿子弄到土地祠吧，我立刻便到的。"刘馥应着去了。

凌霄便回房取了一百两银子，整了整衣裳，听街上已是三更三点，便忙纵身上屋，来到土地祠里。只见刘馥正和那老头儿还有一个男子一个老婆子在那里说话，凌霄才跳下，刘馥便叫道："哥哥，他们和你是熟人啦。"凌霄愕然道："这话怎讲？"刘馥道："我刚才问起，原来是这老头儿名叫盛时宽，他兄弟叫盛时瑞，在河院标里

74

当把总，新升了守备，从江西赣县接他们出来的。那盛时瑞不是你那弟子的名字吗？如此说来，你和他岂不是熟人。"凌霄道："原来如此，只是盛时瑞在河院里，你们又在这里做什么？"盛时宽一面磕头礼拜，一面说道："你少爷是我兄弟的师父，又是我一家的救命恩人，老拙没什么道谢，只好磕个头，表表穷心。"说着那妪和他儿子阿兴也都跪下了。凌霄叫道："你们快起来，你只说怎在这里住的？"盛老道："我兄弟要我到镇上住着，他去弄些银两来，叫我仍然在此做些买卖，好混日子。谁想他还没来，就出了岔事儿了，还求两位少爷救救我的女孩子才好。"凌霄道："你女儿已被那贼弄到南方去了，我方才正要追问，遇着有人叫门，便没问得仔细，我又有事，不能耽搁去追寻，这却怎好？"刘馥听了，也着急了半晌。忽然问道："盛老丈，我问你，你在赣县住，你可知有个许建？"盛阿兴听得，抢着答道："许二爷吗，他最怜惜我们的，我家和他家离着九里地，只是他出门七个月了，不知……"凌霄道："那就好极了，你们趁没天明，赶急仍到你兄弟那里去。许二爷是我们的师兄，现在将到你兄弟那里，并且还会有耽搁。你便说我说的，请他去追寻你的女儿吧。"

盛家父子夫妻听了大喜，便问道："两位少爷贵姓，我好说给许二爷知道。"凌霄道："你不必问姓名，你只说如此模样的两个人，他便知道了。你女儿是上了迷药用口袋盛着去的，你也和他说明白好寻找。我这里给你一百两银子，你拿将去做盘费。店里的东西，是丢了的，这银子多的，你便去置补。天快明了，我俩要回去了，你们就此走吧。"

说罢，递过银两，和刘馥一蹲身子由屋上走了回来，跳入房里。恰好五更，只听得街上救火的人才闹嚷嚷地回头。凌霄便向刘馥道："兄弟，我又想起一个事来。"刘馥道："什么事？"凌霄道："此地这个协台实在要除了才好。"刘馥道："我们回头再干吧，大概他不会去得这么快。"凌霄点头应着，二人便换了衣服。天已大明，开门

75

出房，吃过早饭，算过店饭钱，出了店门。又到土地祠转了一转，见盛时宽等都走了，这才直奔北京，一路无话。

一日，过了卢沟桥，来到京城。刘馥还是初到，便瞻仰了一回，又买了些吃的玩的，才在前门寻店住下。傍晚饭后，二人商议怎样个行动，刘馥道："我去宫里看看。"凌霄道："你不要争，这事在君山时已派定是我了，你且将这三张字帖分送都察院、刑吏两部便是个大功劳。"刘馥只得应允。

次日，二人又上街玩了一天，顺便探听了部院衙门的街道。晚间回店，二人各收好字帖，凌霄又将河院里取得的密件揣好，二人方飞身上屋，分途而去。

欲知后事如何，且听下回分解。

第十二回

入宫门凌霄告密
慕剑术盛女从师

却说凌霄展施剑术，飞进内城，入得乾清门，只见层甍穹宇，飞栋拂云，说不尽的皇华富丽。行不数步，已到乾清宫，忽听得有脚步声响，便忙跳到宫左文石台上一个渗金小圆佛殿里躲着。一会儿，一班侍卫翎顶蟒袍，提着朱缨豹尾枪走过去了。凌霄便闪身来到东配殿，看那匾上却是南书房，便知是翰林当值的地方，忙向胸前取了一张字帖儿，放在御榻上，又转西配殿，看匾时是上书房三字，心想这里大概也是皇帝常来的，方待进去，忽听得有人喊道："敬事房的值班。"凌霄忙跳到柱上，扳着柱子观看。只见一个老年太监答应着，跟着一个太监过去了。凌霄暗想道：偌大的地方，我知那皇帝在哪里？何不跟着他俩去呢。想罢，便轻轻跳下，远远地跟着，向西一转，一座巍然的宫殿现在眼前。那两个太监进去了，凌霄便纵上屋檐，瞧看里面。只有个白发老太监站着，向那个老年太监道："储秀宫传你，去吧。"那老年太监答应了出来。凌霄看那匾是养心殿，便又跳下，随着太监向北，过了交泰殿，又穿过坤宁宫，进了御苑，沿路有些值宫太监宫女向那老年太监问话，凌霄便由屋上跳走过去，幸得没人关心看见。到得苑里，便跳跃上一株人字松上，稍微歇息，只见那苑里飞阁流丹，池波映碧，那些松榆被晚风微拂，地下的月照影儿，便左右晃动，身上不觉遍体清凉。远

77

望那太监已出了御苑左门，便连忙跳下，跟着过了一条长道，迎面金碧辉煌，已是储秀宫门。凌霄一伏身，跃上瓦面，进入正宫，一个鲤鱼入水，挂着屋檐，向下观看时，那个太监已不见了。

只见宫里象床黄幔，金龙飞舞，陈设得极其华丽，却是静静的无一些声息。凌霄方在踌躇，忽听见一个太监报漏，想道此处是皇后住的，有人报漏，皇帝大约在此歇宿了。便放出宝剑，一凝神，身剑合一地穿入去，将一个字帖并那河院的密件放在案上，一掣剑光飞出宫。

回到店里，刘馥已在坐着等候，迎面问道："事体怎样？"凌霄笑道："好大的地方呀，真累坏我了。幸而他们没人留心，给我闹了个出入自如，东西都给放好了。你的事呢？"刘馥道："早已都送到了，既是宫里出进不难，我俩何不去结果了那个皇帝，替朱恒帮帮忙呢？"凌霄笑道："他们说我傻，哪知你比我更傻，杀了他还不是他的儿子又接上，天下人都没起兵，朱恒就能跑来做皇帝吗？你没听说前辈女侠吕四娘杀雍正的事吗，虽是报了仇，究竟天下可得了益处？"刘馥听了便默然不语。

一霎时天明，二人开门出外。只听得纷纷传说，九门提督衙门和五城兵马司都坐早堂派差办案，却不知是什么案情，这不奇怪吗？二人听了暗自好笑。午牌后，便到街上买了一张宫门抄，看到后面，有几行写道：奉上谕河道总督阿隆柯，浮报工程，纵属弱民。叠经御史谢山等参奏查实，殊属辜恩渎职，阿隆柯着即革职，扭解来京，交三法司严加审讯。并着该地督抚秉公查封该革督财产，赔补河工，该衙门知道，钦此。二人看罢一笑道："我们走吧。"便回店里。只见提署番役正在那里耀武扬威说："奉宪示驱逐闲人。"二人也不理会，只收拾包裹出京南下。

刚到山东地界，只见八百里牌单飞报说，新河督万大人已陛辞出京了，二人便缓缓行着。一日，来到离河南界一站半的一个地方，名叫五云集。方到集上，便听得旧河督阿大人和他的兄弟昨夜都在前面驿上死了，还说是畏罪自尽啦。二人听了，心里明白是印光干的，便到集上找店住下。凌霄拉着刘馥到僻静地方说道："看来印师兄快到此地了，我们明日等一天吧。"刘馥道："我们何不到旁的店里去找问一回，不要他已到了，我们还在呆等。"凌霄道："也好。"便到集头集尾问了一回，都没有和尚住宿，只得回店，一夜无话。

次日早晨，新河督前站过去了。午牌时分，那万河督才前呼后拥来到集上。凌霄和刘馥二人立在店前观看，那官轿两旁的戈什哈正提起马棒乱打闲人。忽见一个和尚，当路站着，手中拿着个纸包低头打个问讯道："贫僧稽首了。"轿前武巡捕刚要喝打，只见河督在轿里喊道："住轿。"众人连忙站定。轿夫打好杵杖，河督探出头来，问道："那和尚你有何话说？"那和尚道："贫僧采得一包正心果，特来进呈。"河督便叫："拿来我看。"巡捕接过和尚纸包，递给河督，打开一看，不觉大惊失色。

原来昨夜方河督宿驿，门窗不动，失去了贴身佩戴的人八件，现在这纸包里正是这个东西，还多着一张字帖儿。万河督看了，忙叫拿这和尚，众人便蜂拥上前来拿。只见那和尚哈哈大笑道："你还不明白吗？且看你到任如何，再和你算账罢。"说罢，二手一摊，那些文武巡捕戈什哈从人，便和涌浪般推了一地，那和尚一闪便不见了。万河督只得传谕地方官捕拿，自己仍然启行去了。

这里凌霄和刘馥却认得那和尚就是印光，见他走时，二人一齐纵身赶上，直到河南界，才各自敛剑站定。凌刘二人便说在京城干的事体，印光便说起杀死阿隆柯弟兄，没断他的脑袋，做自尽的模样。又说昨夜盗大八件，及今日送还惊醒河督，又附了个帖儿，要他正己除弊的话，细说了一遍。刘馥便问袁崇厚和许建现在何处，印光道："都在河上，那盛老儿我也会着了，我来的时候，许师弟已去救盛老儿的女儿去了，大概此刻也该回来了，我们便到田家集去吧。"三人便放出剑光，一霎时来到河上，径奔田家集。

到得茶棚门口，只见许建正在和盛阿兴说话，看见三人来到，便连忙迎着进内。盛老夫妇看见伏地便拜，凌霄扶起问道："你女儿寻着了吗？"盛老忙道："蒙许二爷找回来了。"凌霄回身问许建道："那女孩子在哪里呢？"崇厚笑道："有事去了，即刻就来的，你休厚脸叫人家女孩子，人家比你还高半个脑袋呢，你且说你干的事吧。"刘馥便将前事说了，印光也重说一遍。许建道："我和袁大哥俩分巡南北河都已办好，一共杀了五个官儿，那高家堰的也在内，朱仙镇的协台也是我去结果了，你没听得传说许多河工官儿畏罪自尽吗？那便是我俩干的事了。只是新任河督听说是万夫雄，就是我同乡万大户的老大，我看与前任差不多，只怕我们这趟和前回在长沙除王霖是依样画葫芦了。"刘馥道："再干一回也好，反正没什么事，何妨多做一回呢。"印光笑喝道："你小子知道什么？来一个狗官百姓要多吃多少亏，我们费事还是小处哩。"

正说时，只见门响处，盛时瑞引着一个女子进来。那女子望着凌霄和刘馥，插烛也似拜下去。刘馥忙起身让过，凌霄便伸手一把拉着道："好妹妹，起来吧。"那女子站起一缩身子，望着凌霄一愣。许建笑道："她是时瑞的侄女鸦儿，你怎好叫妹妹呢？要充男孩子，怎么又去拉人家呢？你真是糊涂透了。"凌霄也笑道："糊涂就糊涂，我也管不了许多，盛姑娘你坐，你且说你怎样脱离的。"许建道："她给药迷住了，怎会知道啦？我说你听吧。你叫盛老丈来说是口袋盛着的，也没说明向哪省去的，也没说明怎样个口袋，你不叫人为难死了吗？我得了这个言语，想着这条路上，每天路过的口袋没一千也有八百，我能个个去查看吗？还是袁大哥想的方法，说你认得盛鸦儿，你只先赶回去，路上只说要买个女子送官府，谋胜讼事，只要好，不惜价。那贼疑不到你比他快，自然便来求卖，可不找着了吗？我便照样做去，果然在武胜关遇着了鸦儿，可怜她还迷着啦，只是口袋却不是的，那贼子早已将她换了，用车装着，只推说受了些暑，不能动弹。我看准了，夜晚才将她盗出，杀了那贼带她到此的。你可明白了。"说罢，又对鸦儿笑说道，"你觉得她拉你奇怪，

80

她也是个女孩子呢，比你只大得一岁，你没见她两个耳坠贴着膏药吗？"凌霄给许建一口道破，看见盛家一家人在座，只羞得两颊绯红，怒向许建道："许师兄，你这是怎说呢？"许建道："这里没外人，瞒着干什么？要不说明，人家还要怪你啦。"盛家一家子到此都恍然，才知凌霄是个女子，鸦儿听得连忙向凌霄福了一福，道："方才不知得罪小姐。"凌霄笑道："你不要大姐小姐的，你们都不要泄露我的事，我就多谢你们了。"盛时瑞等没口子应道："这个不敢，不劳叮嘱。"鸦儿心里想道：这人也和我一样的女孩子，听我父母说她竟有那样的本领，真是令人羡慕，若不是我叔父拜在她门下时，我便拜她为师，跟她学些本领，岂不是好。心里想着，眼里不觉瞪着凌霄，袁崇厚看见笑道："盛姑娘你瞧着她奇怪吗，你还没见她淘气的时候呢，君山上的果树，只差没被她倒拔起来，你是跟她久了，也会染着淘气，也就没这样温存了。"凌霄等听得都一齐笑了。

许建道："我们且休说笑，刚才时瑞说这屋子的老妈妈快回来了，我们许多人也不便，况且事都干完了，也好走了，只是时瑞不愿在此做这个芝麻官，要我荐他上君山去，这却怎好？"印光道："这官本来不做的好，不弄钱搁不住上司应酬，弄钱又良心过不去，我不为此也不出家了。只是他一家子几千里来此，又到哪里去呢，难道都到君山吗？"时瑞道："我祖籍本是湖广，我哥哥一家都可以回去做些买卖度日。"许建道："你在山上，他们也跟到山上做买卖去吧，这也没什么要紧的。"鸦儿听了，心中暗喜。崇厚道："既是如此，俺们就此派定送他们去的人。"印光道："凌妹妹和许二弟辛苦一趟吧，你俩一个是师徒，一个是乡邻，他家又是你俩救的，凌师妹又是个女孩子，路上方便许多。只是时瑞的官怕不容易辞去吧？"时瑞道："我就此一走，我还管他啦？"印光道："你这话不然，大丈夫要来清去白，四无挂碍才好，你还是等新河督到任辞官再去。你哥哥一家不妨先走，你看如何？"众人听了齐声道好，一时商议定妥。

袁崇厚要往武胜关姑母家中去探看表弟，便和凌霄、盛老等同行。印光要到湖州去和师父千里侠说明此回的事，便带了刘馥由徐州入浙。到徐州时，再要刘馥去海州见金钩李。于是大家收拾，分途去行。

　　且说许建、凌霄护着盛氏全家，过了武胜关，与袁崇厚分手，直向岳州而来。一日，到了岳城，许建便到袁崇厚家中去，告知崇厚踪迹。凌霄便和众人觅店住下。晚间，许建来店，说："方四弟已派人来袁家候着，我已叫他备船去了，我们明日便过湖吧。"众人听了，各自欢喜。次日清晨，众人方才起身，只见袁家老苍头领着君山北路头目吴春林前来迎接。众人收拾上船，盛老在船中便向许建、凌霄询问君山规矩，许建道："他们寨里共有南北东西四路，东路原是石植武管领，现在是方四弟代管，西路是朱寨主自己兼管，南北两路另有头目，每路有十多艘大船，还有许多八桨梭和鱼筏子。寨里居民只要按期操演，不坏寨规，年底便每一壮男给银三两，老者给谷三担，妇女给棉五斤。若是坏了寨规，轻则逐出，重则斩杀。平时你打鱼也好，做买卖也好，并不管你。"鸦儿问道："寨规是些什么啦？"许建道："除奸盗泄机以外，也没什么别的禁约。寨里也不征一文钱的税。"盛老道："如此这寨主哪有许多钱来给这些人呢？"许建道："这湖里少了钱吗？只怕使不完啦。"

　　说话之间，船已到山，方柱已到栅前等候。凌霄看那君山时，满地落叶，漫空白云，与去时已另是一番景象。众人来到寨里，见了朱恒。朱恒不胜欢喜，忙叫设宴洗尘，又叫娘子出来接了盛家母女进内室去。许建便将京里及河上的事体说了一遍，又将盛时瑞慕义来投，现在辞官，家人先来的话说了。朱恒大喜，吩咐各路知晓，若盛守备来此，便飞报寨里，派人迎接。一面便叫拨房屋安置盛氏家小，又要盛老父子就在寨里帮着料理银粮。诸事妥洽，才和许凌二人畅叙契阔。凌霄因是个女孩子，便里外混跑，倒和鸦儿十分讲得来。

流光如矢，转瞬冬深，君山寨上方在派人四出探听，迎接众侠。忽见管栅头目报说有一只瓜皮小艇直到寨前来了，方柱便起身看时，却原来是忽来子和印光二人。便连忙接入里面，接着崇厚也到了。直到腊月十九日，金钩李方同着刘馥、石植武到来。大家依旧团聚，说不尽的欢悦。朱恒和植武久别乍逢，更是欣喜无限。

　　过得几日，已是除夕，朱恒便大摆筵席饯岁。大家来到大厅坐定，却不见凌霄，朱恒方要入内去寻，只见凌霄拖着盛鸦儿从里出来，嘻嘻地笑道："师父，我被这鸦儿磨不过了，只好带她来求师父。"忽来子笑道："你也有为难的时候吗？什么事你且说来。"凌霄道："她要跟我学艺，我说我没收弟子的能耐。她便问我怎收了她叔父，我说那是叫着玩的，并没拜过我，没教过你叔父什么武艺。她便赌气磨她爷娘哥哥，要他们代她去求许二哥，收她做弟子。她爷娘哥哥碍着时瑞的事，怕许二哥着恼，不敢去说。她没奈何，又来缠我，我只好乘今日拖她来求师父，给许二哥说一声，免得许二哥说我不懂道理，不明班辈，不肯收录，气坏了他。"忽来子笑道："你真会惹事，且带她过来我瞧瞧。"凌霄便领着鸦儿来到忽来子席前，忽来子睁目一看，见她生得天庭饱满，两眼晶莹，行步凝重，举止大方，不觉心中暗喜，便问道："学剑是要断六欲、淡七情的，你能吗？"鸦儿答道："无论如何，决不后悔。"忽来子又道："倚剑横行，必遭天谴，你可知学剑也不是就放恣的？"鸦儿答道："不敢。"忽来子又道："学剑要庐山顶驯虎调龙，剑术成时，断魔归本，你可能耐受吗？"鸦儿道："只要学得剑成，情愿深山终老。"忽来子道："我看你资质聪明，行止端正，又矢此坚忱，真是道中有缘人。我们中原以为归你，能精进不懈，证果不难。你叔父本不是凌霄传授的弟子，你无须顾虑。运葵方在行功佐道，也无暇教你。来来来，我就收你做个弟子，成你的志，阐我的道吧。"鸦儿听了没待说完，便口称师父，拜了下去。

　　金钩李看见掀须大笑道："真痛快，吾道将重光了。"凌霄笑道：

"好了，便宜这小妞儿了，这可不缠我了。"忽来子叫鸦儿拜过师伯，与众人叙礼，坐在石植武肩下。便叫凌霄过了元旦，便到此山巅上结个茅棚，与鸦儿居住。"我先教她敛练精气神的功夫，我等由广回时，大概她内功已成，那时再带她入山练剑。"凌霄答应了。

一时酒罢，鸦儿喜滋滋地入内，告知她母亲。盛妪听得说要到山顶上去练，便着了慌道："儿呀，你怎能一人孤处啦，不知我可能去陪你吗?"凌霄道："不相干，我先前也是这样练的，现在她还有我可以常去看她。我那时除却山上的树，再没大过我的东西，还说人吗?"盛妪道："她立志要如此，我也不好阻她，只是我养她一场，也见不着个女婿……"凌霄抢说道："你老不要啰唆，你要知道你女儿嫁了是人家的，不嫁才是你的女儿，况且师父也没叫她将来不要嫁啦。"鸦儿道："不要烦恼，女儿总服侍妈一辈子，他时学成时，妈才欢喜啦。"盛妪听了也没的说，只好由她。

次日君山众侠热热闹闹地过了元旦，到初二日，凌霄便去山巅结好了茅棚，忽来子带了鸦儿父母兄长来到棚里，指点她练习内功，并不时叫凌霄前往看顾、送食物。鸦儿一忱精进，按步练去，每日除习功以外，只在山头游散，倒也心旷神怡。

欲知后事如何，且听下回分解。

第十三回

斗剑法余璧丧躯
设毒谋王雷告变

却说众侠在君山住下，暂息游踪。二月初，盛时瑞也辞官来到，众侠便商量入广，议定留石植武在君山帮朱恒且教鸦儿的拳腿功夫，方柱先行去探琼州路径。金钩侠李淮南、千里侠忽来子率袁崇厚、印光、许建、凌霄、刘馥随后起行。

朱恒设饯过，方柱便打扮成书生模样，飘然下山，由长沙衡州一带向广东行去。一路有话即长，无话即短。一日傍晚，方柱来到广州，便乘船渡海，直到琼岛。登岸只见人烟稀少，街市零落，到处都种着翳云蔽日的椰树，民风物土与内地截然不同。方柱一面看玩，一面信步向镇市行来。将到镇头，只见当路一椽瓦屋，起进的和内地房屋一般无二，在此蛮烟瘴雨之区，陡然看见这小小的白屋，便觉得非常新颖可爱，不知不觉地停步观看。正在凝想间，忽见那屋里走出一个老者，向方柱上下打量，道："客人在此做甚？"方柱听那老者不是广东口音，心想我以为王雷也和君山一般有寨有兵，怎知此地却是太平无事。正没个打听处，我何不且就此老者探问探问，岂不是好？想罢，上前拜揖道："我因游学到此，迷失路径，敢问老丈此地叫什么地名？"老者道："这里叫作燕子滩，归琼州管，客人远来，何不屋里坐坐？"方柱道："正要造府请教。"老者便让方柱来到客堂落座，问道："客人尊姓，从何方到此？"方柱道：

"我姓方名柱，号震翼，由湖广到此。请问老丈贵姓大名？"老者道："我姓龙，名叫舜丞，由桂林移此的。"方柱问道："老丈居此几年了？"舜丞道："已住四年了。客人从湖广来，可知洞庭君山吗？"方柱道："那是湘江绝景啦。"舜丞道："近年听说有人占住了，可有的吗？"方柱心想道：他怎能知道？不要我没探着他，倒被他探了我去。便答道："不过有几个渔人聚居罢了，没什么了不得呢。"舜丞道："客人大概没到过山上吧？"方柱便顺口道："没去过。"舜丞道："听说君山和九龙岛作对，不知现在怎样了？"方柱道："那不曾听说，只是九龙岛又在何处啦？"舜丞道："就在广州海边，是个海岛。"方柱道："也有人占着吗？"那老人扑哧一笑道："岂怕有占着，还是等候着你的人啦。"方柱惊道："老丈此话怎讲？"舜丞道："你不是千里侠的二弟子嘛，我早知你等将到。方才我见你立在门外，便看透了八成。你的名字我已听得王大爷说了多回了。你单身到此，岂不是送死？我便是此滩的头目，你已入我笼中，休想走了。"方柱听了，定了定神，喝声"不是你，便是我"，一扬手放出一道剑光，一个盘旋，龙舜丞的脑袋已不见了。

方柱杀了龙舜丞，便纵剑光一口气到海滩落下，方在敛神歇息，只见正南上一道剑光迅如闪电，直奔自己，便连忙放剑抵住。只见那支剑蜿蜒飞腾，矫捷异常。方柱直斗得汗流浃背，看看抵敌不住，只得一敛剑光，掣电般向北逃走。那支剑也收一收，随后赶来。正在危急，只见横空一道清虹，托地把那支剑截住。方柱看时，原来是金钩李放剑救他，登时精神百倍，掣回剑，双战那道剑光。只见白云乱舞，青露纷穿，半空中铮铮的声响，约莫斗有顿饭工夫，那道剑光倏然不见，只听得高处有人说话道："姓李的，你为什么在约期之先遣人来杀我的头目？"方柱道："你那头目想诱擒我，我才杀他，不干师伯的事。"那高处有人说道："这便是你们的不是，没到约期，你们来做什么？"金钩李道："来探路送信的。"那高处又说道："如此你们按期前来吧，俺也不和你们私争了。"说罢便无声息。

86

金钩李向方柱道:"我知此处是个劲敌,恐你有失,故忙赶来,不期果然。"方柱喘着道:"若非师伯到来,我早已没命了。王雷这东西实在厉害。"说着,便将杀龙舜丞的事说了一遍。

二人仍过海来到广州,会齐众侠,直候到约期,才一齐过海到琼岛。方到海滩,便见一个和尚袒着胸膛,迎着问道:"你等是到哪里去的?"金钩李和忽来子认得是了尘和尚,便道:"大师请了,我等是令徒王雷约来的,还望大师叫令徒会会我等。"了尘道:"我且问你,王雷夺鞑子的天下,与你何干?"金钩李道:"我等只要他不劫善良,不收凶恶之人在手下来害百姓,我等便无话说了。"了尘道:"你怎见得王雷手下尽是凶恶之人,你又怎知王雷劫的尽是善良?"金钩李道:"他创设洪门教,收集的不是地棍便是贼匪,流毒江湖,贻羞剑客,梅岭粤海客商时常被劫,这不是他们做的事吗?"了尘道:"欲成大事,不惜小损,欲谋大业,首在招致,这也时势所必然。你等可知汉祖唐宗也是招亡纳叛成的帝业吗?"忽来子答道:"汉祖唐宗难道就是万世师表?王雷何不远法汤武,从不虐民做起呢?"了尘怒道:"你在哪里拾着几句的老生常谈,来和同道作对?你赢得我手中剑,你便去阻住王雷,若不然你便休想。"

此时袁崇厚等已愤气填膺,齐声喝道:"王雷躲了,便是你顶缸吧。"说时迟那时快,刘馥和许建的两支剑已直冲了尘驶来。了尘哈哈一笑,一扬掌,只见一支剑龙蟠凤舞般地将两支剑逼了回来。金钩李恐防有失,便放剑敌住了尘,众侠随即嗖嗖嗖一齐放出宝剑,向了尘杀来。只见霞光缭绕,瑞彩缤纷,九支剑在那空中一起一落,流星般飞腾闪烁。那了尘在那无数剑光中滚来滚去抵敌,竟毫无惧色。众人斗得正酣,忽见王雷和他师弟余璧飞剑来到,两剑便向金钩李颈上刺来,金钩李忙掣回剑抵住。忽听得哎哟一声,急看时,刘馥腿上被余璧的剑穿了个窟窿。忽来子见势头不好,便一面和金钩李斗住了尘,一面叫凌霄等如此如此。凌霄便突地一剑,向余璧飞来,袁崇厚、印光、方柱三人便逼住王雷,刘馥也带伤助战,那了尘和尚、王雷便竭力抵住厮杀。这里凌霄一支剑只在余璧身后身前旋转，杀得余璧左挡右架，不得半点儿闲空。许建便乘势一剑，将余璧刺了个窟窿。方柱、印光看见，忙双剑齐下，可怜余璧就此血染黄沙，一命呜呼了。众侠见余璧已死，一齐奔向王雷，了尘看见弟子被杀，心里一惨，无心恋战，便喝道："你等休仗人多，想来伤我，一年之后，再报此仇。"说罢将剑一个盘旋逼住八支剑，让王雷先走了，自己才掣剑抽身向北飞去。

众弟子方要追赶，金钩李止住道："了尘非等闲之辈，除却我师父飞道人恐没人能胜过他，你们休要冒昧。"说罢，再看刘馥时已血浸鞋袜，便叫袁崇厚和许建掖着他，凌霄护着先飞回去。忽来子俯身拾起余璧那支晶莹宝剑收过，便叫印光、方柱破土，将余璧埋了，才一齐过海回来。

配了药给刘馥敷上，忽来子便道："九龙琼州两岛，群盗如毛，杀之不胜其杀，要如何想方法才好。"金钩李道："乘王雷现在不敢回岛，我们去将他几个为首的杀了便了。"忽来子道："便是那些余众也没多的好人，弄散了时，不又是到处害人嘛。"金钩李道："既如此，我等便将两岛剿了吧，只是杀戮太多也非善策。"凌霄笑道："我倒有个方法，我这里有瓶迷药，不如将他们都迷了，就用他的船装着，漂向大海里去。"方柱道："你知他有多少人，这药可够用吗?"忽来子道："不管够不够，这也非善法。"袁崇厚道："俺看蛇无头而不行，只要除了王雷，这些人总是官府的网中鱼，俺们还是找王雷要紧。"忽来子道："怎奈这了尘非我等可敌，有他在又何能除却王雷呢?"金钩李道："如此我便到昆仑，寻找师父，求他下山除害。只要擒了了尘，王雷便易办了。"忽来子道："只好如此，只是我等在哪里聚会呢?"金钩李道："一年之中，我寻着师父没寻着师父，总到君山便了。"

众人商议已定，便要许建保刘馥到他家里去调治，就近好走。印光要到佛山去探望广照，便要他就近窥探两岛之动静。忽来子便到君山去带鸦儿入山去练剑，袁崇厚和方柱到君山去指点石植武，并且就近回家探望。刚为议好，凌霄站起道："我呢?"忽来子道："你便到河南去探听那河督万夫雄施为怎样，回头到衡山回雁峰寻我。我等就此分行吧。"说罢，便各自收拾分途去了。

哪知众侠住的这个客店便是九龙岛的耳目，众人没留心，所商议的话被店里小幺儿听了去，说给店主人，店主人得知连忙报信给九龙岛，岛里便差人来到澳门报知王雷。原来了尘和王雷离了琼州海滩，便来到那王雷的家乡澳门岛。那日得了这个信息，王雷便和了尘商议怎么抵敌。了尘道："若是飞道人下山，便有些扎手了，只是他们杀我爱徒，此仇焉能不报。你且去整顿九龙琼州两岛，我去山东走遭，寻那散云道人来帮你吧。"王雷道："那散云道人不是白莲教主吗?"了尘道："正是他，只是他不知肯来否。"王雷道："师父亲去，他大概没有不应允的。但是两岛现在无须整顿，他们既暂时不来此处，我还是到君山去趟，趁他那里的人少，去杀他一两个出出气也好。"了尘道："既是这样，你何不借刀杀人，做个桥上观火呢。"王雷道："怎叫个借刀杀人，桥上观火呢?"了尘道："你只到湖广总督那里，送上一信，说君山妖民假设镖局，谋及叛逆，等那官府去剿办他，岂不是好。"王雷道："只恐君山上还有方柱一班人，官兵不是他们的对手。况且这些官府最怕事，只送一个信，他也断不肯因此就动兵。"了尘道："这些我也想到了，刚才九龙岛来人，不说是他们都有事，要离君山嘛，就是这个时候最好。若怕官府懒时，你只须在信上加上一路上京报信的话，他们晓得近年侠客保朝的故事，恐怕京里知道，说他们的不是，自然先动兵了。"王雷听罢大喜，便道："师父真是神算无遗，弟子若不得师父帮着，便给他们欺负死了。"了尘道："你以后也不要太粗心惹祸才好。"王雷答应了，便叫人请顾芄来到，吩咐了寨里的事务，要他好好看守根本重地，不要乱动。又送过了尘起程，由江西至山东去寻散云道人。自己才结束停当，带了盘费，放船到广州登岸，一口气直奔武昌。

在察院坡寻个客店住下，到晚间写好信，又带上一把短刀，飞身出房。上屋展施夜行术，一霎时来到总督衙门。听了听更柝历历，恰是三更时分，便由后面屋上翻身跳进内宅。只见左首一间窗上现着暗淡的灯光，便使一个飞燕归巢式，跳落平阳，用舌尖舔破窗纸，向里张时，只见帐幔双垂，灯光如豆，又听了听无甚声息，才轻轻将剑划断窗棂，跳进去，看见床前有只挖云男鞋。方才取出信来，拔出短刀，将信插在桌上，伏身跳出。到屋上听时，只有远远的犬吠声，衙门里却半点儿响动也没有。这才照旧路回到客店里安歇。

明日再打听消息，不到四日，只听得满街传说，陈大帅要调兵剿君山的强盗，水陆各营部招人补缺。王雷听了，知道事已做到，便收拾行李回九龙岛去了。

要知后事如何，下回再续。

第十四回

陈大帅剿灭君山寨
庄统领兵败洞庭湖

上回说到陈大帅要调兵剿灭君山寨，却原来是王雷用的借刀杀人之计。那天晚上，王雷假冒朱恒的名义，写了一封很厉害的信，说是现在本寨缺乏粮草，要问贵总督借粮十万石，限三天交纳，否则定行带兵攻打的话，说了一大篇。陈大帅第二天起来，看见了这封信，气得胡子根根往上直竖，马上派人传了各司道提镇参游等文武官员，来衙商议。大家听了君山寨的名气，都吓了个浑身直抖，哪里有什么主见？都是你看看我，我看看你，一句话也说不出。议了三天，都是如此。只把个陈大帅气得不得了。正在要发作的时候，只见一个人走到大帅面前，躬身说道："卑职不才，愿效犬马之力，能得三千兵马、五百号战船，仗大帅的洪福，不上一月，便可将君山寨的小鬼肃清。求大帅的明鉴！"这句话说了，大家的眼光却射在他的身上，觉得很奇怪的样子。陈大帅这时正在气愤之时，听见了这话，连忙对那人一看，却原来是新到省的一位候补道，姓庄名飞雄，他站在那里候话。当下陈大帅笑嘻嘻地对他说道："不想我们湖北的官场腐败到这般田地，我将来非切实整顿一番不可。像老哥这样有才识、有胆量的，却实在不可多得，兄弟非常钦佩。现在事不宜迟，三两天就要动身，你老哥总得预先筹划筹划。"庄飞雄站起来答应了一声"是"，大帅也就端茶送客。

回到签押房，就叫立案师爷办了两封公文，一封是委庄飞雄为营务处总办，兼代统领，一封是檄调水陆营兵听候点验。这两角公事发出之后，庄飞雄马上到辕谢委，出来就到营务处接事。随即到校场选挑精兵，哪里晓得尽都是些老弱不堪只晓得吃粮应卯的士卒。这也是中国绿营相沿的恶习，也不足怪。庄飞雄这回受了大帅特遇之恩，不得不勉力图报，因此马上招募新兵，填补缺额，又要整顿粮草、衣服器械、船只等项，一天到晚忙得不得了。而这些同事官员，又要请酒庆贺的、饯行的、谋事的、荐人的，络绎不绝，把个庄飞雄整整地忙了个七八天，才布置妥当。

这天上辕，禀辞请训。陈大帅照例恭维勉励了几句，庄飞雄叩辞出来，马上点兵放炮出发。带领三千人马、五百号战船，水陆并进，浩浩荡荡，一路好不威风，直向岳州杀来。

这里君山寨的探子早已探听明白，飞报上山。朱恒便会了袁崇厚、方柱、石植武及各大小头目等商议对付之法。袁崇厚道："这算得什么？只要如此如此，定要杀他个片甲不回。"朱恒大喜，随即派方柱带领一行喽啰兵、三百号战船，埋伏城陵矶，只听得号炮一响，就杀出截断他的归路，方柱领命去了。又叫石植武带领一千喽啰兵、三百号战船，埋伏在君山四周芦苇里面，听号炮杀出，石植武领命去了。袁崇厚带了信炮在山上瞭望，朱恒自己带领十几个头目、一千名喽啰兵，在山巡防救应不提。

再说庄统领带领大小三军进发，这天来到羊楼洞，派人前去打探，晓得君山没准备，遂即放心前进。这天来到岳州府城，安营下寨，城里一众官员都出城来迎接。庄飞雄就同岳州府商量进攻之策。这岳州府姓孙名必正，也是两榜出身，为官清正，爱民如子，但是胆小，最怕多事。君山虽近在咫尺，却因他们从不多事，所以也就不闻不问。朱恒也是钦佩他品学端方，为官清正，所以并不同他为难，彼此倒也相安无事。今天大兵到来，孙知府也莫名其妙，庄统领同他商量，他是个胆小的人，不敢枉陈主见，只得唯唯诺诺地敷衍了一顿，庄统领也就不再往下说。

在行辕住了一晚，第二天派吴参军把君山周围的形势测量了一番，就传令下来，叫游击罗文辉带领一千人马做先锋，游击赵逢时带领五百人马做左翼，都司李国材带领五百人马做右翼，都司王大有做水军左翼管带，游击周超做水军右翼管带，自己带领了黄参将、吴参军、陈参赞、孙知府及一切大小偏裨将佐，乘了几号大船，指挥督战。七八百号战船一字儿排开，浩浩荡荡向君山杀来，声震山岳，威风百倍。庄统领左顾右盼，十分得意，对左右说道："我以为君山的强盗如何猖獗，像这样的群毛小丑，弹指可灭。这番功劳不小，将来不特兄弟升开臬藩，为意中事，即各位的异常劳绩的保举，加官晋爵，也是极容易的事。"说罢呵呵大笑，而左右这班参将参军等又极力从旁恭维、颂扬，更把他快活得要上天了。

正在这个时候，只听得君山顶上轰隆一声，有如天崩地塌一样，接着喊声四起，芦苇里的几百号战船由石植武带领了向官兵大船四面包围，杀了过来。朱恒在岸上带领一千喽兵一齐放箭开炮，直向官兵打来。这些官兵起先未曾看见敌人，都还耀武扬威，现在看见了敌人四面杀来，不知敌人究有多少，早已心慌意乱，自相骚扰。只因在水上无处逃生，只得勉强接战，他们又都是不懂水性的，加以洞庭湖里的风浪时起时伏，船身颠簸不定，这些兵丁更难支持，哪里是君山寨的敌手，纷纷败退下来。君山寨的水军哪里肯舍，紧紧追杀，又用火把烧船。只见满湖火光冲天，可怜这班官兵官将逃无可逃，避无可避，杀死的、烧死的、淹死的，不计其数。庄统领只带了几十号战船向城陵矶逃走。君山寨也不追赶，他们心里倒还宽了一宽，一口气逃了二三十里。到得城陵矶，天色已经昏黑了，只得暂时停泊造饭。检点人数，三四千人马只剩了一二百人，庄统领心里十分伤感，想起这个样子如何回去见大帅呢？抽起宝剑就要自杀，却被黄参将、陈参赞、孙知府他们在旁劝救得以不死。

大家正在商量善后之时，忽觉得座船往下直沉，一会儿工夫已经满舱是水。他们急得无法逃生，大声呼叫。只见进来一个大汉，头戴分水鱼皮帽，身穿锁子鱼皮甲，手执单刀，腰悬古剑，威风凛凛。后面跟了十几个身穿鱼皮衣靠的兵丁，众人七手八脚地把庄统领、黄参将等一齐由水里捆绑过船。那十几号官船的兵丁，见主将被擒，只好投降。那大汉指挥自己的二百号战船，将他们的船、人一齐押解至君山，听候发落。

原来这大汉就是方柱，他奉命在城陵矶埋伏，看见官兵败退停泊，他想免得同他们交战费事，自己带领了十几个头目，在水底下凿他们的船只，居然一劳永逸，手到擒拿，解到君山。这回君山寨大获全胜，共计俘获官兵一千四百八十四名，战船四百艘，军装旗帜刀枪粮食不计其数，自己只死伤了二十八名兵丁。朱恒心中大喜，当时吩咐杀牛宰马，犒赏庆贺。

一面命提庄统领等前来问话。不一会儿，已将庄统领等十余人解到厅前，朱恒亲自走下位来，亲解绳缚，又请他们坐下，说道："我朱恒愤恨鞑子入主中原，民不堪命，立志恢复山河，救民水火，耿耿此心，天神共鉴。现在占据君山自谋自食，并无侵夺骚扰之心，孙知府做宰岳州，谅能深悉下情。诸公尽皆黄帝子孙、汉朝种族，不能作共济之衷，反相逼之甚，其心何安？其意安在？诸公有以见教！"庄统领便将陈大帅夜间得信，因此动兵的缘故说了一遍："兄弟也是奉命差遣，身不由己，请寨主原谅下情。"说完了起身打躬谢过。黄参将、吴参军、陈参赞、孙知府同几个游击都司尽皆打躬谢过。

朱恒连忙还礼说道："诸公的苦衷，兄弟很能相谅，但是这封信兄弟并不晓得，这其中显见有人陷害，倒不可不注意研究来历。"袁崇厚道："我想不是了尘，定是王雷做的借刀杀人之计，我们以后倒要格外提防才是。"朱恒、方柱、石植武都道有理，当下摆宴替庄统领等压惊，留他们住了一晚，第二天除钱行之外，又送他们每人百两程银、君山茶叶一包，又亲自送到对岸握别。各人都是万分感谢，只有庄统领提心吊胆，欲进不前。朱恒问他什么缘故，他讲不能回去见陈大帅，欲求寨主收留，又恐寨主不允，故此徘徊难过。朱恒就问袁崇厚如何办法，袁崇厚道："你只管大胆回去，保你无事。倘若有差错，唯我是问。"庄统领这才笑逐颜开，千恩万谢地去了。

这天回到武昌城，叫黄参将等在外等候，自己跑进督辕。只见一班司道都在营厅里面恭候大帅，看见庄统领回来了，大家都不晓得他全军覆没，只以为得胜回城，一齐向他恭贺，只急得他抓耳搔腮，行坐不安。一个人不声不响地坐在那里，众人都摸不着头脑。一会儿大帅传见，大家鱼贯而入，见了大帅，打躬归座，只有庄统领走到大帅面前，单膝跪倒，口称"卑职该死，求大帅宽恩"。大家看见，晓得不对，都替他捏着一把汗。只见陈大帅叹口气道："你的事我早已晓得了，言大而夸的人，往往要失败的。这回也是我太不小心，致有此失。照军机本应正法，今且从宽惩办。来人！给我将庄统领顶戴摘除，听候严参，所在黄参将等均分别从轻法办。"

这是什么缘故呢？原来是袁崇厚等庄统领等去了之后，他马上就用剑术飞到武昌，先写好了一张字据条，带在身上，到了晚上，飞进总督衙门，找到了陈大帅的卧室，飞进去将那张字条用一把尖刀插在桌上，人不知鬼不觉地去了。第二天，陈大帅起身，看见一把刀插在桌上，吓了一跳。再看下面有张字条，拿起来一看，只见上写道："君山并无越轨行动，前函确系有人从中陷害，请勿误会。庄统领等不习水战，情有可原，万勿苛责，感同身受，以后各自为谋，两不相犯。如相逼太甚，则恐非君之福也。君山朱恒拜启。"陈大帅看了，吓得要死，又不便声张出去，只好闷在心中，所以庄统

95

领回来请罪，只办了个革职严参，都是袁崇厚保全他的，旁人又哪里晓得陈大帅的隐情呢。

欲知后事如何，且听下回分解。

第十五回

沈祖师破除妖道
小刘馥入赘东床

却说忽来子自从那日在君山与大家分手之后，他即带了鸦儿来到衡山回雁峰穿云洞内，每日教她吐纳提神凝气的功夫、飞腾射击的本领。鸦儿本来生性聪慧，又加以忽来子精进的教授，半年工夫，已经是很有可观了。那日，因想到君山去望望，就吩咐鸦儿一番，便借剑术腾身往岳州而来。霎时到得君山，只见两道霞光直冲霄汉。他想这真奇怪，难道师父已经来了吗？当即收了剑术，来到厅上。只见两个和尚在那里和袁崇厚、朱恒、方柱、石植武等交谈，他们看见忽来子，大家都站起来向师叔行礼。忽来子把那两僧一看，却原来是了尘和尚和他的师父散云道人。忽来子随即向散云道人行礼，口称："师叔，今日驾临荒山，不知有何见谕？"散云道人说道："只因你们欺我弟子太甚，故特来此兴兵问罪。"忽来子道："师叔休听一面之词，枉兴问罪之师，大家失了和气，岂不惹人笑话？"散云道人说道："你这孽畜，对我尚且如此无礼，对我的弟子可想而知了。不要走，看剑。"说着随手一剑砍来。

忽来子只得拔剑抵敌，了尘也就上前帮助，两剑对忽来子身上逼来，这里袁崇厚、方柱、朱恒、石植武都气愤不过，拼命上前助战。散云道人看见忽来子的剑法精奥，不易取胜，随即口中念念有词，喝声"急急如律令敕"，只见一座大山遮天盖顶地压了下来。忽来子等见了无处可逃，只有闭目等死，刚刚在这个万分危急之时，只听见一个大雷哐当一声，他们睁眼看时，那座山早已化为灰泥，接着由云端飞下两人。前头的是金钩李，后头的就是李、忽的师父金毛犼沈离尘祖师。忽来子连忙带了袁崇厚等过来叩见祖师，并谢救命之恩。沈离尘一摆手，叫他们退了下去，就对散云道人说道："道兄，你的贵门徒专一在外惹是招非，逆天行事，屡次与我门人作对，我都涵养了事，不料他们近来猖獗更甚。道兄你不特不严加约束，反而助纣为虐，不惜破坏同道感情，是何道理？现在听我好言相劝，各自归山，免得伤了和气，道兄以为如何？"散云道人听了，大怒说道："你袒护你的徒弟，破坏我的法宝，还要花言巧语地来骗人，不要走，看剑。"说着一剑砍来。沈离尘也就拔剑相迎，杀了百十回合不分胜败。

散云道人就祭起一个朝天珠打来，却被沈离尘接了去了。散云道人大怒，跟手又是一个翻天印打来，又被沈离尘收去了。散云道人这时真急了，又把捆仙索祭起，被沈离尘袍袖一拂，跌落尘埃。沈离尘就哈哈大笑，说道："你还有什么法宝，只管使来。"散云道人真是气急了，口中念念有词，只见成千上万的毒蛇猛兽张牙舞爪直向沈离尘奔来，却被沈离尘一声敕令，那班毒蛇猛兽即时回奔散云道人，把他的道袍衣服等扯得稀碎。散云道人哪里是沈离尘的对手，现在智穷力竭，满面羞惭，化阵清风逃走去了。了尘看见情景不对，也预备想要逃走，却被沈离尘命黄金力士将他压在峨眉山下，俟他忏悔之后，再行放他。又吩咐金钩李、忽来子两人许多告诫的话，又传授他两人破邪符诀几种，然后回山去了。

李、忽送了师父去后，彼此正在谈论别后之事，只见许建急急忙忙地跑进来，说道："启禀师父，大事不好了。"李、忽二人被许建说了一句，把他们骇了一跳，就问他究竟是一桩什么事，许建说道："刘馥师弟同我回家，住了两月，伤也好了。他说想到北京去玩玩，我因为他是才好的人，出远门有点儿不放心，我好在也没事，因此就同他到北京。住在西河沿福来栈，每日两人出去逛逛，倒还舒畅。不料那天走到石驸马大街，迎面来了个十八九的女子，英姿秀雅，美貌绝伦，彼此擦肩而过。这也不算什么，到了晚上临睡的时候，刘师弟还在那里说那女子如何美，如何艳，我还笑他发痴。两人说说笑笑，不觉睡熟了。到了第二天，我八点钟起身梳洗过了，就去喊他起来，不想揭开帐子，空无一人。我以为他或是出恭去了，或是上街散闷去了。哪知等到午刻，望到晚上，坐到天明，都不见他影子。一连三天，消息全无，吉凶未卜，我城里城外茶坊戏馆通通找遍，毫无下落。故此前来禀告师父，请求办法。"金钩李同忽来子揣摩了半天，也莫名其妙，大家愁苦万分。看看琼岛约期已近，不如先去琼岛办完了事，回头再办这事吧，大家都很赞成。

到了明天，凌霄由河南回来了，忽来子问她河督的事怎样的情形，说给大家听听。凌霄说道："我到了河南之后，每晚到河督衙门去打听，万夫雄对于河工事项，很为认真，修堤筑坝，用人开账一丝不苟，倒是一个好官。但是有一件脾气不好，就是爱女色好男风，每逢有一个美女或是童男便不惜重价购买了，来畅行他的淫欲。所以他的衙门里，美女童男不下一二百个。我看了实在气愤不过，有天晚上，我就留刀寄简，规劝他勇于改过，振作精神，万不能再消磨于色欲之中，辜负万民的爱戴。如再执迷，决不宽恕等语。他看见了也不能不怕，现在已经好得多了。并且有许多美女童男听说由他替他们婚配了，发放回家的，也有就此发放出来的，总也算是勇于改过的了。"大家听了，都笑起来了。随即又说了些闲话，议定明天大早动身，这且不表。

再说刘馥那天在石驸马大街碰见的那个女子，姓郑名赛花，别号人称飞刀公主。她是海盗郑龙的女儿，生得花容月貌，秀雅宜人，天赋凤根，无所不会。十二岁的时候被红叶道人接到山中，传授百般武艺及练剑的功夫。不上五年，学艺大进。现在十九岁，跟随父母在海岛中度那舒服的光阴，只以终身大事尚未定妥。故此周游天下，借访名山胜水，暗寻鸳侣之人。

　　一路由两广入两湖，过江西，到安徽、江苏等处，一直向北行去。那天来到北京，看见那一种森严气象，不禁令人肃然起敬。天天到各处闲逛，物色意中人。一连住了八九天，都不能达到目的，正在心里烦躁，想回家去，不料那天在石驸马大街遇见了刘馥。她一见就倾心，但是陌路相逢，又不便问起居，因此尾随在后，探明了住址。到了晚上，点了迷魂香，把他们迷了，然后走进去，将刘馥背起来，跳墙越屋，来到自己下处。拿解药把他救醒，道明了自己的意思，哪知刘馥固执不肯。郑赛花恼羞成怒，仍用迷药把他迷了，就带回山岛，再作计较。路上作为兄弟生病，沿途也无人盘问。

　　这天到了岛上，把迷药去了，刘馥一看，惊异道："怎么会到这里来的，这是什么地方呢？"郑赛花在一旁暗笑，刘馥这时也不像先前那样固执了，赛花带他见了父母，郑龙夫妇看见刘馥仪表不俗，相貌堂堂，心里也很欢喜。刘馥这时在岛上孤寂无聊，却得赛花整日陪着他消闲，总选刘馥欢喜的来奉承他，居然不到半月，刘馥全被她软化了。先前由感激而变为敬爱，由敬爱而变为亲密，由亲密而变为极浓厚，极爱怜，进而至于牢不可破之情人矣。赛花看见时机成熟，遂即选了一个黄道吉日，两人婚配，从此后真个是卿卿我我，形影不离，过他的甜蜜光阴，哪里还记得师父师兄的甜苦呢？

　　再讲金钩李、忽来子等一行人来到广州，顺便去看看佛山的广照兼问印光的行踪。刚刚来到佛山，只看见前面锣声当当，簇围了一大堆人在那里观看，金钩李等走上去一看，却原来是个和尚，枷在那里示众。凌霄说那不是广照师父吗，众人定睛看时，果然是的。当即分开看众走拢去。金钩李问道："广师父，这是怎么一回事呢？"广照抬头看见他们来了，只说得一句："一言难尽。"两眼的眼泪却已扑簌簌地流了下来。他们看见尽都不忍，都向他安慰，并要他讲出缘由，以便设法。广照说道："印光前番住在我处，时常出去探听九龙岛琼岛的消息，却被王雷晓得了，同他打了几回，都是没有什

100

么输赢。印光同我说，想回君山报信，准定明日起身，却不料本城李御史家里，出了一桩盗劫强奸的命案，墙上提了几句血字，说道：'印光、广照到此一遭。盗劫丧命，一口承当。'李家看了血字，马上具禀到县衙，太爷马上前来勘验，随即标签命捉印光、广照，这班如狼似虎的差役来到庙里，不由分说，将我锁解县衙。印光好在前一天走了，未遭毒手。我到了县衙，太爷叫我实招，我实在一点儿也不晓得，这种冤枉，真是无从说起。各种刑罚都受过了，只得苦打成招，现在还枷号示众，只等京详一转，就要与诸君永诀了。不想我持斋诵佛之人，何以尚得此结果，真是前世的冤孽。但是我的沉冤总求各位看在我佛如来之面，能得替僧人昭雪昭雪，那就死在九泉也感激深恩了。"说罢又不禁痛哭起来。金钩李等听了，一个个气愤填胸，对广照说道："你不要伤心，包在我们身上救你出狱就是。"讲到这里，差役上来将众人赶散，不许多说话。

金钩李等当夜歇在客店，吃了晚饭，关上房门，写了三五封信，派袁崇厚、方柱、凌霄每人各持一封，分别前往道府县各衙插刀留简。金钩李同忽来子两人分投督署藩署，不料这么一来，又弄出了许多惊天动地的事来。

欲知后事如何，且听下回分解。

（注：后续部分缺失，请读《关山游侠传》。）

101

关山游侠传

第一回

魔阵救人似梦非梦
客店留字惊上加惊

却说朱恒在岳州静待前线捷音报来，以便率师进攻崇阳的时候，忽然前锋白祖烈、张杏荪回来报告说金钩李等带了二万五千名士卒，前去攻打五鬼阴魂阵，不料不但一个兵士没有回来，连金钩李等也是生死不明，想必都已陷落阵内，现在清兵已追逼而至，我等只有从速退出岳州，再图他策。

朱恒一听这话，心想为了我个人的事情，反而害了许多英雄的性命，觉得惭愧万分，愤不欲生，就拔出佩剑意欲自刎。幸喜白祖烈、张杏荪眼快，随即夺过宝剑，再三劝解，朱恒才稍抑悲愤，收拾些随身细软逃出岳州。本想回君山一走，奈清兵势如破竹，直捣君山。回顾身边士卒所剩寥寥无几，于是打定主意，暂且放弃君山，再待时机，重整旗鼓。就把这意思对白、张两人一说，他们自然同意，就向朱恒说道："寨主既愿暂时息影，等机会再起东山，小弟等极表赞成。我们的意思，最好暂往长沙去隐居一时，因为湖北境内风声较紧，居留起来，多有不便。小弟等都在那里开设客栈，和地方上人也很熟悉，定可保障不会出什么岔事。况且有本领的异人，大多都在湖南驻足，趁此机会，也可访寻几个能人，结为同志，以图雪此仇恨，不晓得寨主的意思怎样？"

朱恒这时满腹忧闷，也打不定去往哪里安身的主意。听白、张说得有条有理，也只得点首应允。不过一想起金钩李等下落不明，心中不觉伤感，便拭着泪说道："贤弟们的好意，我是非常感激，只是金钩李等各位英雄为了我舍身赴敌，至今又生死未卜，若我只图自己苟安偷生，岂非成了忘恩负义之徒了吗？"

白祖烈安慰他道："寨主有了这种存心，已经可誓天日。等我们到了长沙以后，再慢慢探听他们的生死情形也不为晚。反正寨主现在已是赤手空拳，就算晓得了他们的下落，又能怎样为力呢？"

张杏苏也说道："我揣想金钩李等各位英雄，本领高强，暂时虽陷在五鬼阴魂阵中，可以绝保无性命之忧，迟早定能脱身出来，只不过还有水陆几路兵马，我觉得应该给他们个消息，让他们也有个准备才是。"

朱恒连连顿足道："不是杏苏弟提醒，我真做了个忘恩负义的人了。水上飞沈栋、长脚鹭鸶吴杰，他们倒会趁风使舵的，而且他们本来就在那一带捕鱼为生，想来不致发生什么问题。只是盛时瑞弟兄俩袁崇厚方四弟等，却需要通知他们一下才好。我想我们且暂缓到长沙，把各方面的事情安排妥当了再说。"

白祖烈却摇摇头说道："这方面的情形，我很熟悉，现在请杏苏弟保护寨主先赴长沙去，让我到各地去走一遭。如果寨主要亲自往来这些地方，我觉得反有不便。"

张杏苏也点头道："如此甚好，就烦白兄劳驾一遭吧。"朱恒也只得依从，于是一行人便扮作客商模样，一面到各地去探听消息，一面向长沙行来不表。

只说刘馥、郑赛花、印光三支飞剑，在北阵里杀得了尘只能招架，而无还击的力量。那时候了尘见不能取胜，急忙把黑旗摇曳起来，顿觉阵中如同冰冻地狱一样。刘馥等浑身发抖，牙齿上下打战，自然剑光也无力支持，慢慢败了下来。了尘一见法术成功，立刻振作精神，紧捏剑诀，把剑直逼三人，想取他们的性命。当时刘馥忽觉冷砭肌骨，手足发颤，已无力再能抵敌，眼看郑赛花和印光也都抖索索地毫无生气的样子，想道：这了尘的妖法确实了得，不料我们竟要死在这五鬼阴魂阵之内，大概也是定数。当时收住剑光，闭目待毙。

正当这性命危在刹那的时候，此时眼前一亮，一道五彩的毫光从阵外闪烁飞来，耀得两眼发花，又觉身体忽然腾了空，想挣扎起来，却完全不由自主。又听得耳边风声呼呼，好像自己在腾云驾雾，扰得头昏目眩。刘馥暗想：这五鬼阴魂阵竟会如此厉害，深悔不把那本《通天宝鉴》多加研究一番，否则也不会吃这种苦头了。他想罢，只得闭了眼睛，咬紧牙齿，听凭摆布。可是顷刻之间自己身体飘飘然像从高空中掉了下来，等触着地面的时候，立刻张开眼睛一看，却原来睡在旷野的草地上，既没有五鬼阴魂阵，也不见了尘的影子。翻身坐起一望，又见郑赛花和印光就在离自己不远的地方躺着，真使他摸不着头脑了。清清楚楚的事情，怎么倒像做了一场梦，我和郑赛花不明明白白破了五鬼阴魂阵西阵以后，顺便到北阵帮助印光和了尘厮杀吗？了尘不是施了妖术，要用剑取我们的性命吗？何以霎时又会变得这杳无人影的旷野地方呢？他急急叫醒郑赛花和印光，大家也都莫测究竟，只是疑惑不定。

忽听天空中发出哈哈大笑的声音，接着说道："傻孩子，不要左思右想了，不把《通天宝鉴》研究个仔细，就能破得五鬼阴魂阵的吗？你们也太大胆了。没有我，你们都早已变作阵里的怨鬼了。现在快到长沙城里，有人盼望了你们好久哩。"

刘馥一听这声音，好像是祖师爷的口气，便立刻跪下叩头，等仰起头来的时候，空中却毫无影踪了。他们只得向天叩谢了一番，依着话向长沙行来。

一路上只听茶楼酒店里的人纷纷说着君山强盗已经打平了，可惜逃走了首领朱恒，捉到朱恒去报官还有重赏的话，刘馥等晓得这次起义已经完全失败。不过没有人说起那五鬼阴魂阵的事，也得不着师父师叔和许多师兄弟的消息，心里也觉得十分怅惘。

约莫走了半个月工夫，已经到了长沙地方了。刘馥、郑赛花、印光三个进城以后，只见市面热闹，生意兴隆。他们也无心去赶热闹，就走到一条比较冷僻的街上，拣了一家茶馆坐下休息。忽听得隔座茶客中有谈到君山事情的，刘馥便细细留心听他们说话。

只听一个问道："听说君山大盗的盗魁已经捉到了，这话可是真的吗？"

又一个答道："那还是假的吗？就在本城迎宾客栈里捉来的。"

又一个道："本城迎宾客栈里？我不信，怎么君山的强盗会跑到长沙来？"

另一个笑道："你真是少见多怪，君山的强盗窝已经给湖北提督派兵剿灭了，你难道不知道吗？这一遭幸亏有个道士帮着忙，摆了一个叫什么鬼阵，才能够打胜仗，把他们的巢穴也肃清了。只是盗魁已经先逃走，所以当时不曾捉到人，直到前几天，听说盗魁匿居在本城迎宾客栈里，知府就派兵把他捉住了。"

另外又一个茶客插嘴道："前天在迎宾客栈捉到的犯人叫朱恒，他就是君山的盗魁吗？"

另一个应声答道："不错，我记起来了，半个月前，到处贴榜，说捉到朱恒有重赏，不晓得谁竟有福气得这笔重赏呢。"

又一个茶客说道："只可惜带累了这家客栈，官府说他们窝藏匪盗，不但封了门，店主也一同捉了去吃官司哩。"

另一个道："说不定他们是同党，据说做大盗的，派着手下喽啰，到各地方去开客栈饭店，一方面可以通消息，一方面可以藏匿赃物。捉朱恒的榜在长沙贴了近十天，难道他们会不晓得，不愿意得这笔重赏吗？"

这时茶馆里的茶客都将拿朱恒的事做谈话的资料，刘馥等几个只是静静地听着，后来他们说来说去，总是这几句话，有的竟为了迎宾客栈究竟是不是同党的问题，争得面红耳赤起来，觉得在这里再没有别的消息可以探听，就付清了茶钱，寻觅到一家生意比较清淡的客店住下。

刘馥等三人寻好了客店以后，当时商定了印光出去到迎宾客栈一带探听朱恒被捕的经过，刘馥就往知府衙门一带访问朱恒在监的情形，郑赛花虽然也扮了男装，总究有许多不便，就叫她暂时在店里休息，等他们二人得到确实消息以后，再商量办法。

当下刘馥走到知府衙门附近，就在衙门对面的茶馆坐下。这里仿佛是衙门中人的俱乐部，有一大半茶客都是衙门里的人。刘馥同座的一个茶客好像也是衙门差人的模样，于是就和他搭讪起来。

谈了一会儿，刘馥就把话头转过来问道："听说君山的盗魁，给你们衙门里捉来了，这样，那各位公差不是都有赏金可得了吗？"

那个差人却摇了摇头答道："在我们衙门里当差的，什么油水也休想，这个瘟官只晓得巴结上司，哪里体会做下手人的苦？像这回捉了这样一个大盗，上面本来规定有一万两银子的赏金，但这个瘟官却说是应尽的职责，轻轻一句话就把一万两银子回掉了。"说着不住地摇头叹气。

刘馥便又问道："那么，他家里面的人总可以榨些油水出来的。"

那差役冷笑一声道："看你好像不是这里人，或是刚才到这里的，所以说起话来没头没脑。朱恒从君山逃到长沙来，匿居在迎宾客栈里，除了他光棍一个，哪里有什么家里人。而且说也奇怪，这个大盗连行李也没有，身边只有二三两碎银子，你想这可是件倒霉的差事？"

刘馥带了同情的口吻道："碰着这种光棍货，真简直是倒霉的差事啊。"两人沉默了半晌，刘馥又开口问道："那么这强盗还得解往原地去审问吗？"

差人道："不费这种手脚了，瘟官已向提督请过示，只要招了口供，就可以处决了，大概总在一两天里面，就可以看杀头的把戏了。"

刘馥正想再问，那差人却已动身回衙门去了。他又坐了一会儿，茶客中没有谈起关于朱恒的事情，自然也不便多去啰唝，以启别的疑心，于是就踱回客店来。踏进房门，只见印光已回店了，便把探听得到的结果，说给大家听。

印光点头说："一点儿不错，朱恒是在一两天内就在本地斩决的，我已经探听确实了。客栈里的人，因为没有确实的凭据，客栈是准予启封，只罚他们两千两银子，如果银子一缴进去，客栈的老板就可以放出来。"他说到这里，又把声音放低了道："喂，你知道这客栈的老板是谁？却原来就是那个赛李逵哩。"

刘馥听了不住地点头，说道："我猜得准没有错，要是他放出来以后，我们更可以多一个帮手哩。本来今晚想去探一回监，既然这样，也不必打草惊蛇、多此一举了。不过他们预备两千两银子，今晚一定弄得齐吗？"

印光答道："大概不致误事的，现在已经凑得有一千八百多两，只差一百多两，据说黄昏时分就可筹齐的。"刘馥应了一声，也就没有话说。

只是郑赛花听了他俩先是一问一答，后来却又把这件事搁置不提，心想他们不知闷葫芦里卖些什么药，便忍不住开口道："你俩分头去探听消息，要我守在店里，现在到底预备怎么样？难道坐视朱恒受罪，不去搭救他一下吗？"

印光早已明白了刘馥打算怎么做，不过也不愿就说了出来。此刻听郑赛花的话，晓得她还不知道刘馥的计划，便也假装吃惊似的说道："对咧，郑姑娘的话不错，我们应该商量商量救朱恒的办法才对呢！不过郑姑娘，你觉得怎样入手才好？"

郑赛花毫不思索地答道："我以为我们今晚应该到监里去探访一次，干脆点儿，索性把他劫了出来，连那狗官也杀了再说。"

印光又接着说道："这办法虽好，但是监里一定看守得很严密，也许没有这么方便行事。"

郑赛花哼了一声道："看你平常胆子很大，原来这么一个银样镴枪头的东西，老实说，我们这次失败，并不是那班鞑子兵的厉害，你们胆小，我郑赛花一个去，看究竟做不做得到。"

刘馥听了，不住哈哈大笑起来，说道："你老是那样性急，印师兄比你聪明得多哩。劫走一个朱恒，算是什么难事，你却不想想那个赛李逵以后的地位吗？要是在客栈老板没有脱去干系以前，我们把朱恒救了出来，那知府必定把怨恨尽往客栈老板的身上发泄，这还不是搬了石头压自己的脚？我早就想定了，你来，我对你说。"

郑赛花走到刘馥身边，刘馥就附了郑赛花的耳边谈了一会儿，只见郑赛花不住地点头，印光看了刘馥和郑赛花的情景，不禁拍手大笑起来，打趣道："有什么私房里的话，只许在床头边去说，白天里也会唧唧哝哝起来，不怕羞死旁人吗？"

郑赛花向印光啐了一口道："狗嘴里吐不出象牙来，真非打你十大板手心不可的，你故意在我面前假痴假呆，想来叫你老娘上当吗？"

刘馥插嘴道："这只怪你自己不留心，我对印光师兄说的一段话里，已经告诉你们要实行的主张了，谁叫你不细细分辨一下呢？"说着三个都笑了。

当晚一宿无话，次日早餐以后，印光急急忙忙跑到迎宾客栈里，知道两千两银子已经筹齐，派人送到衙门里去了，大约至迟到午牌时分，人就可以出来。他就留了一个字条，约他客店里来谈谈，也就径自回客店里。不料一进房门，不见刘馥和郑赛花的影子，觉得很是惊奇，走到窗前，却见桌上留着一个字条：

印兄鉴：
    我等因要事赴北门外李家庄一行，不及候兄回店，见
条即请算清店账，三小时后当在门口鼓楼下晤面不误。

馥花谨启　即刻

111

印光看了这留下来的条子，不禁惊异万分，心想刘馥和郑赛花怎么一忽儿就出去了，而且准备不再到宿店里来，出去的时候也一定很匆促，所以才叫我算店账，揣想他俩长沙是没有熟人，何以忽然要到李家庄去一会，这种突如其来的行动，真使印光完全摸不清楚是怎么一回事。不过想到既已约定了张杏荪就到这里来，我且不必急急算店账。他就坐了下来，呆呆地想着，一会儿计划着怎样去救朱恒出来，一会儿揣度着刘、郑两口子究竟到李家村去干什么事。这样坐了两三钟头，窗外的太阳光已经和地面射成直线了，心想时间已到午牌，怎么张杏荪到这时候还不来呢？难道那方面的事情起了变化不成？刘、郑两个约我三小时后在鼓楼下会面，现在距离他们留条的时间，恐怕已经不止三小时了，那他们岂非已早在那里等待得很心急了吧。这样一想，就立刻叫伙计来算清账目，飞也似的跑出门来，心想先到迎宾客栈去探问一下，于是就急急地奔到那里。原来张杏荪早已放了出来，不过被一个朋友邀了去吃酒压惊了，也不晓得什么时候可以回店来。印光不得要领，只得又急急匆匆地赶往北门口鼓楼下去会见刘馥和郑赛花。

究竟印光有没有会见刘、郑两人？后来怎样去救朱恒？张杏荪是否和刘馥等晤面？且待下回分解。

第二回

待友不来分外心焦
为人除恶无穷欣慰

却说印光兴冲冲地从迎宾客栈探询了出来，知道张杏荪已经释放，心上便放下一半，只是刘馥和郑赛花约他在北门口鼓楼下相会一节，他还有些疑惑不定，于是放开脚步，直奔北门而来。不消半盏茶工夫，鼓楼已巍然竖立在眼前。那里是一条热门的街市，往来的人摩肩接踵，很是拥挤。印光依着留条的话，挤在鼓楼下，东西张望了一会儿，却不见郑、刘的影子。心想也许自己性急，还没有到午牌时分，不如暂在附近的茶店酒楼里去歇一会儿脚。就走到鼓楼东面的一条小巷口，正好巷口有一家茶店，挂着一壶春的招牌，抬头一望，楼上沿街的窗口，正对着鼓楼南北向的市街。印光不禁大喜，就三脚两步走上楼来，堂倌就招呼，在窗口望得见鼓楼南北街的座位上坐下。他也随口命堂倌泡了一壶淡茶，要了一碟瓜子，把身体伏在栏杆上，眼睛只是朝着鼓楼边呆望，只怕刘、郑两个走过，哪里还有心境喝茶嗑瓜子呢？茶楼里的座位几乎有十之八九空着，因为这时正当午牌时分，大家回去吃午饭了，除了少数有特别情形的以外，谁会空着肚子喝茶水？

印光等了半个时辰光景，那堂倌就来招呼他，问他要不要吃些什么点心。他抬头向天空一望，果然太阳早已西斜着好几丈，知道已过午牌时分，听堂倌一提起要吃点心的话，肚子也觉得有些饥饿起来，就命堂倌去叫了一碗素面来。一会儿，素面已端到他的面前，印光也就狼吞虎咽，顷刻吃完，肚子却还不觉怎样填饱，只是记挂着刘、郑两个，就也不去添叫，立刻算了账，飞步下楼，重复在鼓楼下徘徊了一刻，可是仍未见他俩守约前来。

这时印光心里真像十五只吊桶挂着，七上八下，弄得他不知怎样才好。后来忽意会到字条上写着郑、刘是到北门外李家庄去的，此刻恐怕还是那里有事，耽搁着行程的缘故，那么我此刻赶到李家庄去，一定可以和他们晤面。继而一想，从这里到李家庄，不晓得是否另有一条道路可通，如果只有一条路，那我迎了过去，就在路上，也可以和他俩见面的。万一不止一条路可走，哪里揣度得着他俩是走哪一条路，岂非要在路上相左不遇？况且刘、郑他俩只说要到李家庄去走一趟，也许到了李庄，还再到别处去有事。这样我虽去李庄迎他们，也不定遇不着。如果郑、刘两个只是到李庄去会会朋友，我又不是外人，他俩绝不会只叫我在鼓楼下相候，一定要我赶往李庄去碰头了。

印光尽在鼓楼下来去蹀躞，那些过路的人，都当作呆子和尚看。有些人竟站住脚，在猜想他要玩什么把戏出来。只要一两个人停脚下来，顿时大家不晓得是怎么一回事，也都好奇地停脚观望他。一会儿，鼓楼下就站满了好一堆人，本来街上已经是拥挤轧轧的，这样一来，简直塞得水泄不通。印光起初还以为他们有什么事在议论，所以也不去理会他们。忽然他把眼光向左右一扫，只见这些站立着的人，都把眼光盯住自己的身上，他才明白过来，自己在这里来往徘徊，一定已有不少工夫了，这些人见我只管蹀躞着不走，以为我是个疯痴的人，所以就围立下来的。他想到这里，不禁暗暗好笑起来。那些人见印光面露笑容，有的手指嘴噘，有的交头接耳，以为呆子的痴相快要发作。印光看到这里，忍不住扑哧一声笑了起来，跟着众人也都拍手大笑着。印光觉得不能再在鼓楼下等候了，便撒开脚步，向北门外走来。众人也觉得没有什么把戏可看，有的走开了，有的竟跟着印光出城来。但是看印光的神情，却不像是个呆子，也各自散着回去。

印光一面走着，一面不住把手摸着头皮，如今究竟到什么地方去和刘、郑两个去会面呢？要是会他们不着，单身的力量，怎样能把朱恒救出危险呢？况且张杏荪又不曾见到，究竟朱恒的实在情况难免还有隔膜的地方，绝不能贸然从事，现在午牌时分已过，想来郑、刘两个也不见得再来鼓楼下等候，就是来了，我已经在那里守候了多时，不能说我不守信约。不过他俩既然定了时刻地点，无缘无故绝不至于失约的，想必一定遇见意外的事情，或是到了李家庄，又更变原来的计划了。

印光一路走一路想，不觉已离北门有好几里路，回头望望长沙城，早看不清楚轮廓，心想索性到李家庄去走一遭，再打算以后怎样找寻郑、刘的踪迹吧。只不过李家庄不晓得在哪一个方向，须得问讯一下才好。

印光四周一望，可是见不到什么人影。忽见对面走来一个道士模样的人，看他生得眉目端正，气态轩昂，年纪已有六十岁光景，但是步履稳重，精神矍铄，一点儿没有龙钟老态。正在暗自纳罕，那老道已走近印光身边，向着印光周身上下打量了一遍。印光正想问他去李家庄的路径，老道像已揣度了印光的意思，就自言自语道："要寻人须向东北方，不必探访李家庄！有缘千里能相会，无缘对坐也徒枉。"他一边念着，一边却只管走。

印光听了，不禁又惊奇又有些不相信的神情，只是路上没有别个人可以问讯，就一把扯住老道，向他施了一个礼，说道："贫僧想往李家庄去访一个朋友，老者可知去李家庄的途径吗？请指示一下。"

老道哈哈大笑答道："贫道无缘相助，等将来有机会再说。"

印光道："我只请你告诉我到李家庄怎样去，走哪一条路？"

老道瞠目良久，说："贫道刚到此间，也不识哪一条是到李家庄的路哩。"说着，又是连打了几个哈哈，一撒手，已健步如飞向长沙城走去了。

印光望着那老道的背影，呆立了半晌，心想这个人似疯非疯，不知究竟是怎么一个人物。接着又叹了口气道："我今天不知遇到了什么克命的恶煞，总是到处碰钉子，连问问路也会问到这种人身上去。"

他问不清李家庄的路途，只好顺着大路向前奔走，等遇见路人再行讯问。打定主意，也不管是否是到李家庄的途径，便放心地行走。

只见太阳已渐向西移，打量已将申牌时分，从太阳的方向分辨，这路正朝在北方前进，也不管老道的话对不对，反正走大路总不会出什么岔子的。

走了约莫半个时辰光景，看见前面有一个茶棚，这是预备赶路客人休息的地方。印光心上一喜，想到茶棚里的人，一定知道李家庄在哪里，于是加紧脚步，走到茶棚面前。里面已经有七八个人在歇脚闲谈，他正想上前去问到李家庄的途径，忽听中间有人在谈起君山大盗的事情，心里一动，就顺手拖过一条长凳，坐了下来，又叫茶棚的主人泡一碗茶，装作过路人休息的模样，顺便可以探听探听有什么关于朱恒的消息。就是此刻到李家庄去找寻郑、刘，也是为着搭救朱恒，倘若现在能探听到关于朱恒的动静，也未使没有好处。刚才一颗蹦跳不停的心，却反而安静下来。

他就把茶碗端起，刚呷着一口，那几个歇脚的挑子却又说起话来，中间有一个叹口气道："那样的白面书生竟会干这种勾当，真是使人疑惑得很。现在这一路解到武昌，好像到阎罗王跟前去一样，一步近一步哩。"

一个年纪比较老的也插嘴道："所谓知人知面不知心，看上是白面书生，心里真是黑心强盗，在他手下总也死过不少人，这回就是报应了。"

116

印光一听，不觉疑惑起来，他们分明所谈论的就是朱恒，但朱恒不是已经预备在本地斩决，不解到武昌去了吗？何以他们竟像亲眼看见一般解着朱恒动身到武昌去了呢？

他刚在思念间，又有一个说道："我听说朱恒明后天就要在大校场斩决，怎么一会儿又解到武昌去了，这可叫人摸不清头脑。"

那老者又说道："衙门里的事情，我们怎么会摸得清头脑呢？譬如那个迎宾客栈的老板，他分明也是有窝藏大盗之罪，照例也得坐几年监牢的，现在听说只花了二千两银子，已经运动出来了。你想，这种事情只有他们自己心里明白。"

印光听到这里，也假装吃惊似的说道："哟，居然有这种事情，犯了法可以拿钱赎罪的吗？"

老者斜了一眼印光说："出家人自然更不懂花花世界里面的事情了。"接着又叹了一口气。

印光看自己的说话已经有了回声，便又继续问道："那朱恒解到武昌去，恐怕也是武昌的知府想捞一笔油水吧，要不然，怎么会突然解去武昌的？"

老者说道："这却不见得，朱恒的事已经闹得天翻地覆，恐怕不是银子可以了却的，这次解去一定性命难保，不过今天忽然就解到武昌去，也许怕盗党劫监吧。"

印光一听，自己的脸上觉得一阵热，赶忙低下头去，一面却暗中打量老者，只见他拍了拍身上的泥尘，立起身来待走的模样，知道自己行踪并不被他识破，原来还是自己心虚，才这样多疑的。于是也站了起来，看那一群人正由自己的来路走去。那么，他们一定由这条大路来的，朱恒解往武昌，想来也不曾走了多远，正好追踪上去，暗暗地跟在后面，等有机会时动手相救吧。于是付了茶钱，向东北方的大路飞奔而来。

这时候，他又想到郑、刘两个了，要是三个人同时在一块儿，那半路上定可以劫了囚车救出朱恒。然而他俩不知在什么地方，是否晓得朱恒已经解到武昌去了。自己个人力量有限，能不能趁机会救出朱恒来，这一连串的思潮顿时涌上心头，一面赶路，一面心里盘算不停。直到天已昏黑，还没有看见前面有押解囚车的官兵，不禁疑惑起来。但是到武昌去只有这条大路，也许官兵行程迅速，一时赶不及。此时天已入暮，想来官兵也须休息，我如只是一味追赶，反而要遇不着他们，不如明天早晨起早些，再多赶一程吧。顺步就走到前面的小镇上，想寻家宿店打尖。

走不多时，见有一家客店，设在一座小山的山脚下，在暮色苍茫中，还隐隐约约看得出那客店的招牌，写着"招商栈"三个泥金大字。左右两旁，只有几间茅屋蓬牖，后面便是一座丛林。印光心想，这样冷僻的地方，却设着客栈，如何会有生意呢？就又想到怕是强盗打劫过路客商的黑店不成？然而这时天色已晚，况且自己又不是客商，用不着担心人家会觊觎，于是就放心走到客店门前。

只见临门摆着一张桌子，旁边坐着一个中年妇人，看上去约莫有三十左右，生得很是风骚。见了印光，便笑盈盈地站起来，招呼说道："客人可要借宿吗？这里有上好清洁的客房，你进来看看就知道，我不是骗你的。"

印光点着头，走进店门，见中堂上早有两位旅客，像是经商的客人模样，身旁还堆着许多货物行李。印光也不和他们打招呼，只拣着一个座位坐下，小二早就打了面水，拿给印光洗脸。印光洗了脸，妇人就指着一间侧房给印光。印光进去一看，虽然陈设简单，但也够得上说得整洁，也就点头称好。小二也端上灯火酒菜，于是印光便在房间里独酌起来。

印光心里有事，一面惦念着朱恒的行路，一面疑惑着刘馥两人的行动，宛如一个闷葫芦，真使人莫测。所以，几杯酒喝下肚去，愈是思潮澎湃，遏止不住了。细听隔壁房里已是鼻息如雷，鼾声大作。这才命小二收拾杯盘，吹灭灯火，上床去睡。也不知什么时候才进入了睡乡，可是像有一阵磨刀霍霍的声音惊醒了印光。侧耳细听，又有一阵呼号惨厉的带哭带求的声音，直钻入印光耳鼓。

印光便下得床来，黑暗中见地下墙角边微微露着一丝灯光，印光就伏地窥视，这一看不由他毛骨悚然。虽然印光对于杀人的这个勾当也是司空见惯，而且在自己手上不知经历过多少次。这一遭他却禁不住连打了几个寒战。原来这房间底下，却是一个地窟，人类的屠场。四壁上满挂着人头、人身、人手、人腿，牵肠挂肚，心呀肺呀真不知有多少。也有鲜血淋漓的，也有经过盐渍的。那左侧的柱子上，赤条条绑着一个人，仔细一看，仿佛是刚才中堂上所见过客商的面貌，已经剖开肚皮，剜出肠子。有一个贼人一手把着一面铜盘，一手伸进他肚皮里面，抽出肠子，盘上还有血淋淋的大堆肥肉。目光转向右边，那更令人惨不忍睹了。那里摆着一张木床，上面躺着一个十岁左右的少年女子，脱得一丝不挂，有个贼人拿着沸水在冲洗全身。一会儿以后，用一把雪亮的钢刀割着乳峰。那个女子好像还未完全气绝，一刀下去，身体就微微挣扎一下。

印光不忍再看，站起身来，不觉勃然大怒，心想世界上竟有这等残酷的人，不知他的心肠是什么做成的！这店家定然是黑店无疑，不如趁此机会除了他们，免得再伤害过路的客商。正想念间，忽见床后的木板渐渐上升起来，印光急忙闪在一旁，只见木板下钻出一个人头，黑暗中却看不清面貌。一瞬间，那个人已摸索到床边，手里执着一柄钢刀，正向自己的卧处用刀斩去。忽听下面有人在喊道："伙计，完事了吗？手脚快些。"

那人正举刀想砍第二下的时候，印光突然飞步蹿到他的身后，右手夺住钢刀，左手勒住他的头颈，顺手举刀在后脑一劈，又把那人的头割了下来。

这时下面又在喊道："怎么还不完事？为什么连答应也不答应一声呢？"

印光又好气又好笑，就把那人的头颅对着说话的声音地方掷了下去。听得那下面的人，啊呀一声倒下地去，嘴里却啰唆着道："看你好像疯了一般，连正经事都作耍起来，险些儿把我的脑袋也打破了。"接着又听那人狂喊起来，一阵铃声响过，从下面上来二三个大汉，又从卧室门里冲进四五个贼人，都是短衣窄袖，抢斧舞刀。有几个执了火把，把印光团团围住。

印光不慌不忙，拿着从刚才被自己杀死那个人手里夺来的钢刀，左右舞动起来，正和斩瓜切菜一样，杀得贼人八零七落，立刻纷纷倒下来两三个，其余的见不是路道，便向外飞也似的逃去，一边喊道："快去报告大王，这里失风了！"

印光赶到门前，正想跨出门去，忽然飕的一声，一股冷气直向自己顶门飞来。急忙闪过，面前已立着一个女子，便是日间招呼借宿的那个妇人。印光并不作声，只抢刀向她砍去，那妇人不慌不忙，飞起一脚，把钢刀踢落，飞出有二三丈远。印光猝不及防，料不到妇人竟有这样厉害的本领，自然不敢怠慢。正当这时，妇人的裙里腿又直向印光面门扫了过来，印光已手无寸铁，只得举拳相迎。于是一男一女，便在院中狠斗起来。拳风呼呼，莲瓣纤纤，真是棋逢敌手。

二人拳来脚去，足足打了半个时辰光景，那妇人气喘吁吁，香汗直流，有些抵敌不住。印光见了这个情景，便愈打起精神，心想如今已身陷贼穴，能够打倒一个，便可以少一分仇敌，而且那几个贼人已去报告大王，免不掉还有一场恶战。此时要赶快结束这场恶斗，休息一下才好。想罢，就使一个老鹰擒食的姿势，将身子腾上半空，又迅速地直劈下来。一面用孤掌鸣雷拳法，照准那妇人顶门，使着平生力量，狠狠地一拳。但见脑浆迸流，妇人已扑倒在地，一命呜呼了。

印光正想走下地室，搜索这店里有没有贼人的踪迹。忽闻马蹄声、呼啸声、喊杀声由远而近，急忙隐身门边，向外面望去。尘土滚滚，夹着一条火龙似的队伍，直向这里奔来。暗想这一场恶战，却要留神，况且贼众我寡，身边连兵器也不曾带得，除了贼众丢下的几把短柄钢刀以外，没有什么可用兵器。可是他们人既这样多，短柄钢刀很难使力。正为难间，陡地想起腰间缚缠着一条软鞭，有七八尺长，使用起来要比短刀来得灵便。于是走出店门，抽出软鞭，预备迎敌。

那班贼人早已在丛林间跳下马背，随着一个面如锅底、满脸浓髭的大汉飞奔到店前来。一见印光，大声喝道："哪里来的贼秃，敢在老子的地带撒野，还不快快自缚受死吗？"

印光也喝道："假借客店招牌，为害行旅，狗强盗竟敢无法无天，做此丧尽天良之事，可是觉得活着不耐烦？"

那黑汉一听，并不答话，只舞动手中铁棍，拦腰击来。印光忙将软鞭架过，觉得虎口一震，有些酥麻，心想这贼倒有些蛮力，未可轻敌的。于是一来一往，大斗起来。在火光下，只见棍飞鞭舞，两个黑影滚作一团，辨不清哪个是黑汉，哪个是和尚。所以许多贼人也便在圈子外呐喊助威，无法帮助。战了约莫有一个时辰光景，印光觉得两臂沉重非凡，浑身热辣辣汗如雨下，暗自思忖：如果这样战下去，不但不能取胜，反而要战他不过。印光正在暗想，黑汉突然已经跳到他的背后，一棍直向顶门击了下来。这一棍少也有五六百斤的力量，幸亏印光觉察得快，一个旋身，软鞭往上一迎，轰的一声，把铁棍擎向天空。原来黑汉这一棍下来，使尽全身力量，攻印光的不备，以为定能击得他脑浆迸流，死在棍下的。谁知印光一旋身，举软鞭迎将上来，顿使黑汉来不及收棍，借了击下来的力量，把铁棍飞向天空而去。黑汉喊声"不好"，跳出圈子，贼众便迎上困住印光。

这些贼众哪里是印光敌手，只听得鞭声呼呼几响，早有五六个臂折腿飞，倒在地下了。那黑汉只得再鼓勇上前，一声吆喝，再跳进圈子，用拳朝印光胸前击来。印光不敢大意，举起软鞭，把身体向左一闪，躲过拳势，顺手一鞭，直向那黑汉头顶上打去。黑汉冷不防印光手脚如此敏捷，知道躲闪不及，便索性站定身子，运用神功，把一个头颅用气运成像铁铸似的，软鞭啪的一声，着在顶门上，那头皮却丝毫无损，印光的软鞭早已断成两截了。

印光愕然良久，心里暗暗吃惊，知道这是铁头的功夫，一看手里的软鞭只剩了四五尺的半截，使用不便，就索性丢去了不用，站着凝气养神，反正大家手里都没有兵器，这时却全仗拳脚的内功了。

正在思忖之际，黑汉已运足力气，用那铁头直向印光小腹撞来。印光知道闪避不及，索性也就不躲，仍用孤掌鸣雷的拳头，猛然向铁头劈了下去，这一掌足有千斤之力。那铁头黑汉"啊哟"一声，身子一晃，险些栽倒在地。但是一挣扎，依旧站定了身体，向印光抱拳拱手说道："好，我们后会有期。"说着，带了贼众，到丛林间跨上马鞍，飞驰而去。

印光只把两眼望着他们的背影，心头扑扑地跳个不停，暗忖自己唯一的本领，就是这孤掌鸣雷的拳法，况且刚才那一掌下去，已经是用足生平的力量，黑汉居然能够经得起这一掌，自然他本领比自己无分上下的了。所以只好眼睁睁望他逃去，不敢追赶上去。不过他走路时说过后会有期的话，那是他必定要来报仇的。今天我没有力量除掉他，明知纵虎归山，后患可怕，然而这又有什么方法呢？如今这爿黑店，他是开不成了，总算我也替过路客商，做了一件好事吧。于是回身奔进客栈，走下地窟来。

宰人场里的情形印光不敢多看，只走到木床边，摸了摸那女子的胸口，已经冰冷，死去多时了。回身一瞧，里面还有许多密室，编着子丑寅卯辰巳午未等号码。印光就依着次序一间间看了过去，各室中大半空着，只有午字号中，有好几个女子，双足已被砍去，眼睛也被挖掉，满地流着鲜血。印光吐了一口唾沫，又走到最后的一间密室里，门是反锁着，他就踢开板门，里边有五六个男女，四马攒蹄般倒悬在那里。他们一见印光进去，都哭着哀求饶命。印光说明来意，把他们一个个放下，他们都伏地拜谢救命之恩，印光随即走上地面，各处搜寻了一遍，在账房柜台中寻出一包散银，分了大半给那些男女，叫他们各自回乡，一面想起索性把它烧个干净，免得惊动官府，自己以后脱身不得，耽误救朱恒的事情。这才叫那班男女赶快动身，就寻了火种，登时一把火，这家招商栈烧得烈焰冲天，自己才背了包裹，向大路飞跑而去。

约莫走了二十多里路，天色方才大亮。印光觉得肚中有些饥饿，就在路旁一棵大树下坐了下来，取了包袱里的干粮充饥。吃完以后，正待赶路，迎面来了一个樵夫，挑着一担松枝，缓缓行来。印光便向他问路，知道这里是临汀地界，那个有招商栈的小村，叫作拴羊司。村北有座大山，是湖北、湖南交界的地方，名叫盘龙岗。那里有两个著名大盗，一个叫铁头陀陈平，一个叫飞太保邢尚，都是本领高强，连官府也奈何他们不得。铁头陀陈平又在拴羊司开了个招商栈客店，专门引诱客商居住，劫取财物不算，还把这班被劫的客商割腹裂肚，取出心脏肺腑，供给飞太保炼丹。

印光听了樵夫的话，心里明白，虽然一心想去除掉那两个恶贼，但自忖力量不及，恐有差池，而且搭救朱恒又觉刻不容缓。于是问樵夫到武昌的路途，樵夫说："这里到武昌的大路，却有两条，一条比较近些，但是要经过盘龙岭，路上不甚好走；一条远些，绕过盘龙岭的山脚边，多走六七十里路程。这里一直走到前面小镇上，就要分路了。向正东那条比较远些，向西北那条就是近路。客官如果没什么十分要紧的事，还是走正东那条妥当些。"印光又问官兵解囚的事，樵夫却完全不晓得，印光只得谢了樵夫，预备到前面小镇上再定行止，就直向前面小镇走来。

欲知后事如何，且待下回分解。

第三回

广场卖艺巧除恶霸
禅林投宿适逢仇人

却说印光别了樵夫，直往前面小镇走来，不多一会儿，已到了镇上。这天正是小镇逢墟的日子，街上十分热闹，那街梢上的土地庙前，一片广场上，已是万头攒动，摩肩接踵，有各式各样的陈设，还有许多卖艺的也趁着墟日赶来赚钱。

印光想打听朱恒的踪迹，就在这广场周围徘徊着，忽见广场东北角口有个妙龄女子和一个半老徐娘，一个敲锣，一个布置杆索，预备卖艺。但看她俩的神情，并不像是走江湖的模样。许多看客也渐渐走拢，印光一时好奇，也走近圈子去观看。那场子已是布置妥当，中间竖着两根木杆，杆头缚了三四条绳索。妙龄女子向四面看客行了个礼，就扎束纤腰，一跳直上绳索，在索上行走起来。走了两遍，便做个跪拜的姿势，忽然一失足间，身体坠了下来。看客们都替她捏把冷汗，以为这一跌，却是非同小可，至少也要头破血流了。谁知那女子身体离开绳子，往下坠落的当儿，突然来个鹞子翻身，她那莲瓣双钩，已经钩住绳索，倒悬绳上了。这一来掌声雷动，喝彩四起，看的人都把银钱争掷过来。

这时候，忽然人丛中抛出一块有半两多重的碎银，向那女子的脸上打来。那女子已看得清切，不慌不忙，把那块碎银衔在齿内。

看众不由得又连声叫起好来。正当喊声未绝之时，那女子却把这块碎银夹在手指间，右手轻轻一举，对准那掷过银子的来处，喊声"着"，不偏不倚打在一个纨绔子弟的额间，已经鲜血直流，连呼"啊哟"不止。接着顿时有七八个大汉挤了进来，摩拳擦掌，动手来打女子。那女子毫不惧怯，顺手拔起一根木杆，将身一跃下地，用根木杆就地一扫，那些人早已摔倒两三个。那个面上流血的人这时也脱去长衫，奔向那个半老的妇人跟前，动手起来。那人左纵右蹿，拳打脚踢，却没有一下打中踢中的，全被妇人躲闪开，一面还苦苦哀求他，深自抱歉认罪，怪女子的不是。可是那人全不理会，一味地喊着打着。

不多一刻，几个大汉都被女子打得逃走了。女子回身一见，那人正和自己母亲在交手，便杏目圆睁，喝道："这个恶贼，娘何必和他讲理数。他昨天调戏人家还不够，今天还想来侵害女儿，等我来教训他，免得他再这样耀武扬威。"说着向那人便是一腿。

那人闪避不及，跌出几丈以外，一面爬去，一面喊道："有本领的不要走，等一会儿来和你算账。"喊罢，一溜烟往北面飞驰而去。

印光见了这母女两个本领不错，心中暗暗佩服她俩的本领，但一面又听看客们都说这场祸事闯大了，不晓得究竟这个纨绔子弟是什么人。不过看她们母女不像卖艺人，听女子说话，说昨天给那人调戏，想来这个纨绔子弟一定不是什么好人。现在此去，定是纠集党羽前来报仇，那么一场恶战恐怕免不了。她们母女俩究竟是否是这班恶党的对手呢？于是顺眼观察一下母女们的举动，见她们非常镇静，只把场子里的用具稍稍地整理一下，并没有丝毫怕惧的神情，也没有意想逃走的神情，好像一面正在等候他们前来报仇似的。这一来，更使印光暗暗赞叹，心想如果她们母女力不能敌的时候，我却要助以一臂之力呢。

正思量间，只听得一阵呐喊，尘头起处，拥来几十个武士般的彪形大汉，为首的一个更是凶猛非常，一转瞬间，飞也似的到了场子前，许多胆小的看客们早已溜之大吉，害怕吃着飞拳流腿。那母女俩一见果然拥来许多人，便各在手中端上兵器，妇人手里执一条短棍，女子却拿起一柄宝剑。只见那领首的一个凶汉拿一把尖刀，霍地跳进场子，厉声喝道："你这贱婢，好不识抬举，我那个门生既有钱又有势，你如依了他，包管你一生一世吃喝不尽，用不着再走江湖，冒风雪，饱一餐饥一顿度苦日子，几生修到，还怕修不到这样的好福气。却有你这样的贱骨头，不但不会享艳福，反而仗自己有些毛本领，来欺侮我们起来。你不打听打听我赵全能是什么人？我的门生徐大爷是什么人？敢这样无法无天吗？现在只要你服服帖帖跟徐大爷回去，万事全休。要有一个不字，那就要你母女俩的性命。"

那女子并不答话，只把右臂一伸，噗地一剑刺去。那赵全能见女子已经动手，便也举起尖刀，对准那女子心窝直扑过来。这样一进一退，一来一往，二人在场子中恶战起来。这时许多大汉也围住了那个妇人，杀成一堆。

恶战约莫有半个时辰光景，女子的剑法虽好，力气究属有限，哪里敌得过赵全能。赵全能一见女子已是香汗淋漓，气喘吁吁，料她不能再抵敌下去，于是步步进逼，不过不愿趁此杀死她，想把她生擒活捉过来，使得能就徐大爷的心愿。这样主意打定，便虚晃一刀，假作打败欲逃的模样，一边却暗中在镖囊中取出一支钢镖在手。

那女子正愁无法抵御的时节，忽然见赵全能竟败了下去，刀法也渐渐乱了起来，甚觉奇怪，又见他已虚晃一刀，败了下去，不知他是计谋，心想不如趁此时结果了他，免得再在这里仗势害人。就一个箭步跃上前去，用宝剑直向赵全能顶门砍来。冷不防嗖地一响，那赵全能的飞镖，正打在女子右臂上，"哎哟"喊声未绝，右臂一酸，宝剑接着落地。赵全能顺势一蹿，转身扑了过来。女子喊声不好，只见赵全能的脚尖已离自己肩头不远，再也来不及躲闪。

　　在旁观战的印光，也不禁替那女子捏一把冷汗，正想跃步上前，相助女子，只觉眼前一亮，一支锋利的袖箭，飞向赵全能的腿上。赵全能腿上着了一箭，扑地跌倒在地下，那女子趁势一脚，踢着赵全能的肾囊，便一命呜呼了。正想转身去帮助母亲打那班大汉的时候，只听得砰砰几声过去，那班大汉已有七八个被袖箭打倒，其余的看同伴受伤倒地，哪里还有心思恋战，都跳出圈子，回头一看，赵全能已倒卧在血泊中，更是心慌意乱。母女跟着一阵追击，死的死，逃的逃，不留只影。那母女也急急收拾了东西，走出场子，向大路走去。看热闹的人这时倒反而拥挤起来。

　　印光这时也觉得留此无甚意义，也走了开去。心里却非常纳闷着，这放出袖箭救女子的不知是谁，要是没有他相救，女子一定要吃眼前亏了。而这两个母女到底却也奇突，不知是否和那个相救的人是一起的。心想自己此刻去救朱恒，单身力量很薄弱，看她们的行为，倒合乎侠义之流，我何妨前去结识结识她们，也许她们能够帮我一些。主意已定，急忙向着母女所走的大路赶来。但是向前一望，已没有那母女的影踪，这却未免使人奇怪。暗忖她们不过比自己早走了没多一会儿工夫，怎么连影踪都会没见？况且这里只有这条大路，何以忽然就会不见人影？除非她们有草上飞的轻身功夫，才会走得这般迅速。可是草上飞的轻身功夫，没有好本领的人，绝练习不成。但看她俩在场子上所施展的本领，却是并不见得怎样高强。这样更使印光摸不着头脑，更想追踪着她们以明究竟了。好在仔细端详了一会儿，这条路正是到武昌去的一条较远的大路，印光心里想定，官兵解囚到武昌去，绝不会走着那条有匪窟的近路的。如此一来，可以追踪官兵和朱恒的囚车的去路，乘便更好打探母女俩的究竟，倒是一举两得的事情。于是便也施展自己的飞行功夫，如飞也似的直上那大路赶了过去。

一直走了十几里路以后，忽然间哪里都是绝壁垂崖的山坡，仰望峰峦，渺入云际，俯视泉涧，深觉寒心。走了一程，不见村落庐舍，就是刚才那两个母女也毫无踪迹，连一个人影也看不见。

　　印光自言自语道："这也奇了，那樵夫明明告诉我，这条路是平坦大路，怎么变成了羊肠小道？而且连走路的人都没有？"他要想回头，又觉得已经赶了这么多的行程，再回头重走，要费去不少时间，反正这条路总可以通武昌的，我何不先赶到武昌，再行搭救朱恒呢？况且自己分明看见那母女两人直往这条路而来，凭空绝不会逃到哪里去的。如若能得她们的帮助，救朱恒也可以省力不少。此刻去找郑赛花和刘馥，却像大海捞针一般地烦难，索性舍弃掉这个念头吧。所以印光只一心一意直往大路赶来。可是一直赶了许多时候，沿路并无村落，也不见行人。赶到日色西斜，才远远望有个村镇，忙向村镇所在的方向走来。

　　等到村镇街上，却知道这里又无客店可以打尖留宿，离村镇十里路外的清凉寺，那里可以挂单。印光心想：自己正是个和尚，就在那寺里去叨光了一夜再说。又打听那母女两个，也是在不久以前经过这里，也到那寺里去的。印光听了好不高兴，一天里寻找了她母女两个，才知已到那寺里去。这两个人的飞行术，确比自己来得高妙得多。倘若能够求她们帮助去救朱恒，只从飞行术一项本领看起来，已经比自己强过许多。若论别种本领，虽然在广场里并没有看出那母女俩特殊的技艺，可是或许她们不愿在众人前显出本领来，也未可知。印光这时只希望能够寻到她母女两个，别的打算几乎都是次要的了。现在听说母女两个已往寺里去借宿，自然也就急忙跟踪而来。

　　且说那卖艺的母女俩，从那小镇的土地庙广场中匆匆收拾了东西，向大路行来。走了约莫一里多路，那女子说道："妈呀，说起来真奇怪，不知什么人在暗中帮助我们。当时我几乎被那个大汉一脚踢倒的时候，突然间那大汉倒了下去，趁机会我就一腿踢中那人的肾囊，我后来留神一瞧，那汉子的腿上，中了一支袖箭，所以负痛倒地，不知那放袖箭帮助我们的是哪一个。"

那妇人却笑道："痴孩子，哪里会有人帮助我们呢？这一定是你爸爸在冥冥中保佑我们哩。他知道我们为了报仇，要到泰山绝云岭去拜访散叶道人，因此一路上总在暗中保护的，你一定是看错了眼，才以为有人放袖箭援救你啊。"

女子咻地一笑道："哪里的话，我眼睛又没有昏花，怎么连袖箭也看不出来？老实告诉你，那支袖箭我还带来了呢。"说着，就从袖中拿出一支三寸左右长的袖箭，递给那妇人。

妇人正在端详的时节，那女子忽然惊异地喊道："咦！妈看呀，上面有一行字哩。"

妇人把袖箭递给女子："你看吧，我看不清楚了。这倒也是件怪事，凭空会有人帮我们的忙，难道已经有人看出我们不是卖艺的人了吗？"

那女子并不曾注意妇人的话，只顾自己仔细看那袖箭上的字迹，半晌才说道："妈，上面只有云山游侠四个字，没有姓氏，下方画着一朵蔷薇花，妈可知道和爹爹往来的朋友中，有叫蔷薇的人吗？"

妇人道："我这个也记不得了，只是别人识破我们的行踪，却不甚妥帖哩。万一半路上给仇人探听到我们的行踪，那你父亲的仇怕要报不成啦，我们快快走吧，今晚就到清凉寺去投宿，至迟后天可以到得武昌了。到了那里，就没有关系了。"于是母女两人，施展平生所有的飞行绝技，一直向清凉寺来。

将到清凉寺的时候，妇人又叮嘱女子道："女儿啊，这清凉寺里也不是怎样平安的地方，你爸爸从前也曾吃过他们的亏，住持叫尘因和尚，不过你我两个他并不认识，我们去投宿，大概不会有什么关系，你只当心不要东跑西跑就是。实在这里附近没有可以借宿的地方，只得到那里去冒一冒险吧。"女子连声答应，不一会儿已经到了清凉寺。

她俩进到寺门，已有知客僧前来讯问，知道她们是卖艺的母女，到寺里来投宿的，也没有怎样说话，只领她俩到一间套房里歇下，又命小沙弥搬出蔬菜白饭，请她们进膳。饭罢以后，女子就在里面一间，妇人就在外面一间，各自预备脱衣就寝。

女子顺手把房门一关，可是刚在上门闩，忽听砰地一响，四面壁上都已被铁板包住，屋顶上又蒙着二三寸厚的铁网，密密层层，没有一处空隙，喊着在外面一间的母亲，可是没听到答应的声音。摸摸铁板，足有半寸多厚，这一来，直吓得她六神无主了。

女子独坐床上，兀自没有主意，心想母亲既然知道这清凉寺是危险的地方，何以偏要自投罗网？如今有什么法子，可以出得这间屋子去？又不知道母亲在外间里，有没有晓得我已经被禁铁屋中，她自己是不是也和我一样，被囚禁得不能自由了？她想来想去，不由得珠泪暗坠，伤心起来。

正在这时，忽听得有一阵嘤嘤哭泣的声音，这声音很微细，但触入耳鼓，却分外凄惨。女子顿时想到这一定是母亲的哭声，但另一转念，觉得铁板包得很厚，我刚才大声喊叫母亲还听不到，这哭声绝不是母亲的。再细听那哭声，却从床后屋角里传来的。一会儿，那哭声似乎已经停止了。那女子端起烛台，细细在床后铁壁间照着，仔细地寻找了一过，只见壁角里果然有钢板大小的一个小洞，这才把烛台放回桌上，侧耳在洞口细细听了一会儿，哭声已经没有，把眼睛凑上去一瞧，黑黢黢的看不清什么东西，用鼻子凑近去嗅了一会儿，只觉得一阵阵血腥的气味直钻入鼻孔，几乎把刚才吃下去的东西都吐出来了。她经过这样一嗅以后，那些血腥气味仿佛只在鼻孔里凝住，弄得头昏脑胀，心头异常难过，实在有些支持不住，便倒在那床榻上睡下。胡思乱想了好一会儿，心神恍惚，正想闭眼养神，猛听得当的一声，那女子惊得立时坐了起来，见一个头陀站在床前。女子向他一看，只吓得一颗芳心狂跳不已。

究竟进来的是什么人，那女子有否逃出铁屋，且听下回分解。

第四回

识破乔装冤家狭路
坚定意志贞烈性成

却说那个头陀的脸映入女子的眼帘里，仔细一辨认，原来他就是自己要报仇的性空和尚，静悄悄地站在她旁边，满面现出得意的笑容，点点头道："冤家路狭，这句话一点儿也不错，虽然小姐迟早是要和我会面的，却不道今天自己寻上门来，这真是出于我意料的。"

女子听他小姐小姐地呼唤着，芳心又跳个不住，但脸上还是装得非常镇静，若无其事的神气答道："什么小姐不小姐，我不过是个卖艺的女子，哪里够得上这个尊贵的称呼呢？"

性空和尚笑道："在别人的眼光里，自然以为你是个卖艺的，若在我的眼光里看来，就清清楚楚认得你是个堂堂巡按大人的女儿黄秋芳小姐了。真菩萨面前烧不了假香的，小姐何必隐瞒呢？"

秋芳知道自己的行踪已经被他窥破了，再瞒也是无益，便向性空问道："你知道我既是巡按大人的女儿，打算预备把我怎样呢？"

性空道："这何必问，我现在只叫你说句话给我听听，你的父亲死在我的手里，的确是事实，但这死并不由我寻他的，而是他自己喜欢来惹我，我不得不采取自卫的行动。那时候，不是他活，便是我死，无论什么人，知道自己将死而不采取防护法子吗？除了疯子不会有第二个人，我杀死你父亲，还为了我的活命。现在你们母女乔装了卖艺的人，究竟有什么意思呢？且把这意思说给我听听。"

秋芳听罢说道："哼，这倒奇怪的了，我们的行动关你什么事呀？"

性空陡地换上一副声色俱厉的神情，在桌案上一拍道："黄秋芳，你敢这样说，今天你没有把话回答我，休想出这门口一步。你不要以为有了些小本领，会变些小把戏，就可以这样目下无人了。"

黄秋芳见他这样怒目横眉的样子，委实令人可怕。她初次经历这种险境，早知自己的能力绝不是性空的对手，并且如今身入虎穴，若和他冒昧动手起来，定然只有吃亏的，只得压住了心火，婉转说道："你这些话说得太奇怪了，我的本领又不要在你面前施展，目下有人无人都不打紧，你说我们母女扮作卖艺人，这实在为了父亲死后，本无积蓄，只好这样度生活。"

性空拦住了她的话头，猛然一声喝道："不要多说废话，我只问你，愿不愿跟从我？"

黄秋芳听了这话，心想他现在已决心和我为难，我若仍是低声下气对他说好话，不见得便能无事，索性横一横心，和他强硬到底，如果我该应死在他手里，无论怎样也逃不了这个劫数，要是我的父仇能报，他无论怎样，本领再大些，也奈何我不得。况且他要我回答的问题，换句话说，就是要糟蹋我的身体，我如其受他污辱，不如早些死了干净，免得使已死的父亲也沾着不清不白的羞耻。这样一想，顿时胆量大了许多，便不由得柳眉倒竖，也在桌上一拍，骂道："你不要欺负我这样一个弱女子，也不要以为落在你的势力范围以内，就无论怎都要受你愚弄摆布。现在我已经知道你是一个什么样的人，我就没有话要回答你，看你对我敢怎么样？"

性空一听秋芳这么一说，那脸上的一副凶恶神情，霎时变得眉喜目笑，用柔和婉转的口吻说道："小姐，你不要动气，你肯依我的

133

意思，将来却是后福无穷的。你先顺从了我，和我结了缘，像我这样有本领的人做你的丈夫，也不见得会辱没你。你知道我就是梨山圣母的弟子，我还可以把你介绍到圣母面前去学习道法，将来又是我的师妹，我们同心协力地把梨山神教推广起来，做一个梨山的大人物，能享人间不能享的福，能做凡人所不能做的事，你又何苦而不愿。我也看过许多许多女人，年纪有比你轻的，面貌有比你美的，但在我眼光里，都是纸人木偶，不值得去提拔她们。这是你前生的造化，这才使我看上了你，你知趣些，从了我吧。"

黄秋芳听到这里，几乎把肚皮都要气破了，手指着性空骂道："有你们这样的梨山神教，无怪产生出你们这个万恶的东西。"一面骂，一面从衣襟下面抽出一把雪亮的钢刀，冷不防直朝性空砍了过来。

性空早有防备，见她一刀砍来的时候，早提起一只右臂膀，迎上前来，一则想在秋芳面前卖弄一下他的本领，二则趁此机会让秋芳晓得自己本领高强，能够心服而顺从于他。

秋芳一刀砍在性空的手臂上面，就啊哟喊了出来，想不到这只臂膀，比什么都来得坚硬，但听得当的一声响，那臂膀上红也不红一点儿，皮也不擦起一块，反把那钢刀缺了口。秋芳觉得刀已脱手而出，险把执刀的虎口都震得裂破，这样"啊哟"一声，禁不住喊了出来。一看那刀已被震出一丈多远，秋芳不禁粉面微现红晕。

性空和尚却微微笑道："怎么样？小姐没有伤着手吗?"

秋芳听了又气又急，接着握着拳头，又向性空面门打来，只见性空略一闪身，已没有影子，而且自己的两只脚，好像被钉子钉住一般，想移动一步哪里能够。只有眼能看，耳能听，手能挪移，头能摆动。转瞬间又见性空仍旧立在面前不远的地方，脸上露着奸猾的笑影。秋芳心里明白被性空点中了穴道，只苦自己不懂得怎样的解法。性空越是笑，秋芳心里越是气愤，越是焦急，心想臂膀还能动，待等他走到眼前，再打几拳，以泄心头的气恨。

这时性空已笑着走近来了，一边说道："小姐，你想些什么？你在想还是跟从了我，享人世所享受不到的福气吗？"

秋芳忍无可忍，立刻握起拳头，直向性空打去。谁知一提合身的力气，两腿不住酸麻起来，接着两臂也又麻又痛，不能动弹，浑身如触电似的，一阵麻木，眼泪不禁如珍珠断线似的滚了下来，心里有说不出的痛苦。

但见性空却只是微微地笑着，这笑容映入秋芳的眼帘，仿佛用尖刀在剥着她的心头一样的难过。但秋芳心里越是难过，性空却越觉得快活，接着便伸出两条手臂，紧紧地抱住了秋芳，正要施出种种轻狂的手段的时候，忽听得外面有一阵喊叫的声音，像有无数兵马杀来，性空忙放松秋芳，说道："好，看你能逃出我的掌握吗？"说时一闪身，已经没有性空的影踪，耳边只听得豁啦啦一阵响动，像房屋倒塌了一般，眼前觉着一阵昏黑，两脚也如踏了空的样子，身子就跌了下去。

不知经过多少时候，一股血腥臭直钻进鼻子里，膝下也觉得全浸在血水里，似乎自己已被推入在血污池中，周身的酥麻一阵阵增加起来，连胸口也窒息得难受。一会儿，血水好像已经沾浸在腰部上了，身体一晃，突然侧了下去，立刻失去了知觉。

等醒来的时候，已经睡在一张精美的床上，全身被脱得赤条条的，身上覆着一条锦绸的薄被。周身还是那样酥麻不能动弹，自己也不知道这是什么地方，只听得哧的铃声一响，门忽开了，接着便从门外走进一个婢女模样的人来，那人生得长长的眉毛、鹅蛋般的脸儿，走近床前，先和秋芳谈了几句闲话，看秋芳并不十分拒绝，便有说有笑，和秋芳谈个畅快，说的无非是那些寻常的应酬话。

过了一会儿，才悄悄向秋芳问道："小姐可有了婆家没有？"

秋芳本来看了她那副妖冶的神情，很不愿意和她多说话，却因她所说的话一开口就使人看见喉咙，显得是个直爽人，就想设法打动她的心肠，希望在她身上可以打通一条逃出这魔窟的道路，所以也就略略和她敷衍。可是忽然听她问起婆家的话来，不由得羞得满面通红，低低地答道："没有。"

那女子见秋芳这种神情，知道秋芳还是处女不解风情，如今性空要我来说动她，这却是一件很不容易的事情，不如用实际的方法，来打动她的春性。她一想到这里，就向秋芳说声"再会"，出去了。不多一会儿，却又见她和一个男子手挽手地走进房来，走近秋芳的床前，互相调情起来。那种情形，真是笔墨所不能形容，直到了两人情意十分相投，便在秋芳对面的床上大兴云雨。

秋芳先听了他们那样的热情，后来那般的娇声浪气，直羞恨得无地缝可钻，只得竭力镇定心神，当作目不见、耳不闻，像老僧入定一样。接着又进来两三对男女，也是如此这般地淫乱起来。说笑声、歌唱声、淫言浪语，一夜都是这样淫乐的热闹情形。

秋芳先还只觉得有些可厌的心理，到后来竟独自沉沉地睡去了。等到天已大亮，他们也就走了出去。秋芳睁眼一看，见房里已阒无一人。真觉得生也不好，死也不好，哭不得，笑不得。这一天里，又怕他们再来几个胡闹，又防备着食物中他们会下什么药物，来迷惑自己一颗纯洁的心，同时想起了自己的母亲，不知有否给那性空和尚杀掉，还是已经逃出了牢笼？一颗心想起了万般事情，苦痛自不堪言。

到了午牌时分，却见性空提了宝剑进来了，看他那一副恶狠狠的脸孔，劈头就向秋芳喝问道："你这不识抬举的贱婢，究竟做什么的打算呢？老子既然得不着这番快活，还是早些杀掉你的好，省得多使我受气。"性空举起宝剑，要向秋芳砍来。秋芳也只得闭了眼睛，预备含泪受死。

这时却进来了一个婢女，一见这副情景，便向性空说道："师父何必动气，这是不能够心急的。待我来劝劝小姐，师父且到外边去休息一会儿。为了一个女子自己气坏身体，何犯着来！"

性空丢下宝剑，说道："这小蹄子偏是骡子骨的货色，我恨起来，便用剑在她身上戳个稀烂。你好好警告她，万一再执迷不悟，就送进血牢里再去给她受死。她那母亲的性命，也全在她手里，我立刻等着你的回话。"一面说，一面走出房去。

那婢女见性空走了，便向秋芳说道："黄小姐，我劝你看穿些吧，你本来已经落在血牢里的了，后来经我们求了情，才又把你放了出来。况且师父说过，要是你肯顺从他，你那位母亲就立刻可以全了性命。你替你母亲想一想，也就不该这样固执吧。"

秋芳这类劝解的话本来哪里会入耳，只是听到母亲的消息，却只得忍住了气愤，答道："姐姐这些话我何尝不知道，不过一个女子名节最重要，不能保全名节，丢尽了祖宗的体面，何况我父亲是他杀死的，又怎能和仇人结成夫妇？你刚才说我的母亲的话，不知她现在有没有被这恶贼所害呢？"

婢女答道："你母亲还关在铁屋里，性命暂时不打紧，如果你肯答应，你母亲也能享一世的福了。"

秋芳道："我看姐姐也是好人家的女儿，大概也一定知道三贞九烈的道理。只因为落在这魔窟里，耳目熏染，顿时糊涂起来。一个人若是良心未泯，绝不肯做人所不能做的事，说人所不能说的话。死有什么打紧？与其忍辱偷生，倒不如在剑锋下，在血牢里，死了干净得多。姐姐能够扪心想一想，就知道姐姐说的话和我所说的话究竟是哪一个对。"

那婢女原来也是大家出身，她的父亲还是做过知府的，后来被性空和尚用妖法摄了来，先是威吓，后来用话安慰她，用手段欺骗她，还说要传授长生不老的法术给她，这样，她便上了性空的圈套。原因也为了自己意志不坚定，就被甘言蜜语所欺蒙，威吓胁迫所屈服。女孩子一打破羞耻的观念，便觉得无论什么事都能做得出，无论什么话也都可以说得出了。那婢女就是这样地在清凉寺中忍辱偷生了。她听了秋芳的话，不禁长叹一声，泪如雨下。

究竟以后秋芳是否顺从了性空，且看下回分解。

第五回

陷血牢小姐惊噩梦
囚铁室婢女说真因

却说那婢女听了秋芳的一段说话，只是长叹一声，泪如雨下，半晌不回答半个言辞。秋芳知道她已经被自己的话激发了一点儿天良，便更把三贞九烈的事实一桩桩诉说出来。

婢女叹气说道："小姐，我已陷身在这厕坑之中，恨不能立刻钻了出去，但一想起自己做了这种丢脸的事，又有何面目到外面去偷生？只是小姐的事情，恨我能力单薄，不能解救于你。不过这也不打紧，两天以后，身体被他点穴而不能动弹的灾厄，就可以恢复原状。小姐只须拼着一死，贞节也定可保全。只恨我一时没了主意，一失足成千古恨了。"

正说时，性空已推门进来，婢女只吓得发抖，以为刚才的说话，已被他听得，正要上前辩说，忽然性空对婢女说道："你给这位姑娘穿好衣服，将她押入血牢去。"弄得那婢女莫名其妙，就替秋芳穿好衣服。性空用手指在秋芳胸前一绕，秋芳的身体立即能够自由运动，只是觉得四肢无力，连步也举不起来。性空便命婢女搀扶她到血牢去。

秋芳刚举步时，只觉得一阵昏晕，醒来时见鼻子里冲进尸首腐烂的臭气，全身好像都被血水浸润着，一个恶心又晕厥了过去。这时耳边忽听得有人喊道："秋芳，你这孝心孝行，真是钦佩万分，我知道非手办父仇，绝不会随便屈服的，这样的孝行，谁也遏止你不住。你的孝心，既然如此坚高，暗中自有神灵会保护你，无论他的法术怎样厉害，至多不过能驱鬼役邪，试问鬼邪可能侵害你分毫吗？他们不但不会侵害你分毫，而你孝心因出于至诚，报仇的心一日不死，神灵必默佑你报了大仇为止。而且任凭那仇人有多大本领，也绝不能逃出你的掌握。你莫着急，也不必担忧。"

这声音仿佛就在耳边，秋芳忙睁眼，一看四周，却是黑黢黢一片不辨手指。接着说话的声音也沉寂下去了。这时候秋芳忽然想起了母亲，听那婢女的说话，知道母亲不曾被性空所害，但不知此时身在何处，是否也在威逼她，要她来说服我，允许他的要求呢？

正想着，只见前面一个老妇人的背影在眼前一闪，活像是母亲的模样，急忙一骨碌坐起身来，上去牵那妇人的衣襟，一边又哭着说道："妈妈，你可知道女儿此刻陷身在血牢里吗？"

可是很奇怪，那妇人的背影闪动了一会儿，用手摸上去，却是虚若无物，忽见那妇人回过头来，面貌是因着暗黑，不大看得清楚，但身材却活像自己的母亲，只听得妇人说道："秋芳，你来认一认我。"

秋芳听得就是自己母亲的声调，忙凝神向那妇人一看，不是她母亲是谁呢？刚想说话，又听得母亲说道："女儿啊，娘已经不能再和你见面了，只为了当初太大意些，竟然自投罗网，如今又有什么话说。假如你能脱身樊笼，千万不要忘记我们的大仇人，就是那个性空恶僧呀！"话刚说完，一阵寒气吹过，秋芳打了一个寒战，哪里有什么人影在这里，用手四周一摸，冰冰冷的一个尸体触着指尖，一股冷气电也似的传到遍体，一阵浓厚的血腥直冲进口鼻，身子一软，又倒卧在血泊中。

回过笔来，叙一叙黄秋芳母亲的情形，使读者省得多所揣度。原来黄太太进了清凉寺以后，心里不时在牵念着这里的性空和尚，也是个恶徒，只怕被他们认出自己的行踪，倒有许多麻烦。后来知客僧出来招呼，并不曾问起自己的来历，又坦然迎入客室，端了饭来款待，看来像是没有什么使人疑惑的地方，当下也就放心不少。直至黄秋芳进房以后，听着闩门响声，便知异样，于是急急唤叫女儿，才知连喊了几声，却不听得秋芳答应，立即推开窗子，跳出窗外，两脚还未着地，便见树荫下蹿出一个人来说道："师父的算法，真是准如神灵，果然来了。黄太太，我师父在后殿上等候你老人家哩。"

黄太太听了他没头没脑的话，心里不由一想，但已身历危境，胆小也是没有用处，那东西既知道我来了，就不如去会他一会。如可以探听出女儿的消息，再作去处。想到这里，便向那人问道："你师父是什么人？等候我有什么话说？我就去会他一会吧。"

那人笑道："老太太不就是黄巡按的夫人、秋芳小姐的母亲吗？我的师父就是尘因和尚，他说有话和太太商量，叫我等在这里，候太太出来时，就相请前去，什么事情，我也不大清楚，你自己去一会谈便知端的了。"说着，便领了黄太太走上大殿。

转到殿侧，忽见一个三四十岁的汉子，向黄太太作了一个揖道："早知太太驾到，有失远迎，万分见罪，令爱现在里边，请太太速往一见，要紧。"

黄太太听了，也不答话，一颗心禁不住直跳起来，只是急匆匆走到后殿，便问道："秋芳在哪里？"

那男子用手向西边套房里一指，说着"就在里面，就在里面"。黄太太三脚两步走进西边套房一看，那里面的陈设简直和神仙的居室相似，秋芳正坐在床沿上泪眼迷蒙，愁眉双锁，好像全无主意，听人摆布得无可奈何。旁边有个粉白黛绿的女子在旁边劝说。

黄太太一跨进门，只听得那劝说的女子道："姐姐，我劝你还是看穿一点儿吧。"

她一听这话，一颗心几乎跳出心口来，擦着眼泪问道："秋芳，怎么啦？"一边说，一边扑向秋芳身上去。

141

但是奇怪得很，黄太太分明看见秋芳坐在床沿上，她们中间却似乎隔着一层坚硬的玻璃一样，可望而不可即，连秋芳也似乎不曾觉得母亲就在外面，连头也不抬起来望一下，耳朵里也不曾听得母亲说话的声音，只是低着头流着眼泪。

本来黄太太也有相当的本领，这堵玻璃墙要打碎它并不是什么难事，就是铜墙铁壁也可以一头撞进去，毫无障碍，何况这里却实在没有相隔着的东西。黄太太只以为这是一种障眼法，是一种幻术，于是不顾一切，便一跃过去，希望这一跃，就可以蹿到床前去。哪知没有撞破这一层障碍，固不必说，连自己脑袋却给撞了一个肉块，不由急得双足乱跳。

即听得方才领她进来的男子在背后说道："黄太太，急什么呢？你有话尽管和我们师父商量商量，急是急不出什么道理的。"

黄太太转身骂道："你们这班狗东西，故意做成了圈套作弄我母女，为什么把我女儿弄到这里来？专凭讲理怕是不成功的吧？"说着就挥起一拳，直向那男子打去。

霎时间，那个男子已毫无影踪，却另外有一种声音在暗中低低喝道："你不要糊涂，敢在这里猖獗，想劫走女儿不成？你若知道你女儿有了个好女婿，应该欢天喜地地快活着，才是做丈母娘的本分，哪里却见像蛮牛似的，打起媒人来了，这岂非天下的大笑话？"

黄太太听这声音，似乎就在眼前，但仔细一听，却又似乎离得很远，一时没有摆布，急得号啕大哭起来。

这当儿又听有哈哈大笑的声音，接着笑声又说道："这像什么样子？丈母娘当看女儿洞房花烛的时分，居然哭闹起来，世界上哪有这等奇事？"

黄太太又气又恨，便止住哭声，喝骂道："你又是什么东西，究竟和我有什么深仇大恨，竟要这样欺弄我呢？"

那声音又说道："我是个人，不是什么东西，此刻暂且不必告诉你姓名，不过你女儿配了我的师弟，幸福究非浅薄的。况且冤仇宜解不宜结，我一面做个媒人，一面做个解冤消仇的和事佬，自问居心甚是善良。进一层说，你女儿和我的师弟本来有这一段夙缘，只为你女儿性格不十分好，不能立时成亲，你是识时务的，所以我来请你玉成这段良缘，赶快劝劝你的女儿，顺从了我的师弟，万事种种譬如昨日死。万一你也执迷不悟，就当知道这里来了，识破机关以后，休想活着出门一步。"

黄太太听罢这番话，虽是万丈心头火，却仍然按捺住怒气，转了和婉的口吻，说道："好吧，我听你的劝告，你且带我去向女儿劝说一番吧。"

那声音又变了冷淡的口气道："哈，你休梦想，你想我放过进房中间半步吗？这里虽然没有铜墙铁壁隔着，但老实告诉你，却要比铜墙铁壁来得坚硬些。"说到，忽然换了惊讶的口吻道，"怎么，性空师弟，你竟等不及丈母娘答应了，就来这一套吗？这未免太不正经哩。"

黄太太一听这话，忙回头向床前一望，不禁气得三尸神也暴跳起来。只见性空正抱住了秋芳，做出种种嬉皮笑脸的样子。秋芳只用手指刮着性空的脸皮，嘴里喃喃地骂着，但听不清骂些什么话。黄太太不明白自己女儿何以好像一点儿本领也没有的神气，拳脚固然没有施展分毫，连抗拒的力量都异常软弱。

黄太太心里越是冒火，只见性空越是调笑得入骨难堪。黄太太本来见了仇人，已是分外眼红，又看侮辱女儿的神情，哪里按捺得住心头无名火。这时候也不听得丝毫声息，便运足剑功，从口中吐出一道剑光来，直向性空顶门射去。只听哗啷一声，觉得那剑光被什么东西逼着退了回来，再看房中已没性空和秋芳的影踪。又一纵身跃了过去，刚才阻挡的东西也没有了，于是立即蹿到床上，四面一寻，并没有寻到什么。把床帐后面、床的上下左右都寻觅遍了，既不见秋芳，也没见性空，一颗心仿佛破裂一样地难受。

正想退出房外，忽见房门外有一条长不满寸的青龙，从外面舞跃进来，转瞬间，这青龙便变成有丈多长，从嘴里吐出一股黑气，直向黄太太喷来。黄太太不由失声，叫声"啊哟"，立刻两眼被黑烟遮得看不清什么东西，浑身被那青龙缠绕着，用手摸着那龙身上的细鳞，都像利刃一般的锋芒，估量那龙的身体，愈是涨大起来。待要施运全身的力量，却觉得那龙身愈绕愈紧，绕得周身都酥麻起来，一些力气也没有，一点儿本领也使不出。接着只觉得身不由主地御风飞行，望过去黑黢黢看不见什么，身子如在平地上打着旋转，一会儿头晕目眩。

过了半盏茶工夫，好像已经堕在什么地方，身体上绕缠的龙也放松了许多，用手一摸，哪里还有龙在身上，再摸摸前后左右，四面都有铁板遮住，暗想大概已被禁锢在地穴中了。想起适才所见情形，秋芳不知是否遭受了那恶贼的污辱，自己性命倒没有什么关系，不过如果女儿倘有三长两短，要报丈夫的仇那岂非毫没有希望？丈夫在九泉之下也将永不瞑目。自己到阴间哪里还有面目去见丈夫？想到这里，真是悔恨万分，当初不应该冒险来清凉寺借宿，谁知尘因和尚竟然和性空是师兄弟，想来我母女性命全没生存的余地了。

想念多时，一顿神思困倦，蒙眬欲睡，刚合眼间，猛听得有人叫喊黄太太的声音。黄太太定神一听，这声音好像从窗洞间透进来的，并且十分温和，不像有恶意似的。仔细向自己四周一看，仿佛是一间小屋，周围都有铁板拦着，顶上有个七八寸方的小洞，有微微的亮光射进屋里，那声音也好像从这小洞里透进来，只是洞口甚高，没法攀缘上去。

这时又听着那样叫了一声，分辨得出是女子声音，便答应了一声："你是谁？到这里干什么？"

那女子道："我因为感你家小姐忠烈成性，所以来报个信给你，只恨我没有本领可以救你两位出险，很觉惭愧。小姐如今关在血牢里面，却不曾失了名节。"

黄太太听了又惊又喜，轻轻地向那女子问道："请问姑娘，我如今被禁在哪里？你怎么知道我女儿没有丧失名节呢？"

那女子也轻轻答道："这里是什么地方，我不便告诉太太，只是你家小姐我亲眼看见被关入血牢，不曾受着污辱。"

黄太太又问道："你是谁？和我女儿相识吗？"

那女子道："我是这里的婢女，以前也是大家女儿，被妖僧用法术摄来，以致失身于他。你家小姐因不肯从妖僧之命，妖僧命我劝说几次，我没曾劝转小姐，却被小姐激发了我的天良，因此用说话搪塞了妖僧，才把小姐关入血牢里面。等过三天以后，让她吃些牢中苦楚，那时再看她可能回心转意。若仍倔强不从，再预备把你俩处死。我只恨自己没有本领，不能解救你们性命，心里觉得难过。"

黄太太接着又问道："照你这样说来，三天以后，小姐还得受妖僧的污辱吗？"

那女子叹口气道："这倒绝不至此了，小姐那种贞烈的心，真使人感动，无论怎样威逼利诱，却抱定宁死不屈的坚定决心，连雪亮的宝剑搁在小姐颈间，她还是视死如归，毫无畏惧，所以这一层倒不必过虑。只是三天以后，你俩性命却恐怕保不住了。"

黄太太也叹了一口气说："谢谢皇天保佑，我黄家世代忠烈，才有这样临难不辱的女儿，只是你既然肯悄悄跑到这里来送消息，怎么就不能告诉我，这里是什么所在呢？"

那女子道："妖僧法术厉害，太太想来也明白，就如我此刻到这里来，还有些提心吊胆，怕他已预知我来泄露消息，若再说出这里的秘密，那还了得，我一条性命诚然不足惜，但说了这里的秘密，仍然无法解救太太和小姐，这有什么益处呢？我原来是个大家闺秀，糊涂时糊涂，明白时却也明白，这番因被小姐所感动，才冒险来送个信，好叫太太死了也安心。哎呀，时候太久了，怕那两个妖僧觉察了，不是玩的。"那女子正说到此间，忽听外面脚步声起处，那女子战战兢兢喊道："师父，我在这里，看看……"只听得说话声中带着哭音，还不住地颤抖着。

黄太太知道一定妖僧前来，这时候反把自己的生死置之度外，却不禁替那女子担心受惊。接着又听得一声惨呼的声音，闻之使人心胆俱裂。

　　究竟来的是谁？一声惨呼是否是那女子所发，且待下回分解。

第六回

雷电并施奇侠救母女
风云莫测巡按遭灾殃

却说黄太太在暗室中听到外面女子惨呼的声音，不禁心胆俱裂，便又侧耳细听了一下，正是刚才那个女子说话的声调，仿佛在哀求另一个人似的说道："师父，适才我只在这里看看月色，并没有干什么……"

话声未完，听得吱的一声，接着就是男人的声音说道："你这贱人，还要装腔作势，你真把我当作什么人看待？要是你阴魂有知，死了还佩服我的本领。"

黄太太一听，便知不妙，这婢女给那人杀死了，心里一阵悲痛，眼眶里便充满着热泪，只是眼前仍然黑暗得不辨五指。接着仿佛听得性空的声音在上面说道："客气点儿，尊你声黄太太，照理，你是我的仇人，用不着和你多说。不过我却和你女儿有一度凤缘未了，暂时只得忍气吞声来开导你。如果识时务就该体谅我的苦心，我向来不喜多结冤仇，就是今天的事，也为了你我将来打算，偏是尘因师兄又喜欢讲交情，无如你生的那个不争气的女儿，偏是倔强得很，你自己仔细打算打算吧。"

黄太太一听性空的话，顿时想起丈夫死时节的惨状，不禁咬牙切齿骂道："你这恶贼，不必多说，有了我就没有你，我既被你所算，快把我杀了。万一我遇救出去，那么我对你们还会有交情可

147

讲吗？"

性空鼻子里哼一声说道："你的话真是不错，我打发你们早些回老家去，真是你们再便宜不过的事情啰。然而我却要等着你们的救星来呀，看看究竟有谁会来救你们出险哪！"

刚才黄太太所说万一有人会来援救的话，当时也只是一种幻想，哪里真希望谁能来搭救她母女两个？此刻听性空的话，满含着揶揄的口气，也只得闭口无言。

性空听不到下面黄太太的回答，便又说道："你耐性些，总有你们死的时候的。"

黄太太听了这话以后，再听不见什么声音，知道性空大概已经走了。但听他的说话，秋芳确不曾死，和那女子说的正相同，便觉稍稍宽心。继而一想，三天以内性空又要把秋芳从血牢里提出来，作最后的尝试，心里又未免忐忑不安。这样胡思乱想了一阵，不知在什么时候睡去了。

这么地过了许多时候，黄太太睡了醒，醒了又睡，心事重重，连肚子也不觉饥饿了。忽然在睡梦中被一种雷雨声惊醒过来，凝神一听，外面果然有阵阵的雷响和哗啦啦的雨声，心里突然活跃起不少生气，心想作恶之人常有天雷诛灭的事情，此时并非炎暑时节，响着雷雨，莫非是天道报应吗？于是又侧耳细听了一会儿，只觉得一阵阵雷雨声过去，接着眼前布满着浓烟厚雾，几乎连眼也睁不开，这时候本来辨不出是昼是夜。一会儿听到像是千军万马奔驰的响动，一会儿又听得呼吼狂暴的风雨声音。

等了一会儿，似乎已有几点雨丝溅到自己脸上，顿时觉得遍体起了凉意，正想站起身来，耳边忽有和气柔婉的呼声："黄太太，我来去解救，你赶快到血牢里去救秋芳小姐出险。"

这一喜，真使黄太太直跳起来，随即念了一声佛号，接着便像有一道剑锋在头上闪过，又惊得黄太太不敢仰头，浑身被剑光的寒气逼得哆嗦着，心里猜疑怕是起了变卦，也许性空在惨败的时候，想杀掉我母女才甘心。一摸头顶，只是头还在脖子上，忍不住暗笑自己怎会这般起来。

刚思念着，只觉得有人用手把身体一提，被提在空中，又觉眼前一亮，睁开眼来，见一个夜行衣着的青年壮汉，一手执着雪亮的宝剑，正用手托住自己的身体，向那窗洞里直蹿出去。那个小洞，也不像先前那样的小，已足有二三尺宽阔了。

转眼间，那汉子已在一座山坡落下，把自己身体放在一棵树下，回身说道："对不起，黄太太受惊了，等在下救了小姐，再来奉告一切吧。"说时，转身又蹿下山坡去。

只见他身轻如燕，几个箭步，已没有他的影踪。一面佩服这人的本领，一面却怀疑着，自己母女俩一路来，从未道破自己的行踪，何以会有人来搭救？又不知道这搭救的究竟是什么人。既不曾萍水相逢过英雄好汉，又没有丈夫的门客晓得我们的来去行踪，除非是灵应天神，才遣神将来援救我母女两个呢。现在我既出险，不知秋芳在血牢里受了些什么苦楚，也能否平安出来吗？

黄太太如梦初醒，正在呆思呆想，忽觉一阵冷风吹来，刚一抬头，只见一个打扮成和尚模样的人，挟了秋芳跃至身前。

秋芳一见母亲，立刻抱住大哭起来。那和尚却连连挥手道："快去快去，由这山坡朝北的大路一直走，途中不会有什么危险，我们还得收拾一下这里的事情，迟了怕反有不便。"

黄太太母女经了这次灾厄，已如惊弓之鸟，此刻听那和尚正色相告，怎敢怠慢，立刻站起身，依山坡大路下来，连拜谢都来不及。

刚下山坡，霎时间风声呼呼，雷声隆隆，雨点密麻似的斜射下来。黄太太母女急忙施展飞行术，依大路朝北走了一会儿，只觉风声雨声还是响着，却不曾有半点雨丝打到头上，便收了飞行术，缓步行着。又顺便回头一望，电光也闪个不住，雷声更隆隆如擂鼓，响声不绝。看山坡那面的雨势，直如倾盆，只在山坡这边，却点滴也没有淋着。

黄太太知道这两个搭救自己的人本领法术一定很高，此行本去替女儿求师复仇，如果他们能够替自己除了仇人，却省了一番心血，就把自己女儿拜在他俩的膝下为徒，也未使不可。

　　秋芳看母亲低着头，好像有什么事在思想，也就不作一声，只是闷闷走着，所以母女两人一路上只是走着，默默不作一声。

　　走了好一会儿，已经望不见那山坡，而且连风雨声电光雷响也都无声无息。母女两人这才拣了一处比较僻静的地方坐了下来。

　　读者诸君一定很纳闷：这一会儿走江湖卖艺，一会儿又被清凉寺中和尚称为巡按太太小姐的两个女子，究竟是什么来历呢？趁这时候，作者得先把她们的历史叙述一番，使看官不致茫无头绪。不过一支秃笔，只能写着一面，无法双管齐下。救出这母女两个是谁？这里暂且搁置一下，请看官们耐心一会儿吧。

　　原来这母女两个正是已故巡按黄雨亭的太太和小姐。黄雨亭本来是河南开封的知府，因为捕盗有功，就擢升为两广巡按使，到任以来，为官清廉，办案正直无私，所以当时有白面龙图的外号。黄雨亭自幼喜习拳棒，后来又拜了泰山派散叶道人周无畏为师，从此精通剑术，武艺高强，常有些惊人的事情做出来。他在巡按任上也不时微服私访，到处探听民情，在任一年，两广已是道不拾遗，夜不闭户，人民安居乐业了，因此公事也极清闲。

　　黄巡按常在没事的时候，教导些武功给妻子和女儿，以做防身之用。他年近四十，膝下还只有一位千金，自然喜欢得和掌上珠相仿佛。而且生得天资聪颖，所有武功，只须稍加指引，便立刻领悟。黄巡按在两广做了三年巡按，秋芳的武艺已经学得差不多了。

　　这一天，忽然有公差禀报说："广东福建交界地方，有一座五华山，那里有个天华庙，住持性空，外貌谦恭，内心蛇蝎，在外边许多百姓谈论着，这性空未来住持天华庙以前，从未有女子失踪的。可是今春起，却有不少美貌妇女一到天华庙去烧香便不见回来，谅必这恶僧有秘藏妇女的行为。而且还纷纷传说，庙中造了地穴，作孽多端，常诈居民银两，私自化用，因人言纷纭，故禀报大人知晓。"

黄巡按一听，便叹了一口气道："这是我的过错，当我初来这里的时候，常私自微服出巡，所以一般作恶刁徒，不敢在境内匿迹，从今年起，我以为境内已升平乐业，所以贪懒不去出巡，料不到竟有此等现象发生。朝廷若风闻这个，还以为我故意窝藏歹人，不敢究办呢。你们且别作声，我自有处置的办法。"

当下黄巡按也并不准备怎样去搜查那个天华庙。隔了几天，才对太太小姐说道："我有一个朋友在五华山天华庙落发，我想去探望一下，不过我如这样前去，地方上官员必然要迎接恭送，非常麻烦，因此我想不让衙门中人晓得，微服去会见一次。少则半月，多则两旬，必定回来。"

太太和小姐以为平时黄巡按也常常微服出巡，此去前往访友，更不多虑。于是连半个字眼也不曾透出去，办案的师爷也仅知巡按到外面访友去了。

谁知黄巡按一去两旬已过，连一月快到了，不但不见黄巡按回来，连一点儿音信都没有，这才着急起来，先是太太和小姐私自在房里谈论，后来连师爷们也常来询问巡按大人的行踪。太太无法再隐匿不说，便把巡按大人到五华山天华庙去访友的消息说了出来。

师爷们一听，都大惊失色，忙即禀道："太太，大人此去，必非前去访友，一定因风闻天华庙住持众僧徒，不守清规，无恶不作而前去微服察访的。但此地到五华山，至多五六天路程，有半个月工夫，尽可来回。如今快近一月，尚无消息，必然另有他故。"太太和秋芳听了，也不禁惊骇万分，急忙差遣干练探差前去暗探，可是毫无消息。

这晚秋芳便自告奋勇，仗自己有轻身功夫，对母亲说明，一定要到庙中去访寻一次。黄太太也无法拦阻，只叫秋芳格外小心。秋芳早已听得公差们禀告过五华山天华庙的地势，等到初更时分，自然依着方向，如飞一般前去探山了。

接连了几日，并无踪迹可寻，直到第五天晚上去时，才从庙中打更守夜的小沙弥说话中，听得父亲确已被恶僧所捉，正囚禁在水牢里。当时因单身前往，又知庙中必有准备，自然不敢下手，只得回来禀知母亲。

黄太太一听，正如热锅上蚂蚁，弄得六神无主，坐立不安。当下只得请了衙门中旗牌前来商谈相救之策。旗牌官中有一名叫马千里的，武术精强，他的师父也是泰山剑侠中人，一听了这个消息，知道天华庙住持既然敢如此作恶，必然有所倚仗。而且连堂堂巡按大人都敢囚禁，本领必然不错。不如就到泰山去请师父相助，顺便把这情形禀告大人的师父周无畏，请他前来协助，不但可以救出大人，连贼巢也可以扫荡清净。

计议已定，马千里便不待破晓，立刻施展飞行术，直往泰山而来。可是事不凑巧，马千里到泰山的时候，周无畏恰有事往关外去了，连马千里的师父也不在彼。马千里觉得这事急如星火，万不能等师父师伯们回山，只得央请了三个师兄弟下山来协助，等救出了大人再作计较。

三日之间，已然回转岭南。黄太太和小姐听得马千里已邀到了他的师兄弟，虽然未遇他的师伯师父，已是十分高兴，于是即命摆酒款待。等到晚上，便由秋芳带路，直往天华庙而来。黄太太也命另外几个旗牌官带了文书到附近衙署请官兵上山接应。

秋芳是来过一趟的，自然比较熟悉。到了庙前，就由秋芳在前，马千里和几位师兄弟在后，一路直奔大殿而来。蹿过几重屋脊，便见大殿，急忙绕着边屋，俯下身子，贴伏在瓦上往殿里瞧时，只见廊下一排窗帘子都敞开着，滴水檐前挂着四只大纱灯。十六个青年和尚，执着长枪，立在庙前，又有十六个和尚，一律把短刀出了鞘，握在手里，分左右站立在窗棂子里边。大殿下灯烛辉煌，佛桌前摆着两席酒，上首坐了一个光头圆脸凹眉的和尚，虽不时露着微笑，但看这笑影很是可怖。上身披着一件红缎子的袈裟，背后两个小沙弥在替他捶背，边上一个小沙弥执壶斟酒。

秋芳估量上去，这和尚是性空无疑，便轻轻用手扯了扯马千里的衣袖，给他一个招呼。忽听得那和尚说道："来，把那个瘟官带上来，让我今天再讯问一次，便送他回老家去吧。"

秋芳暗地里打了一个寒噤，知道这和尚所说的瘟官，正是自己的父亲，顿时想起自己虽然探知父亲被禁在水牢，这水牢究在何处，却没有着落，不如趁他们去捉讯的时候，暗中跟从他们前去，倘若在半路上可以动手，就把父亲救了出来再作道理。

这时向殿上一望，两个小沙弥已领命转到后殿去了。秋芳急忙又扯了扯了马千里的衣袖，又附耳说道："此刻他们去提讯的瘟官，一定就是我的父亲，我想先跟随他们去探听一下，有机会就搭救出来。你们在这里等着，看我放火为号，便动手杀下殿去，再请那一位师兄到庙门前去接应官兵。"说完，急忙蹿过屋脊，绕过后殿。

只见两个小沙弥手执钢刀，直向花园里而去。秋芳哪敢怠慢，就紧紧地跟在后面。到了无人之处，就蹿上一步，一手把一个小沙弥捉住，再飞起一脚，踢在那另一个小沙弥背脊上，连喊也来不及喊，扑倒在地，一命呜呼了。

这个小沙弥一见同伴被杀，忙地跪下，连声哀求"小姐饶命"，秋芳只叫他说出水牢所在，那里有没有看守的人。小沙弥说道："那牢里设有机关，轻易逃不出来，所以并没有派人看守。"

秋芳把钢刀在小沙弥面前一晃，说道："你要性命，就得带我到水牢里，放出被捉的官员，我就饶你。"小沙弥哪敢不依，就只顾战兢兢地点头。秋芳把他拖起，着他领往水牢而去。

究竟黄巡按是否能被小姐救出？且看下回分解。

第七回

除恶僧大破天华庙
访名师乔装走江湖

　　却说小沙弥带了秋芳到了水牢门前，扭动机关，放出黄巡按。秋芳一见父亲形容消瘦，身体浮肿，昏昏沉沉，不知人事，不由得眼泪扑簌簌滚了下来。但此时身在虎穴，何能耽搁？便趁小沙弥不备，举起刀来，向他背后砍去，手起刀落，小沙弥早已命赴黄泉。可是尸身正倒在水牢门口，滚下去触动了机关，顿时一阵铃响，几把钢刀直朝门外砍来。幸亏秋芳闪得快，才没有砍着。秋芳一见也来不及放火为号，急忙背着父亲蹿上屋脊，向侧屋瓦面上蹿到偏殿，跳出墙外，飞也似的朝山下逃去。

　　恰巧官兵正在这时到了山下，秋芳便命一队官兵保护父亲回衙，自己再带了官兵回到庙里来。刚进庙门，已听得里面呐喊声大起，擂鼓声震耳欲聋，知道性空和尚等已经准备迎敌了。秋芳又惊又喜，惊的是庙里的几个同伴不知能否抵敌得住那恶僧；喜的是父亲已被救出，也就不顾一切，向大殿冲了进去。

　　刚跃上屋脊，见马千里和几位同伴正围住了性空在那里大战。虽还没有分出胜负，但马千里等却只有躲闪遮隔的功夫，性空的两把戒刀舞动得有如两条银蛇，无隙可乘。而马千里等又渐渐有些支持不住。秋芳急忙大喝一声，跳进圈子，加入混战。

　　性空一见凭空里加入一个女子，又见官兵已蜂拥而来，心想这里已被官府派兵会剿，再也藏身不住，虽然他们也未必能战胜得过我，但以后的日子也不能过得平稳，仗我法术，哪里不可以立足，索性就舍弃这个庙宇吧。打定主意，也就不愿恋战，虚晃一刀，跳出圈子，口里不知念些什么咒诀，顿时一阵黑烟起处，庙的四周全被浓雾罩住，各人多分辨不清面目，只得收住兵器，跳下屋来。那性空和尚却已逃得无影无踪。

秋芳没法，一面心里牵挂着父亲在路上不知是否又会给恶僧沿途劫去，便不敢逗留，只吩咐马千里妥为处置这天华庙的善后事宜，自己急急动身赶了回去。

马千里奉命先把天华庙搜查了一番，其中除住持性空和尚逃走以外，还同时逃去了两个知客僧，他们也是性空的得意徒弟，其余的和尚都叩头求饶赦无知。马千里也不追究，把庙里搜得的碎银各人分散了一点儿，命大家重新去剃度或另外去谋生。又在地室中起出十七八个妙龄女子，也分给了银两衣服，着她们各自还家团聚。

分派完毕，正待起身，却见许多男男女女老老小小从外面奔上殿来。马千里问明了来由，知道他们听得官兵已经破了天华庙，都来看看庙里的机关。马千里就命几个亲兵带着他们到各处巡视了一番，一面又吩咐庙产充公，着人到五华县叫县里派人来接收。安排事毕，就遣回调到的官兵，自己领了几个师兄弟回衙门来。

不多几时，已到衙门，忙带了师兄弟进内衙探问巡按的情形。到了内厅，黄太太已迎了出来，知道巡按大人在水牢里受了水毒，全身浮肿，神情时昏时醒，此刻正昏睡间。马千里便把处置庙里的事报告了一遍，黄太太就命人款待泰山来的师兄弟，以奉谢意。又命库房里端整黄金百两，以做馈仪。但他们俱都坚辞，不肯受领。而且知道巡按身体不佳，在衙内盘桓更无意思，即告辞马师兄，拜别黄太太黄小姐，仍回泰山不表。

只说黄巡按从水牢里救出来以后，每天虽是延医服药，但因在水牢中囚禁多日，受毒极深，都说非寻常药物所能调治得好。黄太太和黄小姐听了，心里更觉惨然。

这样过了三四天后，有一天，黄巡按的神智似乎清醒了许多，召了黄太太和秋芳到床前，对她们嘱咐道："你们的事情，我别的没有什么牵记，只是由这里回河南去，却是路途迢迢，似乎有些放心不下。我的病已非普通药石所医得好，而且我虽然死了，心里还是很愉快，只拿我个人的性命，破了天华庙，替万民除了害，这已经很值得了，不知你们怎样发落那个性空恶僧呢？"

黄太太含泪答道："贼秃已被逃走了。"

巡按一听，顿时一声长叹，说道："唉，斩草不能除根，后患却非浅呢。秋芳，你来，我告诉你，爸爸是不能活命的了，我对你没有别有希望，只愿你有大丈夫的志气，能为你爸爸报这仇就好了。"他说着，又昏厥了过去。从此一天里要昏过去好几次，醒来的时候，前后言语也说得毫不连贯，气更喘得非常急。可是一听巡按的说话中，常是说起希望秋芳能够替他报仇，而且说到自己一生全替人民做事，能够除去性空，也是为万民除害的话。

在巡按从水牢里救出来的第七天早晨，巡按果然撒手归天，秋芳和她的母亲自然悲痛得死去复活，但是各人心里都有打算。秋芳预备替父亲报仇，应当保重身体，不宜悲哀过分。黄太太因为女儿虽已十六岁的人，但是单身无伴，诸多要照顾的事，也必须强自节制悲痛，希望留条老命，替女儿再担负几年责任。这样，母女就将悲思稍稍丢开，把巡按的丧事调理妥当以后，就暂时不回河南，卜居在湖南广东交界的韶州地方，一来想暂时隐居，避人耳目，多所注意，一面听得湖南著名侠客隐居极多，想在这里找个名师，预备将来功成报仇之用。

秋芳虽然几次想独自去访寻名师，学点儿本领，以完成父亲所嘱咐的话。但念着母亲年老，怎能轻自离去，所以只得在家自将武功练习练习。虽然暂时得不着名师指点，不过自己的功夫却觉得也有些进步。武功和下棋是仿佛的，交手临敌，常在高下一着之分，无论怎样顽强的劲敌，功夫深一点儿的，就可以获得一招之胜。

秋芳隐居韶州近两年，武功当然也进步了不少，自己也觉得欢喜，多得一点儿进步，将来和仇人见面之际，自然多有一层希望。黄太太也安慰着秋芳，君子之仇十年，我们不必性急，慢慢地练习着，假如能访到一位名师，就可以更进步得快，报仇的志向也可以成功了。

有一天上午，秋芳正在屋门前树林中闲步，忽然听得有人喊着"黄小姐"的声音，她虽然听得这呼唤的声音，但一面因为注视着树上小鸟的啁啾，一面觉得这里并没有知道自己姓黄的人，在韶州隐居了二年光景，邻居都只晓得自己姓李，从没有人叫她黄小姐过，何以蓦地里忽然有人叫她黄小姐起来了，所以虽然听得，也装着没有听到的神情。却不道这声音喊得愈清楚，而且好似有人走进树林中来了。因此回头一望，只见那来人有些面熟，却想不起他的姓名来。

那人走近黄秋芳身边，作了一个揖道："小姐谅必健忘了，二年前同去天华庙，救令尊大人的几个同伴，我也是其中的一个。"

秋芳顿时记了起来，那就是马千里到泰山去请来的师兄弟中，一个叫陈飞的便是他。于是立刻还了礼，说道："我的记性真坏，到现在才想起你，不是泰山来的陈飞先生吗？"

陈飞点头说道："不错，小姐怎么在这里呢？令尊大人可曾痊愈了吗？"

秋芳心一酸，眼泪不由自主地滚了下来。但想到这里谈起话，不甚妥当，就说道："说起来真是一言难尽，先生可请到寒舍里去休息一下，顺便可以奉告我们的情形。"

陈飞也不推却，便跟了小姐到屋里，见过了黄太太，秋芳就把父亲身故、遗嘱报仇、在此隐居访师、自己练习武功的话说了一遍。

陈飞听了也唏嘘不置，忙答道："大人竟不救了吗？我们都是泰山中的道友，在道友的立场上说，理应为道兄复仇，何况大人为了百姓除害，我更不能袖手旁观。不过那时候，我回到山上，听师父说起，这恶僧性空武艺高强，而且有左道旁门的法术，却不能轻敌的。上次去救令尊大人，还是因为被你令尊正气所克，所以才起了脱逃的念头，倘若他没有起这个念头，要杀死我们，真是易如反掌的事哩。"

秋芳一听这话，不禁面现忧闷之色，说道："这样看来，那恶僧本领甚是厉害，我爹爹的仇竟不能报了。"

陈飞说道："这话怎讲？只不过我们几个人本领敌不过他，天下名人正多，就是师父门下，比我本领高能力好的也不知有多少。小姐在这里隐居访师，何不到泰山去拜访令尊大人的师父，请他指点指点呢？"

黄太太答道："陈先生的话果然不错。但这里到泰山路途很远，我们俩行走起来，恐不甚方便。尤怕性空打听得我们的行踪，他一定知道我们要替大人报仇的，那岂不是要收拾我们母女的性命吗？这样一想，才隐居在这里，又听说湖南有名的侠客很多，顺便想打听得仔细以后，再拜他们为师。"

陈飞笑道："依在下愚见，与其在这里等待机会，不如到泰山去要方便得多。而且散叶道人周无畏知道自己的门生被害，也一定会设法复仇的。路上虽有许多麻烦，好在黄太太和小姐对于拳棒都有些功夫的，不妨乔装成江湖卖艺人模样，一路卖艺而去，既可掩人耳目，还可顺便访寻那恶僧行踪，以做将来报仇的准备，不知道太太和小姐以为怎样？"

秋芳一听话，心中暗喜，便连连点头不止。不过黄太太似乎还在踌躇，沉思着不答话。

陈飞又道："我本来应该奉陪两位上泰山去，一则因路上男女同行，反惹人注意；二则此来奉了师命到两广探听一件事情，在这里还须耽搁些时候，不过我想不会有什么差池的。"

三人谈谈说说，时已近午，黄太太便坚留陈飞吃了午饭，才殷

158

勤送别。当晚秋芳就和母亲商量乔装卖艺到泰山访师的事。黄太太虽觉不甚妥帖，但是秋芳却执意要行，太太哪里说得过小姐？而且也觉得在此隐居已近两年，不但不曾访着名师，连信息也不曾听得一些，长此下去，丈夫的仇岂非要到不知何年何月才得报复。此行虽有几分冒险，反正抱定人不犯我、我绝不犯人的宗旨，所以也就只得答应照陈飞所想的计议实行了。

母女两人收拾已毕，但路途既不熟识，而且又是初次出门，自然觉得格外辛苦。走了两个多月，才到得长沙地方。秋芳觉得别的本领很差，但飞行功夫很是有把握的。要是这样走了去，路上不知要走多少时候，才能到得了泰山。所以就和母亲计议，凡到了荒僻地方，行人稀少之处，就施展飞行功夫，人烟稠密的所在，仍按路行走。却不道因此却结识了英雄和奇侠，这在后文自有交代，也料不到因此被性空和尚识破行踪，又逢着母女俩不知性空已投奔到清凉寺来，也不知道尘因和尚却和性空是师兄弟，所以遇着灾难。幸亏有人搭救脱险，就依着指点，在下山坡前大路而去。走到看不见山坡的时候，便坐了下来休息，一面等着那两个搭救她们的恩人，以便拜谢叩问姓名来历。

刚坐下不久，那个夜行衣靠的青年和和尚打扮的人也都到来了。黄太太母女一见，急忙起身招呼，接着跪了下去，磕了几声响头，又说道："承蒙两位恩人相救，否则我母女一定要死在那妖僧之手了。"

两人也忙还礼，顺便就在树下坐了下来。黄太太叩问那和尚打扮的人的姓名，印光就把从长沙赶路，预备到武昌去的事，说了一遍。又说道："前几天两位在卖艺的时候，看得本领甚是了得，我正想到武昌去帮一位朋友的忙，不过单身没有同伴，恐怕力所未及，就有想请两位同去的意思，所以一直跟踪下来。哪知到了清凉寺，第二天早晨却未见两位出来，正奇怪间，忽见寺外天空中起了一道金光，直向寺的大殿屋顶扫来，我晓得这一定有行家在里面。这时候，又忽听得有破空的声音，寺里面也飞出两道青光，截住那一道突如其来的金光。这三条金光青光，各在空中施展能力，互相接触，真和仇人遇见对头的一般，互不相让。过了一会儿，才见那两条青光渐渐弱小，好像敌不过那条金光的模样。但只听得'贼人休要逞强'一声喊叫，顷刻间青光已变成了红色，而且逐渐膨胀开来，陡觉火气逼人，烟焰弥空，同时那金光顿时也变了五颜六色，闪烁在天空，煞是好看。又如走龙游蛇，忽东忽西。我就急忙蹿上屋顶，隐在屋脊下观看。刚伏了下去，猛听得天空中忽然一声雷响，电光闪过，天空中沥下几点毛毛雨，我见天已下雨，就又蹿到屋檐下观看。接着雨点愈下愈粗，那雨点沥在红光火焰上，顿时蒸出一股热气，只往天空冲去。一忽儿，那雨愈下愈紧，直如倾盆一样，仰看天空中的两支红光还在闪烁，那一支五彩的光华，忽然变成了纯白，在空中绕了一个大圈，觉着寺左右风声大作，霎时风行雨势，雨仗风威，那两道红光被风雨逼得渐渐退缩下去，接着又听得霹雳一声红光已隐没不见。我正想蹿出寺外去看个究竟，忽见这位进来，急急地叫我往后殿血牢里救出一位小姐，到山坡上和母亲相见。又随手给我一粒明珠，说有了这粒珠子，便可避掉血牢里一切污秽。我听了他的说话，十分中已有九分料得这寺里的和尚不正经，所以自然高兴帮他除恶铲暴。走到殿后，见许多小沙弥面色慌张，一看我进去，更是吓得如老鼠看见猫一般东奔西窜。我拉住了一个，问明了血牢的所在，救了小姐出来。又见她全身血污，昏迷不醒，才把带着的灵丹给她服了，又凑巧在后殿侧门里遇着了一个婢女模样的女子，叫她替小姐换了一身衣服。这时小姐还是昏睡未醒，我怕误事，急急地扶了小姐出寺，直到山坡脚下，遇见这位英雄，知道他又将太太救了出来，已在山坡上等着，要我把小姐送到坡上和太太会面以后，指示逃奔的路径，再回寺去帮他的忙，铲尽妖孽。所以两位不必叩谢我搭救你俩的性命，也全是这位英雄的恩德。"印光说到这里，忽然省悟道："啊，我是个糊涂虫，和这位英雄相处了大半天，连姓名还不曾请教哩。"

黄太太也接着道："请教英雄尊姓大名，何以晓得我母女陷身寺内呢？"

那青年微微一笑，答道："太太，你怎么这般会忘事？俺前几天曾在那土地庙前的广场上投片留名，只因为当时众目昭彰，怕大家识破太太小姐的行踪，反而不便，所以就不便上前说明，见那班强盗般的狗东西已无能再逞凶作恶，因此也就不和太太小姐打招呼了。"

黄秋芳听了，忙站起来，又朝青年拜了下去，道："原来恩人已两次相救奴的性命了，恩人可就是云山游侠？但不知怎么会晓得我和母亲到这清凉寺来借宿？又怎知我已陷身到血牢里，母亲也被囚禁了起来？"

云山游侠答道："说来话长呢，小姐且莫性急，等我慢慢地奉告吧。"

不知大侠说些什么话，且看下回再行分解。

第八回

隐苗疆英雄施本色
救危急奇士道根由

　　却说黄太太问起那少年英雄的来历，云山游侠就把他自己的历史一一述说出来。原来他本姓戚，单名叫平，父亲也是先明忠臣，跟着福王在广西殉难。戚平是幼子，因避难到四川，遇着峨眉剑仙，教了他一身武艺，等到本领已有相当成就，便奉了师命下山，积修外功。他练得一手袖箭，所以从下山以后，就在袖箭上刻了云山游侠的名号，并画上一枝蔷薇花，这是他父亲生前最喜欢的花朵，因此他就拿来刻在袖箭上，做个纪念。这样，便走遍了川黔滇各省，因为不愿看见中原变色的山河，于是就常在苗疆隐避，贩些日用的东西，以资糊口。本来抱定了不管世间一切祸福，乐得逍遥个人的主张，与世无争，与人无涉。

　　这天经过黔蜀交界地方，是一处极隐僻的所在，居民多半是熟苗，汉人很少，一问才知叫金山寨，风景雄秀，背山面江，泉甘土肥，就走到一家临江的茶棚里落座。那江边茶棚共有四五家，每家都有些茶客，只这一家却没有一个客人。虽是村野的店家，但地方非常清雅，而且收拾得格外清洁。不但那些白木桌凳毫无油渍尘污，连棚下石地都似洗过一样的白净。棚内只有两个少女，一个丑陋得异常难看，另一个却还有几分姿色。

　　那丑女叫月姑，生得姣好一点儿的叫杏姑，她俩不但武艺出众，而且妖法惊人。这里的人大半养着一种恶虫，专害过路的汉人。杏姑姐妹又是西山蚕娘的义女，她的蛊放出来，更是胜人十倍。

戚平本来久历苗境，原也知道凡是门庭整洁，没有丝毫尘土的人家，这家里一定养有恶虫的。可是他虽抱了人不犯我、我不犯人的主旨，但年少气盛，又学了许多武艺剑术和其他本领，自恃能力高强，想这家两个苗女居然养了恶虫，而开设茶棚，定然要害过路的汉人无疑，觉得心里有些不服气。而且如果能除了她们，也可替人除掉一害，也未使不是自己下山来积修外功之主旨。想定主意，便昂然进去讨茶吃。

那苗女姐妹知道他也明来讨战，有为而来，也许为了爱自己的姿色，而见他又生得英武气概，面貌也十分端正，当下杏姑便殷勤招待，想用话来探听他的口气，是否为了爱慕姐妹的姿色而来，两人中喜欢哪一个。

谁知戚平原来进去的目的，要想制服她们，岂是为了这桃色的事件。见她们招待殷勤，以为有些怕惧于他，所以说话间格外来得自视甚高。这样一来，苗女姐妹自然愤怒非凡，不过杏姑却很是爱他，并不恼恨，只是月姑却已忍耐不住，不但饮食里面下了蛊毒，而且还用一种邪法禁治他。他如不归顺她们，定遭惨死。

戚平哪里理会得这些，况且觉得自己也有解法，至多脱去一层皮肤，也不会怎样了不得。等吃完茶点，给付了钱，看她姐妹俩也没有什么对付的方法，只以为这番已经得了胜利，便得意扬扬走出茶棚而去。

那月姑姐妹俩等戚平走后，便商议在他走后五个时辰，便将禁法和恶蛊一齐发动，使他在半路毒发惨毙。还算杏姑情重，再三和妹子说好话，追到棚外给他一道符箓，要他急奔回家，把符箓烧了和水吞下，还可活命。本来也不愿相救的，只看在品貌上生得端正，而且一半还希望他能回心转意，所以仍然不肯像妹子死心塌地决意杀死他。无如戚平年少不更事，哪知厉害好歹。不但不肯接受苗女送来给他的符箓，却反把她羞辱了一番才走。杏姑见了这副光景，只气得两眼冒火，连被戚平掉在地上的符箓，也没心思去拾起，急步回去。

这时幸亏遇着一个久在金山寨居住的汉族同胞，姓黎叫复全的，看见了这样的事，知道苗女一定因钟情于他，所以才送符箓来，同时又晓得杏姑月姑的厉害，原也不敢管这闲账，不过终念着汉族同胞的情谊，见杏姑回去，不及把符箓带回，那符箓又是脱难的唯一宝贝，就前去拾了起来。

这时已近黄昏，行人稀少，便追上前去，对戚平说明了厉害。戚平起初还不肯相信黎复全的话，以为是苗女差来哄骗他入教的。后来经黎复全两三陈述，并且指出了背上已现蛊形，中毒甚深的征验，戚平才用解药破法来去毒，可是全然无效，这才着慌起来，求黎复全帮助他。黎复全就告诉他，如能娶苗女为妻，就容易解救。把符箓化服下去，立时回到苗女家里，跪求她们，她们要怎样，就依她们怎样，以后也不另行改娶就可以无损毫发，而且结婚以后，苗女如有不顺心处，再打她骂她，却能恭顺而不敢反抗了。

可是戚平却宁可被毒害死，却不愿重回苗女那里去。如果别的生路皆可依从，只是要他跪求苗女，无论怎样，也不肯答应。黎复全思忖了一会儿，忽然想起一个人来，这是他在卖药时遇见的一位隐士，也是汉人，不过他家离金山寨有二百多里路。这人在家不在家，更不可捉摸。况且杏姑、月姑姐妹俩的蛊毒，又格外厉害，行走百里外绝无生还之理。而且一交子时，禁法必然就发动，虽有神术，亦无能为力。

他正在踌躇不决，戚平却跪了下来恳求道："善士既与我皆属汉人，窃想不至视死而不救的，务请指示一条生路。"

黎复全听了戚平的哀求，心想救人总须救到底，既然如此，索性就到那隐士家去走一遭，成与不成，且看这人的命运吧。于是扶起戚平，取了一碗溪水给他，把符箓吞下，立刻拉了戚平奔向隐士家而去。

　　那隐士家离金山寨有二百多里路，幸亏黎复全也学过拳棒，奔跑起来还算迅速，戚平因自己性命危在顷刻，更不敢迟缓。二人忘命地奔跑着，起初并不觉得有什么变化，但刚跑到百里以外，便听得身后风声呼呼，恶蛊叫声吱吱不绝。所幸还未交子时，禁法未曾发动。这时候戚平和黎复全真是吓得心胆皆裂，连气也不敢喘，只是忘命向前奔跑。哪知风声叫声越来越近，天又昏黑，路更崎岖，时辰也快到达，心想总是凶多吉少。

　　这时戚平忽觉头背上给利爪抓住一般疼痛，心里一害怕，便连脚也软了起来，给山路上石块一绊，立时跌倒。黎复全听得后面戚平倒地，以为是蛊毒发作，性命已属不保，而自己为了他人，恐怕也要受恶毒害死，这却未免有些不甘心。忙一回头，不禁大喜过望，只看见一道纯红的光线，直射到他俩的身旁来，顿时又见有三四条恶蛊被红光吸了去。接着红光一闪，隐士白水散人已飘然到了面前。黎复全把戚平扶了起来，便向隐士说了经过。

　　隐士听了笑道："这正是巧遇啦，我刚才在绝龙山去会见一位道友，赶黑回来，看见前面一串金星耀目，知道一定是那两个苗女放蛊害人，所以就把它摄来了一个，其余的都给赶回去了。"

　　戚平听了忙跪拜叩谢，隐士便问他的来历。戚平知道汉人隐在此间的，总和满人有嫌隙的，便也把自己出身和在峨眉剑仙学道的经过，详详细细说给那隐士听了。

　　白水散人又问在峨眉跟什么人拜师的，戚平便说他的师父就是昙云长老。白水散人一听，忙地拍手拊掌，连称巧极，弄得戚平和黎复全只是瞠目结舌，莫名其所以。

　　白水散人见他们都不知底细，便笑道："你们一定觉得我的话有些奇特吗？反正离寒舍已不远，两位今晚也回不到金山寨去。戚贤侄中了蛊毒，虽无危险，还得服几粒丹药克毒养精，不妨就到寒舍作长夜之谈吧。"

黎复全和戚平听了，自然非常高兴，于是也就连声答应，跟着白水散人走来。约莫走了半个时辰，已经到了一处深林密菁、人烟断绝之处，白水散人领了二人穿过林中，在黑暗中依稀分辨得出前面有一座竹篱茅舍，幽静中另有一种清趣，令人见了顿觉尘虑全消。

戚平正在想着，却已到了门前，白水散人肃客入室，只见三间平屋，布置得清雅非凡，纸窗木几，清纤无尘，当中一个大石榻，略陈枕席。

大家落座以后，隐士就命书童端了几样烤的兽肉和一盆仙果，叫大家吃了。戚平和黎复全奔跑了好一会儿，也觉腹饥，当下并不推却，只道谢了一声，便狼吞虎咽地大嚼起来。又觉仙果滋味又香又甜，更是可口。

隐士一面吃，一面又替戚平诊脉，知道已然毫无妨碍，便又叫书童取了两粒灵丹，给他喂了，这才大家谈说起来。

那白水散人说道："这也是你两人五行有救，不前不后，我偏赶这晚夜回来，无意中遇见了你们两位，又替师兄救了他的徒弟，同时也可说我们缘分不浅哩。"

戚平忙问道："昙云长老是隐士的师兄吗？那么我应该称呼师叔了。"说着又跪下去，重行磕头，叩见师叔。

白水散人扶起戚平，相让道："贤侄不必拘泥于小节，我已久和人间相疏，不惯这些俗套了。当初我和你师父昙云长老同在一指禅门下为徒，从一指禅兵解以后，师兄弟们各各分散。我觉得尘世的事情真是万般无趣，又见同门中人常因着些微小故，大家弄得积不相安，自行残杀。因此，我就看破一切，从不收授徒弟。遇着有根底的子弟，就随时指点些门路，或引荐到别处求师。而且，我隐居这里已近二十年，因为洁身自好，内外功行俱将圆满，超劫出世也不在远，更无再收门徒的必要。所以你师父恐怕久不见我行踪，连消息也不曾听闻得，早已经料我是不在人世了。这许多年来，我也从未遇见一个同门的子弟。今天得遇见你，真是有缘的。"

戚平一听，随即恭恭敬敬地说道："小侄在苗疆已近一年多时日，到处巡游，却未曾听得有人说起师叔，今晚遇见黎老伯，才引我到此间，真是三生有幸。但苗人所养恶蛊，小侄也遇见过几次，从未有如此厉害，不料那两个妖女竟毒辣如此，尚祈师叔指点一二，以备日后除死害人之物。"

白水散人点头答道："这恶蛊在苗疆中有七十二种之多，其中以金蚕蛊为最厉害。飞起来的时候，发出风雨的声音，颜色如黄金一般，无论日间晚上，远望过去，闪闪黄光，耀眼夺目。你如看见，应立刻噤住声息，躲藏隐避起来，否则，它如迎头而来，就要给它吸去眼珠、脑髓。若在背后，便被抓住背脊后脑，置人死命。它的身体，小的也有五六寸长，长大的就有二三尺长。你所遇见的几条，都有三尺以外的长。如被抓住，哪有活命希望？形状像蜈蚣，最凶的是胸前的两只金钳，锋利无比，本来你既会飞剑，就可拿飞剑斩死它们。只是当时饮了蛊毒在腹内，神思未免有些恍惚，一时也觉悟不到了。然而你说到报仇一节，如果仅仅为了这一遭，我以为冤仇不宜多结，倒不必多惹是非，我当时早知道金山寨有这么一家茶棚，但是她门上插有蛊王的标记，知道的人绝不敢轻易进去，你愿意上门，过失并非全在那杏姑月姑身上。"

戚平听了忙问道："师叔说她们家门口有蛊王的标记，不知是怎样的暗号？小侄当时却疏忽了。"

白水散人笑道："那就是你自己的过失了，她家门口，斜插着两股银钗，她姐妹俩也耳戴藤环，你问问黎老先生可是真的？"

黎复全正听他师叔侄谈得有劲儿，连话也插不进去，只听得白水散人的来历，不觉惊喜非常，这是他和隐士来往近十年，可从不曾听过的秘史。正在呆呆出神，忽提到自己的名字，竟听不清楚是什么，只好微微点点头，似乎是赞助白水散人的意思一样，弄得他俩都笑了。这一笑，更使黎复全忸怩起来，笑得他只把两只眼睛一会儿望望戚平，一会儿望望白水散人。白水散人才把这话告诉他，黎复全也觉好笑起来。

三人互笑了一阵儿，黎复全才接着说道："隐士的话一点儿也没错，她们做这蛊王的标记，一半是为了狂妄傲慢，一半也为了借此防身择婿，并非真个要加害于人的。即有上门的人，也是愿者上钩，并不勉强。只要不惹她们的愤怒，也绝不轻易加害。此番戚英雄遭难，定然有什么触动她们忌讳的话，所以她们竟然下如此毒辣手段，不过，这两个苗女看金蚕蛊被杀，必抵出性命报仇，将来如果晓得因我介绍而求得隐士获救，更会移恨于我，这倒不可不防哩。"

白水散人笑道："这事却不必劳老先生担心，当初我原可将飞来恶蛊杀得它一个不留，后来因着想到为免结怨仇的缘故，这才只杀了一条，其余的用法术禁治，放了回去。她知道这种情形，也必然明白我解怨的本意，大概不至有意再寻衅。只是戚贤侄要说去报仇的事，却万万不可再去拨燃余烬了。"

黎复全急忙摇手道："报仇的事却万万不可。她们的义母西山蚕娘才是了得哩。"

不知他以后再说些什么话来，且待下回分解。

168

第九回

传师令游侠入中原
观气色相士炫奇术

却说黎复全听了白水散人的话，语意中劝戚平不可存报仇的心念，便也忙用话阻住戚平存这报仇的心理。他说："西山蚕娘不但心肠狠毒，而且法术通玄，真有鬼神不测之机，她门下弟子，差不多全是女的，除了这金蚕蛊以外，还个个精通太阴锁肠的魔法，并且能指物代身，不须本人就能摄取敌人的真阳。遇上以后，很少能够幸免的。她们不常喜欢和敌人对面交手，大半用着驯阳的坐功，朝你打坐，你怎么做，她们全不理会，不是精通法术的人，休想伤得了她们。只等你情欲一动，心神略觉散。这时候，便中了她们圈套。她只要不和你作对，那就没有怎样。倘若和你作对了以后，不制你死命，绝不肯放手的。如果坐功无效，立时便裸体卧地，用她那种摄神魔法，来摇荡你的心志。你如心志稍动，便仍然丧在她手里。蚕娘本身还有一种金丝网，保护着她本身。你若设法近她的身，她便用这仙网来处置你，真是非常便当的一件事，凭你怎么厉害的飞剑也砍不断它。所以戚英雄如对杏姑月姑报仇，那这祸便越闯越大，这一带的居民将无噍类了。"

戚平被他俩一说，也只得暂时放下这个念头，便说道："那好吧，承师叔和黎老伯伯的指教，敢不谨铭肺腑吗？容将来再图机会也不迟的。"

白水散人拍掌大笑道："大丈夫能屈能伸，戚贤侄真是好英雄，我们难得相遇，就请戚贤侄在这里多盘桓几时，我有许多话要对你说。而且戚贤侄的本领，也不妨全部显给我看看，我虽不曾教过徒辈，但也愿把家数和本门剑术在世上有着传授。戚贤侄正是我意想中的人，可不晓得戚贤侄怎样？"

戚平忙站起作了一个长揖，说道："师叔肯传授我一切剑法异术，小侄真是三生有幸了。"

黎复全也拱手向他俩说道："恭贺你俩的良缘，真所谓有缘千里来相会，真是一些没有错的。戚英雄既暂时留在这里，愚便先告辞了。"说着起身走了。

白水散人和戚平忙送到门口，殷勤道别。白水散人请他顺便打听一下，两个苗女经此打击以后有何举动。并送给他一条信香，如遇苗女一寻他的事，可以焚起信香，在几分钟内，定可赶来相助。黎复全谢了别去。

戚平和白水散人住了半年光景，白水散人除传他身剑合一之法外，还教给他许多护身法术和奇门遁甲、呼风唤雨的神术。戚平虽是二十岁以外的人，但因为根赋独厚，颖悟非常，一经指点，便能领会。

又过了两个月光景，白水散人便也叫他继续去积修外功。戚平心想：此时离奉师父之命下山积修外功，已有好几年工夫，怎么还不见师父来召还我回山继续修炼呢？不如趁此机会，去拜候一下师父，然后再到中原去游历一番，看看世情。于是拜别了白水散人，驾起剑光，直奔峨眉山而来。

戚平初驾剑光飞行，顺着风向，凭虚御空，大地茫茫，白云片片，俯观山河，只见晴空万里，高旻无极，峰峦起伏，川流如带，气象万千，不禁暗自欢喜。一路前行，眼看山势雄险，水流奔腾，真是奇景。

不多片刻，已见云烟浩渺，大小峰峦尽都被云雾所包没，只露出一些角尖，和海中岛屿一般，知道已抵达峨眉山脉了。正拟寻觅昙云长老所住的山洞所在，却见对面忽然来了一道剑光，似电驰雷掣般闪到身边，仔细一看，不禁惊喜道："哟，来的不是钱钧师兄吗？师父的山洞可就在前面呢。"

钱钧一见戚平，也觉又惊又喜，惊的是师弟以前下山的时候，虽然也会飞行术，但却不能身剑合一驾剑光在云端任意飞行的，现在居然已学会了这步功夫。喜的是师父临行的时候，曾吩咐出，如有师兄弟回洞时，一概命令到长白山去，在本年重阳，同破关东魔王参道子所摆设的五行迷魂阵。此刻见戚平法术道力都有进步，自然可以前去助师父一臂之力的。便即答道："戚师弟，你多年未回山哩，一向很得意吧，真不巧，师父到关外去了。因为被另外一位道友约着去破五行迷魂阵的。他吩咐凡是回山来参道的师兄弟，在本年重阳前，一律须赶到关外长白山去，和师父相见。详细情形我也不大清楚，只是师父派我守洞，否则，我倒很想去观光观光哩。"

戚平听钱钧说昙云长老不在洞中，而且要他也赶往长白山去会见，只得告别动身。钱钧说道："对不起得很，我也因此刻有桩事须往七星山一行，所以连留你到洞中去叙一下别情都不能够，真太怅恨了。只是戚师弟此去，切不可忘记本年重阳以前，务必赶到长白山和师父会面的事哩。"说着，便各道了珍重，分别行去。

戚平也仍驾着剑光向东而来。心想此刻不过是八月刚到，如果仍驾着剑光，往长白山去会见昙云长老，是瞬息间的事，我何必这么早就去，不如按下剑光，由陆地前去。一个月的时间，也未使不可以如期到那里，顺便可以探访一下目前中原的情况。主意已定，就驾了剑光直向市廛热闹的地方而去。

这天，到了一处极繁华所在，人烟稠密，屋宇鳞次栉比。便在空旷冷僻处落下身来，走到街上，向路人一问，才知是长沙境界。前面是城隍山，也是一处热闹地方。戚平信步走到山下，觉得有些疲乏，于是就向山脚边的城隍庙行来，想在庙里找处歇脚的地方。

不觉走到大殿上，大殿左面有一个风鉴的相士，招牌上写着"李铁口相命合参"七个大字。一见戚平走上殿来，赶即立起身上前招呼，拱手说道："福人光临，有失远迎，就在这边请坐吧。"

戚平看见相士上前来，知道这都是江湖人的圈套、兜揽生意的诀门，便气愤愤地连头也不转过来，只是摇头说道："我不看相，生平我也不相信这个，谁耐烦和你磕门牙？"

那相士却正色道："鄙人在江湖上也几十年，从未失口于人，实因足下气色与众不同，故不揣冒昧奉告，且请坐一会儿谈谈，鄙人并不稀罕几文钱的相例。"

戚平听他口气坚决，而且说并不在乎几个钱的相例，便回过头来，向他一望。却见那相士是一个六十多岁的老头，虽然已是须发如银，而精神矍铄，两眼炯炯有光，面貌清癯，一眼看上去似乎不像一个普通走江湖的相命先生。又听他说话奇怪，心想自己上殿来既没有什么事，原为歇脚而来，何不就顺势去和他瞎谈一会儿。

相士见戚平沉吟不响，知道有些心动，便又作揖道："英雄何妨坐谈片刻，信不信反正有自己主张的。"当下戚平就跟着他同到相桌旁，落座以后，那相士说道："英雄此去，不是想到北方去吗？"

这一句话，直打在戚平的心窝，不禁微吃一惊。暗忖他怎么竟知道我的心事呢？继而一想，这也许是江湖人套主顾口风的诀门，自己心虚，便以为他的相命确是十分准确了。当时就一点儿不露形色，淡然答道："我是个流浪者，既没有家，到处可以漂泊，随兴之所至，忽东忽西，忽南忽北，更无所谓一定的目标。"

相士李铁口微微笑道："这话说给别个相命的江湖人听，那真是天衣无缝，骗得他们全无主意了。但鄙人并不是夸口说，相术一道，自问稍有把握，英雄这次由西南来，确是并不只往北方，还得往东北一行，可不是吗？"接着他就掐指算着，一面又向戚平脸上望着。

戚平暗暗称奇，只听得那相士又说道："英雄所见略同，这是名言，你的事情，我已经略有眉目，此去在出关的时候，恐有灾厄，

172

应该沿途留意，尤当随时访寻可以帮助你的朋友。"

戚平本来不大相信相命堪舆种种事情的，但听他说得十分逼真，而又猜度自己心里也极准确，不由不心神鼓动，视为奇迹，当下便拱手道："老先生神机，高深莫测，晚辈十分佩服，只不知道何以在气色上能知心中事，殊觉使人难解？"

相士笑道："区区薄技，何足道哉。一个人心有所思，五中一切，莫不表现于眉目间的。只是眼光深远，心机灵动，推测入微，这是相面的秘诀。至若命运注定，气数前因等等的话，只不过拿来借以掩饰自己的观察罢了。今晚请英雄在此地留住一宵，明日午刻，尚希惠顾一谈。老拙有一件东西奉托带往关外，务恳不可失误。"

戚平不懂他是什么意思，就点头起别。相士送出大殿上，又叮嘱戚平道："明天午刻，务必重临，万勿有误。"戚平只得应允。

当即至城内游逛，一面预备寻个歇宿的地方。但一摸身边仅有几文钱，那又何能作为店账之用？心想此处这样繁华，何不就在城里择个地方，使几套拳脚，向观众筹些盘费呢？想着一路走来，到了一处广场，场上满列着杂耍摊子。游玩的人如流水般地川流不绝。戚平就拣了一个地方，使了几套寻常的拳法。

这时，在场子中的人看到一个新来卖艺的人，便都围着拢来瞧了。戚平于是又使了一套八卦拳，只见他拳风呼呼，纵跳不绝，一霎时人影不分，猛然身子往上一跳，蹿起丈多高，一低身落下地来，稳如泰山，连气也不喘息，就向观众把手一拱，唱了个大喏，说道："在下并非走江湖的卖艺之流，只是路过贵地，身边缺少盘资，不得已在这里献一会儿丑，望各位帮助几个。"

但是当他说完话以后，却不见有一个丢钱的人，大家挤挤眉眼，一大半人走开了。戚平暗自嗟叹，难道自己的拳法竟连几个盘川都混不到吗？还是我不懂这里卖艺的规矩呢？不如让我再来玩一套拳法，来试试看。想着正拟再使一套拳的时候，蓦地里一位须发如银的老道士走进圈子里，把一块一两多重的碎银，丢到戚平的跟前，说道："好汉不必再在这里多耽搁工夫，贫道这块碎银已足够好汉今夜食宿的开销，不如早些去寻客店安歇吧。"说着，一拂袖飘然而去。

戚平还想追喊住谢他，也来不及，不过似乎觉得面貌很熟，好像在什么地方会过一样，但一刹那间，却也无论如何想不起来，只得拾起银子，走出场去。一边走，一边还在追忆着这助银子给他的人的面貌。想了一会儿，猛然记起刚才在城隍庙中所遇着那相士的面貌，不和这老道一式无二吗？但是他何以忽然又变换了道装呢？这位行踪奇特的人物，却弄得戚平如堕入五里雾中，莫名其所以了。

戚平在各街道上走来走去，一会儿已到了黄昏时分，天色也黑暗了下来。戚平就在悦来旅店里看定了一个房间，吃罢了晚饭，本来已是疲乏非常，所以便脱去外衣，倒在床上，想安安逸逸地睡一会儿觉。可是给谜一般的相士和老道助银的事情，老在心中盘算，反把瞌睡弄醒了。直到三更初打的时候，才强把眼睛合上，蒙眬睡去。

忽听得一阵凄凄切切的响声传进耳朵里，不觉一愣，侧耳细听，却像就在左近，而且是个女人家的声音。戚平再也睡不着，一骨碌坐将起来，唤进小二来问时，店小二赔着小心道："大爷，你不知道，我们店里上月来了一个妇人和一个小孩子，据说从山东跑到这里来找寻她女儿的，叮是将近已有一月，却没有女儿的踪迹，连盘缠却已用尽了。小孩子又害着病，没钱请大夫瞧，一天到晚总是哭，差不多把我们店里的客人也都给她哭得闹光了。但她仍旧这副神气，看她样子似乎很可怜，店主人也没奈何她。大爷休得见怪，累你整晚睡不着，让我去制止她别这样吵扰了。"说着就想走去。

戚平一听，不由得动了恻隐之心，便对小二说道："听你说来，这妇人也是怪可怜的，你带我去问问她的底细，也许我可以从旁帮些忙。"

小二暗忖：这位大爷倒喜欢管闲账的，恐怕听了我说是妇人，

174

就转着别样的念头了。但是，叫他看了以后，准会连隔夜饭也呕得出的。

戚平见小二呆呆地站着不动，以为他在打算这夜深时分，领着一个单身男子到女人房间里去不便，所以迟迟未行，便即说道："喂，你怎么呆站着不说话，也不领我前去呢？可是为了深夜去到妇人房间里不便吗？"

小二被戚平一声喊醒，听了戚平的话，便笑道："真的，我怎么竟呆立在这里呢？走吧，她已是四五十岁的老人家了，没有什么大关系的。"当下就带着戚平，走出房门，一转弯就到一间小房门前，叩着门喊道："休哭啦，有位大爷在这里，要和你说话哩。"

哭声倏然停止，一个四十多岁的妇人开门出来。

欲知后事，且看下回分解。

第十回

动恻隐逆旅救母子
惩轻薄县衙借白银

　　却说那房里的妇人听见敲门声音，止住了哭，开门出来，拭了眼泪，一边还在抽噎着。一见戚平，不禁一怔。小二就说明了来意。那妇人忙迎戚平到里面落座，戚平也不谦逊，跨进房去，店小二也替戚平倒了一杯茶走了。

　　戚平坐了以后，便问那妇人为什么深夜里如此悲哭？那妇人经他一问，不禁又抽噎不停。过了一会儿，才说道："大爷有所不知，我本是山东日照地方人，丈夫叫徐进才，家里也有几间草屋、三四亩薄田，生下一子一女。三年以前，我女儿正是十五岁，有一天，忽然来了个僧人，说我女儿生得克相，在家里一定要克死父亲的，如果能够跟他去学道，三年以后，便能练得一身好本领。而且又可避去克煞。可是我夫妻俩怎肯把女儿跟一个和尚去学道呢？因此就用话回绝了他。谁知到第二天早晨，女儿忽然不见了。当时我夫妻俩真急得像什么似的，求签问卜，拜佛祷神，可是一点儿没有消息。丈夫爱女儿，真和性命一样地宝贵，于是忧急成病，在女儿失踪后三个月时，一病不起，命赴黄泉。

　　"我那时也想一死了此终生，但为了这个小儿子还只十岁，也是徐家一脉香烟，只好忍悲含苦，暂且偷生。也巴望女儿真是去学道，能够好好回来。哪知又过了半年，仍不见回家。但是亲族叔伯兄弟，却觊觎我们的一些薄产，你一句我一句，说我是丧门星下凡，来害徐氏门庭的。先用冷言冷语，后来居然指桑骂槐起来，甚至居然扬言要弄死我母子，以免徐家一族风水遭累。大爷，你想这等气，叫我怎么忍受得下，只得暂回娘家居住，我的父母早已亡故，只有一个兄弟。不料今年春间也去世了。我子身无靠，想起那年和尚说是湖南长沙报恩寺里的，我也不明白湖南离开山东有多少路，只想急于出来寻女儿，所以便不计较其他，把东西变卖了一些，作为盘川，带着儿子一路寻访过来。

"上个月里，寻到这里，曾到报恩寺去询问过多少次，但那里的和尚听了却是莫名其妙，像不晓得是怎么一回事的，心想等暗中慢慢来探访。谁知这孩子一路受了风寒，却病了起来。初时还有几个钱可以请大夫，日子久了，带来的钱已经用完，连几件衣服也都典质完了，孩子的病仍然不见好起来，这几天反而沉重了。大爷，你想我母子两个在这异乡流落，举目无亲，又有谁肯周济我们，想起来不禁哭泣起来。在此夜半时候，扰乱大爷的清梦，承你劳驾来瞧我，真是……"说到此间，又忍不住哭出声来。

戚平听了，也很同情，便问道："你孩子患的是什么病症呢?"

妇人呜咽答道："大夫也说不出病名，我想，只是在路上受的暑热风寒，这时一齐发出来了。本来我们这种人家的孩子，有些小毛病也用不着请大夫诊治的，过些时候自己也会痊愈的。怎奈时运不济，这点点就不能起床，连请大夫瞧了几次还不见好，再这样拖延下去，我也没有别的法子可想，只好抱着孩子一同跳到江里去，免得多受痛苦。"说着，又痛哭起来。

戚平解劝道："哭也没用，孩子有病，快请大夫去医治，没钱，我这里还带着有一点儿。"边说边摸口袋，顿时记起了身边仅有一块一两多重的碎银，还是在卖艺时那个老道赠给他的，今晚的房饭金、明天的开销，都全仗在这块碎银上，给了她，自己便没有了。但是话已出口，这妇人又处境可怜，怎可反悔。不过仅有这块碎银，对她也无济于事的，不如这样吧。他想定计策，便立起身来，对妇人道："此刻身边没有带着银两，等明天早晨，我着小二送过来吧，你也不必伤心，出门最要当心身体。你女儿既然在报恩寺和尚那里学道，也可慢慢打听，不要一时性急，只怕寺里是不便给女子学道的呢。"

妇人感激得泪又和雨一般滴个不停，哽咽着道："大爷真是我们救命的恩人，我母子两个路上受尽多少磨折，遇见不少歹人，像大爷这样的好人，却不曾遇见过，一切只得以后再行报答了。"

戚平走回房里，心上打量着只有如此这般，才能两全。一听外面已打四更一点，急忙换了夜行衣靠，把房门闩紧了，从窗口跃出身来，一纵身便向屋上飞也似的往街旁一路过去。

戚平由屋上飞行着前进，到了一处屋上，只见那屋里闪烁出来的灯光，照耀得明亮非常，他不由心中奇怪。这时已是四更时分，怎么还不到黄粱国去游历呢？跃到前面，仔细探视了一番，原来是长沙的县衙门。心想既然来到此地，不妨前去看看，究竟衙门里夜间还在干什么事情，也许是夜审案件。几个箭步已到了大堂屋上，但大堂上却全无动静。一个蝴蝶过墙的姿势，过了一带厢房，便是后面的大厅了，辉煌的灯光就是从那里发射出来的。

戚平伏在屋上暗处，看得异常真切，大厅上面设着一桌酒席，八个人围着坐下，有一个年约四十多岁的人，头上戴着一顶折边的缎帽，身上穿了一件淡灰的夹袍，嘴上留着八字须儿，腰里挂着一个眼镜盒儿。他一抹嘴上的两抹胡须说道："县太爷在上，那件案子既然已经严刑逼供，还要请你老重重地办一下才行。"

那第一座上的一个戴蓝顶大帽的家伙，点头说道："只管放心，在我手里办这件事，绝能使你消气无疑。"他说到这里，忽然回头向一个公差说道："怎么啦？那两个粉头怎么到这时还不来？她敢在本县面前搭臭架子吗？"

那差役回了一个千说道："刚才差去人来回话，因为她们已经睡

178

了，所以起身以后，要略略梳妆一会儿，便来陪太爷的酒了。"

他连连拍着案子骂道："这两个臭货，难道本县来等她们梳妆吗？快给我去抓来，看她们究竟是怎样的两个家伙。"差役唯唯应着，飞也似的出去了。

等不多时，又见他进来回报道："禀太爷，她们来了。"

他把脸一沉，说道："传她们进来。"

那差役急忙转身出去，立刻带进两个女子来，一个是十五六岁的姑娘，穿着青布衣裤，外面罩着一个淡青的披风，虽然是淡妆素抹，但体态婀娜，面容如画。另一个已有四五十岁光景，看上去好像母女模样，脚步灵活，瞬息走到厅上。那个少女把眼光向四周座客一扫，很大方地问道："哪一位是这里的县太爷呢？"

刚才那个发脾气的家伙，一见这样绝色的姑娘，早已眼花缭乱，魂灵儿飞上了半天。听得她的问话，便连声答道："我便是，你叫什么名字呢？"

那女子冷冷地说道："我叫凤姐，她便是我的姆妈，县太爷在这么夜阑更深的时候，派人来招呼我们，不晓得有什么事呀？"

他咧开大嘴，哈哈笑道："什么事呀？因为本县今晚有客在这里，听你们今天在九星场子耍的把戏很好，特叫你俩来给大家开开兴，好吧，闲话别多说了，先唱两支小调吧。"

凤姐说道："县太爷别弄错了，我们走江湖的人，不是妓院里的姑娘可以使唤的。我俩靠拳足吃饭，更不依赖色相卖钱，那唱曲儿的勾当，不瞒县太爷说，我们从小没有学过，叫我们从哪里唱起？县太爷如果喜欢弄刀耍剑，我们倒可以来上几套给各位赏光一下。"

他听了把脑袋一摇，说道："你们不会唱曲？我可不大相信。走江湖的人，到这境界来，概须应酬酒筵，不仅卖嘴，有时候还得卖身。只要本县看得中意，银子倒还不在乎。"说着，从桌子抽屉中，拿出一封银子在桌子一摆。

凤姐说道："人家怎样，我们可管不着，不过县太爷既然招呼我们来了，我们哪敢违抗，不过一定要叫我们唱曲儿，那真是不会，未免故意跟我们为难了。"

那个留八字须的绅士接嘴道："既然没有学过曲儿，也难怪她们，就请县太爷收回命令吧，她们既然会弄刀玩剑，倒也有趣，便不妨叫她们试试看。"

长沙县点头说道："也行，也行，你俩就舞一下剑吧。"

凤姐褪下披风，她母亲也扎束了一会儿，各从腰间抽出一柄宝剑来，立了一个上下手，同声说了句"放肆了"以后，便动手对舞起来。起手盘龙啸虎，家数分明。忽地电闪雷奔，使人眼花缭乱，后来越舞越紧，一阵阵的剑风逼得那席上的座客们没有一个不咬紧牙关，打着寒噤。

戚平见了，也不禁暗暗道好。长沙县心里虽然有些害怕，但不得不装着镇定的神气，目不转睛地注视看她俩的来去行动，一会儿又硬着头皮大声叫好。

正当他强自镇静的当儿，那凤姐的剑锋忽然在他面旁一闪，像两股冷风吹过，立刻没命地把双手抱住了头颅，狂喊了"啊哟"两字以后，两颊上的鲜血直流出来。座客都大惊失色，只是手软脚冷，全身像在筛糠似的抖动着。那伺候的差役们也都噤若寒蝉，不敢发喊。大家都是瞠目结舌，把两眼呆呆地直望着她。

凤姐把剑一收，娇声骂道："你这瘟官，竟把我们自食其力的人当作你的玩物吗？姑娘今晚就给你些小苦头尝尝。下次再敢逞势作威作福，老实就把你头颅搬家，这才知道我们走江湖的人不可小觑的，你心服吗？"

长沙县忙地点头，战兢兢地说道："姑娘，下次再不敢了，饶了我的命吧。"

只见她母女俩接着把剑锋向座上客人的头上一扫，直如一桶冷冰冰的凉水泼过一般。倏忽间那两个女子已走出大厅，在院中跃身上屋，两条黑影飞鸟似的飞向西面去了。

戚平心里佩服这两个女子的手段和胆量，又感到说不出的痛快，再望望厅中，一班人还是噤若寒蝉，连呼吸都屏住着。

他蓦地看见桌上的一封银子，心里一动，立刻鹞子翻身，蹿到厅里。众人刚受了一场莫大的惊吓，此刻忽然又从空中跳下一个人来，直吓得冷汗直流。

戚平从剑囊里取出一支袖箭，掷到县太爷面前说道："你这狗官，贪赃枉法，恣情纵欲，本当取你首级，念你劣迹未深，姑给你一条自新之路，以后务必改恶务善。这赃银我且拿去作为信物，以观后效。今晚的事，不许你声张出去，也不准你向刚才两位卖艺的女子去报复。否则，我云山游侠绝不饶你。这支袖箭，留在这里作为纪念。"说着就把桌上那封银子拿来塞在怀里，一阵风过去，已不见踪迹。

县太爷这酒席只得不欢而散了，而且连半个字也不敢向别人提起，还严禁差役泄露出去。

戚平拿了银子就回到寓处，时已五更三点，天将破晓，他也索性不睡觉了，只把夜行衣着换了下来，在床上打了一会儿坐，天已微明。等了半晌，小二已来收拾房间。戚平便命小二打水洗脸，小二惊问道："大爷可是因为昨晚被那妇人吵闹得睡不着觉吗？怎么早晨起来得这样早？"

戚平摇摇头，等小二出去以后，便把那封银子打开一看，约莫有五十两光景，分了三十两的一包，用布包了，其余二十两，藏在自己衣包里。

小二端了脸水进来，戚平便命他把银子送到妇人那里去，一面又叫小二算账，预备动身。小二把银子送到妇人那里，接着她又走来叩谢了一番。戚平等小二算好账目，付清房饭金，便动身到街上去徘徊。

戚平这样早离开悦来客店，并非为了赶路，实在是为了昨晚在县衙门里遇见的两个卖艺女子，看她们一表英烈的神情，说话行动，全然不是走江湖的态度，一点儿不曾染到那班卖艺人的习气，不禁暗自赞叹。又见她们的行为，好像是一般侠客义士之流，有心去结识结识她们，所以只在向西的路上行来。但是走了好几个时辰，却不曾见她俩的形迹，心中不觉纳闷。这时腹中已感觉饥饿，只得回到城里，找了一家饭铺，胡乱吃了一些东西。见太阳已渐渐升到头顶上，记起昨天相士的约会，于是就直往城隍庙而来。

相士一见，欣喜非常，恭恭敬敬拱手延坐，劈头又问道："英雄昨晚的事，做得痛快非常。今天鄙人原想赠些盘川给英雄，作为往北路上应用，如今英雄已行囊饱满，可无须鄙人再费心了。"

戚平听了，立刻起身长揖道："老先生定是异人，尚希赐教道号。"

相士淡然答道："英雄休得过誉，鄙人不过善观气色，其他一切，实毫无所知。我现有锦囊三个，赠予英雄，如有疑虑危急之时，依次拆开，定可帮助英雄神力。别有一事奉托，不晓得英雄肯为代劳吗？"

戚平问道："不知老先生有何事相委，在下微力能否所及，尚希见示。"

相士答道："天机不可泄露，现有信函一封，烦英雄到京之日，依地址亲自送去，不可忘却。"说罢，就取出一封密封的信件和三个小小的纸袋授给戚平。

戚平接过一看，见纸袋上编着号码，知道是指示拆阅的先后次序。又见信函上写着详细地址、姓名，看了一遍，就收入怀中谨藏，便问道："昨日傍晚承老先生赐我银两，今天因我已另行设法筹到路费，该锭银子尚未动用，应即奉还。"

相士狂笑道："英雄这样的作为，未免太不旷达了。区区银两，在鄙人眼中只是一粒微尘，即有十万百万银子，到我手中亦全成瓦砾，我在此仅月余，不久又将寄迹他处，英雄不要以为我是吝惜钱财的人，此时我和英雄虽是初见，但后会之期并不在远。到那时候，英雄定可了然一切了。"说罢，又是一阵狂笑，这笑声声震殿屋，音韵洪亮，戚平不觉肃然起敬，忙起身拜别。

相士只一拱手，说道："前途珍重，奉托之事，务希劳驾，鄙人也不远送了。"

戚平告别下殿，走出庙门，心里不住地暗暗称奇，就走出城来，问明路径，直往武昌行来。

欲知后事如何，且看下回再行分解。

第十一回

投宿古庙无心探密室
迷路乱山有意诛人魔

却说戚平离了长沙，一路上心里还是念念不忘着那两个卖艺的母女，所以不住地在路上打探行人，询问有没有这样装束的两个走江湖的人经过，假说自己是和她们是一路的，不过在途中失散了，所以急急要想寻访她们。过路人中有的说不曾见过这样的两个人物，有的说见是见过，但仿佛是不往这条路去。

后来到了临湘附近的小镇上，知道她俩确是走这条路，目的地是往武昌去。戚平打听得明白，自然更不怠慢，匆匆跟踪而往。谁知竟错过了宿头，没奈何寻找得一座古庙，见那屋宇已十分坍败，不像香火鼎盛模样。但一走进庙门，里面的一进却和外观截然不同。不但修理得端端正正，而且精致清洁异常。

戚平一半是好奇，怎么这座庙宇，会得外观破败，里面整洁？一般庙宇，总是把外表修饰得堂堂皇皇，以吸引善男信女去和它结缘，这才能香火兴隆，却不道偏有和一般情理相悖的庙宇，居然能立足其中，究是为的什么？未免令人奇怪。一半是赶路错过了宿头，虽是月明星稀之夜，但因自己是初进中原来，路途不熟，诚恐到了迷途的时候，更是不妙，所以就索性在这庙宇里借宿一宵吧。想定主意便走进大殿，知客僧上来招呼，戚平将因赶路错过宿头，特来宝刹借宿的话说明了。

知客僧向他上下打量了一番，就说道："且请施主稍待，容我去禀明师父再说。"当下知客僧就匆匆转向后殿去。一会儿就和一个面貌慈祥的老和尚出来相见，寒暄以后，便请戚平到厢房的一间小房里休息，和尚俩也就进去了。

戚平独自坐在房里沉思，小沙弥就送进晚饭来，两盘蔬菜，一盂白饭，倒也清洁可口。过了一会儿，来收拾残肴的小沙弥却已换了一个。戚平暗想：这庙中的香火看来并不十分兴旺，但庙里的和尚却不少，这每天开销，不晓得从哪里来的。心里正在纳闷，忽听有一阵女子笑语声，隐隐从后殿传出来。但等到侧耳静听的时候，却并没丝毫声息，直使戚平心上十分狐疑，当下只得闷在心里。

等到听得外面已经打过二更二点，戚平就把烛光吹熄，在暗中静坐了一会儿，忽听得有窸窸窣窣的衣服擦着门框的声息，戚平知道有人在门外走动，便假装着鼻息呼呼的鼾声。这时候，又听得有人在窃窃私语了，于是戚平凝神倾听着。

只听得一个人说道："师父真是疑神疑鬼，人家老早就睡得烂熟了，还怕他来打探什么信息呢？"

另一人却埋怨着说道："你别这样想，师父经历过许多危难，万事总比我们精明些，他说这人像剑侠一流的人物，大概总不会有错。"

一个人又说道："哼，什么剑侠刀侠，看他那样瘦削的身体，能禁得起我师父的几下铁拳？"

说着，听得脚步声响，由远而近，似乎来了另一个和尚问道："可睡熟了吗？"

戚平连忙又把鼾声响了起来，只听一个人回答道："你听，那不是鼾声吗？我看这人不是什么剑侠刀侠，师父这样疑虑，真是多余的事。"

那人说道："总是小心些为妙，现在你们也好去睡了，让我守在这里吧，反正密室里已把机关布置好了，要进去也不容易进去哩。"

"好，那我们去睡了，师兄留神，在此守着吧。"接着，听得两人的脚步渐渐远去了。

过了一会儿，只听得门外起了鼻息，戚平顿时轻轻用舌尖舐开了一角窗上的白纸望出去，见一个小沙弥已靠在庭柱上睡着。暗忖这庙一定不是佛地，而且恐怕有秘密在里面，听这班小沙弥的口风，似乎对自己只有防范，而并没有不利的行动，想来也许因为毛羽还不曾丰满，不敢如何放肆。本想置之不理，省些闲事，可是想到这里面的秘密，却不可不知道。于是就轻轻开了房门，一掌把那小沙弥打醒。

那小沙弥一见身边站着戚平，不禁失声欲喊，却给戚平抽出一把宝剑在他肚子上一晃，低声喝道："休想呼喊，否则就一剑结果你的性命。"

小沙弥哪里还敢作声，只是伏地求饶。戚平把小沙弥一提，拿到房里，便低低问道："你老实说，密室在什么地方？门前安着什么机关？"

小沙弥颤抖着答道："密室就在后殿院子侧屋的后面，那个屋里挂着一幅观音大士的佛像，把佛像轴心一动，就现出密室的后门，外面人不晓得的，只知道用手去推门，这便触动机关，人便陷到地穴中去。倘若不用手去推门，在门旁的一个小铁钮上往右一扭便自动移开。到密室里面去，便没有危险了。"

戚平喝道："你这番话，可有半句虚假的？"

小沙弥叩首道："若有一个不实，只凭好汉处置。"

戚平顺手扯下了小沙弥的一块衣襟，塞住了他的嘴，又用自己的腰带把他两手反绑在床脚上。反掩了房门，直奔后殿而来。

果然寻到了挂着观音大士的侧屋，依法进了密室，只听得里面有不少男女在笑谑的浪声轻语。

戚平暗暗骂道："佛门弟子，竟然如此荒淫，真是禽兽。"于是依着曲折的小径，沿窗口望过去。这密室里面，还有许多小房间，有的隐约亮着烛光，有的黑黝黝不辨一物。戚平只朝灯光明亮的地方走去，见一间小房里坐着三个和尚，在那里说话，身边都有一个少女陪坐着，似乎还在喝着酒。

戚平隐身暗处，把头侧向那间屋子的窗口，暗听有一个人说道："我已打听得一件消息，这是和大师兄有关系的。"

另一个说道："和我有关系的？什么事呀？"

一个人又道："那黄巡按的女儿秋芳，不是为了报仇隐居在韶州许多时候，练武访师吗？现在她们已经动身要到北方去了。"

另一个道："咦，真的吗？许多时候不曾听得她们的消息了。现在她们居然动身回北方去了，你知道她们回北方去是什么意思呢？"

那个答道："我想，也许她们是打消了这报仇的念头，回到故乡去做个安分守己的人哩。"

另一个道："我看是不会这么太平的，伊父亲的师父不是泰山的散叶道人吗？对了，我知道她们一定是求助师祖去的。"

那个道："要是这样，我们却非斩草除根不可哩。"

另一个道："那是当然，我起初不肯立刻离开广东的意思，也正为想杀掉那两个。后来，她们似乎也料着回北方路上危险，就在韶州安身下来。那时候偏是你俩要我来湖南，否则，早就结果了她俩，省得一桩心事牵累着。"

那个人又道："要除掉她们并不难，我昨天还看见她们扮了走江湖的模样，向武昌而去。只要通知一下清凉寺的尘因师兄，还怕不就是瓮中之鳖吗？"

另一个拍掌笑道："好计谋，这条路上，除了清凉寺是没处打尖的，我也跟着就去，还可以尝尝那个雌儿的新滋味哩。"

又一个说道："你的计谋告成，我也得庆祝你俩一下，快来干一杯。"只见各人都举起杯来，一饮而尽，接着听得女子咯咯的笑声。

戚平心中一动，那个女子竟是巡按的女儿，和这和尚结了大仇，想必巡按被和尚所害死，所以女儿立志报仇，现在到北方去寻访师祖的。这个和尚存心要斩草除根，必欲得她而甘心，现在既设计在清凉寺中去害她，我索性也跟他们到清凉寺去，而且他们话中的母女俩正像是自己在县衙里所看见的完全一样，难怪看她们言行如此英烈，那我必跟去搭救她们才好。

这样一想，便悄悄退出密室，明知在这里动手不但救不了她母女俩，而且恐怕打草惊蛇，反为不妥。

回到房里，见那小沙弥蜷伏床边，已睡得很熟，也不惊动他，就坐在床上闭目静坐，以待天明。

蒙眬了一会儿，天已微亮，就下床来踢醒小沙弥，扯出口中的塞布，喝道："如今我就饶你狗命，你可把这庙里的情形告诉我。"

小沙弥轻声说道："我到这普光庙来还只半年，只知道师父叫笑面头陀，他来了也还不到一年，以前这里的住持听说就是师父的师弟，现在不知到哪里去了。前月里，忽然到来两个大师父，说也是我家师父的师兄弟，从洞庭山来的，到了这里以后就造了密室，不知从什么地方弄来十五六个妇女在密室里闹得天翻地覆。"

戚平看天色已将大亮，恐怕有人来看见了不便，就挥手叫小沙弥出去，一面叮嘱道："你不许把昨晚的事对任何人说起，否则，我有飞剑，就是本人不在这里，也可取你首级。"

小沙弥点了点头，出了房门，心里还是怦怦地跳得不停，但是密室的机关是自己告诉他，师父知道了也性命难保，所以哪里肯把这经过与别人提起只字。庙里的人，没有他说出来，自然也如蒙在鼓中，全然不知。所以，等到天色大亮，红日东升的时候，小沙弥端进脸水、早饭，戚平胡乱吃了些，打发了香火钱，动身走了。

等到戚平走不多远，那个大和尚也驾着剑光，转瞬间赶到清凉寺，把探得的消息告诉了尘因和尚，设计赚住黄秋芳母女。

且说戚平到了临湘县属那个小镇以后，总不见那卖艺母女的踪迹，心中很是纳闷，刚行走间，忽见前面的广场上有人卖艺，无意中走近去一看，不由得心中大喜，只见自己所访寻的人正在舞枪弄棒，伸腿舒拳，便站在旁边观看。却不道那里的恶霸仗势凌人，便用袖箭救了秋芳性命。正拟待众人散开些时，上前招呼，不料瞬息间母女又忽然去得已远。戚平这时虽然知道这条路中总会遇着，但不知她俩是否会比自己先到清凉寺，遭那贼秃的毒手，于是索性用飞行功夫，先到清凉寺去等待着她母女，再暗中设法通知她们。

谁知越是性急，越会弄出岔子，这条路又是山谷绵亘，稍不留神便走了错路。戚平走了半天，越走越见一片荒凉，心里暗想怕是走错了路，但四顾无人可以问讯，又仗自己可以借剑光飞行，不上几时，就可以到清凉寺的，虽走了错路，也不妨事。谁知这样一想，竟远了方向，走入乱山中间了。除了有时遇上一些天生的石路外，连个樵径都没有。再望前途，只见有白烟袅袅上升。戚平暗想：此时日已过午，离晚间尚早，即使山上有人家居住，断无在此时烹炊之理，所以料定不是炊烟，不过心想此次下山，还须积修外功，目前虽然搭救那巡按母女是要紧事，能够诛妖杀怪，也极应该，便停了寻觅道路的意想，一路端详刚才白烟所起之处，要想驾剑光升空寻觅，又恐惊了妖异，先行遁走。所以仍是举步前进。

走了约莫里多路，忽又听得水流之声，但四顾周围，并没有溪涧，依着水声找寻，才知道这声音是从路侧草莽丛中发出来的。戚平拔出宝剑，拨开蔓草一看，原来是一条极狭仄的水沟，水流极急，顺手折了枝树枝往水中探试深浅，谁知那树枝竟在齐水淹没的地方，忽然折断，立时沉没水底。初以为自己偶然用力过猛，再拔了几根长竹一试，不特深不见底，仍然一入水便断，不禁惊讶非常。于是就用剑斩去水旁草丛，一边顺水流循往寻觅水源。又走了里多路时，才到尽头，前面一个极大洞穴凹在山谷中间，很是深暗。

戚平在穴洞旁立了一会儿，听得洞底隐隐有怪啸之声，还微微露着一丝光练。戚平便仗剑走入洞去。忽然一眼望到前面，见到一团黑影。那黑影中发出白气，竟和刚才洞外所见的白气一样，这里所露出的些微光线，也就是那白雾所返照出来的微光。再定睛一看，烟雾缭绕中，又见有两三个碗大的绿色闪光，也在忽暗忽明地闪动，知道这定是怪物。那丝光恐怕就是它的眼睛。也来不及仔细考虑，立刻飞身过去就是一剑。顿然觉得奇腥刺鼻，头目昏眩，立刻反身飞奔出洞，见洞口的那条水沟，也是这怪物作怪，竹木插入水中，入水便断，便是毒质甚深的缘故。戚平走到洞外，觉得精神已恢复过来，在洞口四周一望，见有一块大石突出洞口，重约万斤，心想不如把这洞口封闭，免得再有未死的怪物出来生事。当下便将剑光飞起，只绕那大石一转，大石恰巧倒落下来，落在洞口凹处。不过毒源又长又深，一时无法可想，只得随便由它。

正待转身走回原处，忽见在草上发现了许多足印，这足印比平常人大过两倍，心中不觉惊疑交集，循着足印走过去半里路光景，一路口看见许多深穴，大有半亩地左右，地上又时见残根断须，仔细一看，知道这是一棵大树被拔的模样，估量这树至少有合抱那样的大。看旁边所有的树，最小的也可合抱，暗想这一定又是怪物所为，不过不知是否就是那洞中被杀的那个怪物。否则，看地上这个巨大的脚印，倒是一个劲敌，而且天色也昏暗下来，在这乱山中，又无处投宿，真不知如何是好。但是既然来到此间，无论如何，也不愿回头便走。

走了约莫半个时辰，足印已渐渐模糊，而且天色昏黑，更不能分辨出来。心想在此徘徊，毫无意义，不如找个地方休息一会儿，等天明再做打算。转念未完，蓦地里看见前面有两小点绿光闪动，接着刮起一阵阴风，顿时那两点绿光却和闪电一样，驰掣到三四丈外的地方，一声怪叫，怪厉凄绝，使人毛发也都会直竖起来。无论戚平武艺怎样高强，法术怎样了得，但骤然遇到这种景象，也不禁连打了几个寒噤。他正想上前去看个仔细时，瞥见绿光一闪，一团黑黢黢的东西迎面扑来，戚平眼力甚好，虽然黑暗中也看出是个五官四肢俱备的东西，浑身黑毛茸茸，那两条绿光就从这怪物的眼眶中直射出来。

只听得又是一声怪叫，那怪物伸开熊掌似的上肢，向戚平直扑过来，戚平忙用剑把怪物逼住。剑光在黑暗中霍霍发光，犹如一团白雪球滚着，寒风也呼呼地作响，使怪物无从近身。那怪物吱吱地怒叫不停，两条绿光直向戚平眼前射着。戚平顿觉得头晕目眩，暗喊"不妙"，忙运足内功，护住顶门，一面使开一路神奇剑法，向怪物胸前刺去，扑哧声起，怪物胸上正着了一剑。但戚平只觉得像刺在石块上，丝毫不曾受伤，反而激得它狂怒狂跳，向空中跃起有六七丈高，照定戚平顶上，猛扑下来。戚平暗自吃惊，知道性命危如累卵，哪敢丝毫怠慢，一个闪身，避过来势，左手连珠袖箭，直向怪物两眼打去。谁知那怪物捷如飞鸟，又加目光敏锐，周身除口眼等处要害外，刀剑不入。此刻见戚平连发袖箭，便回身跃上一个危石巅上，斜扑而下，以为这一来，一定可以抓住戚平的。

戚平初见袖箭发出，也以为至少怪物眼中必中一二箭，势须负伤。这样，可以不必和它斗劲，待慢慢用智取它。不料几支袖箭全落了空，又看见怪物蹿上危石巅上，猜不出怪物这一动作的用意，后来见它转身飞跃下来，知道这势头非同小可，倘若不用智取，定然躲闪不了。想定主意，便伏地假装力竭。

怪物见戚平伏地不动，便向他躺着的所在斜扑下来。戚平见怪物刚离岩石跳下，即便纵身一跃，反而易处一个地位，直蹿上危石岩去。这危石岩离地有十数丈高，戚平跃上岩巅，居高临下，觉得方便得多。怪物这时又扑了个空，急连几声狂叫，怒气直冲顶门，便又纵身跃上危石巅来。戚平忙再连发了几支连珠袖箭，恰有一支中着怪物右眼，怪物一负伤，反而用力往危石上抓着，向前一扳，咔的一声，一块二尺来宽、三尺来长的危石尖端，竟被怪物用力半腰扳折，连身带石坠落下去。

戚平听了咔的一声，知道石头碎裂，忙地向后退了一步，定神看时，脚边已有一块石头断折下去，只差半尺左右，自己也有被带下去的危险。只听得危石崖下怪物乱纵乱跳，一面又在狂啸不绝，似乎向同类求援似的，但始终不见怪物再蹿上身来，已估量怪物定必受伤无疑，伸头往下一望，果然那怪物一手护住右眼，一手东西乱抓，恨不得抓住敌人似的。那啸声叫得山鸣谷应，惨厉可怕。

戚平顿时想起怪物虽刀剑不入，但飞剑却另有道力，不如用飞剑斩了它，以免被它逃走致贻后患。即便发出剑光，往怪物头颈间一绕，只见怪物的脑袋，已抛出一丈多远处落地，但尸身还是直挺挺地站着不动。一面接着连用剑光在尸身周围绕了几匝，尸身已分成了好几段，但落地滚动不停，仍如有知觉一般。

戚平大惊，急忙收回剑光，把右手一扬，一声霹雳，一个掌心雷劈去，才烧成几段焦木一般的东西，腥臭扑鼻难闻。

戚平见怪物已除，决意还寻找清凉寺，以便观察黄巡按母女两人的动静。也顾不得给人家的注目，驾起剑光，依照方向寻来。飞行不久，已见一座寺院现在眼前。忙在近处落下，飞奔到寺前一看。

在黑暗中隐约看见清凉寺的三个大字的横匾，但四面一望，全是山谷，暗想何以黄家母女会要到这种冷僻所在来投宿？未免令人不解，就也不管怎样，举手轻轻在寺门上拍了几下，听得里面有人答应，一会儿一个小沙弥开出门来，便把来寺投宿的意思说了。

小沙弥也不拒客，只听得他嘴里咕噜道："今天真是稀奇，投宿的人偏有这么多，一会儿卖艺的母女来了，一会儿和尚来挂单了。到这更多天气，还有人来麻烦，真惹厌得紧。"

戚平听得他说着卖艺的母女来投宿的话，心里一放，对他谢罪道："费心你了，走路人错过了宿头，真是没有办法的事。"

小沙弥哼的一声，冷笑道："这里周围三四十里处，老实说，就找不到一处打尖的地方，亏得我师父体谅行路客人，才定有留客的规程，也算是做一件功德哩。"说着引了戚平到一间客房里坐下，接着又送上茶饭不提。

到了二更多天气，寺里已寂静得鸦雀无声，戚平惦念着那黄家母女，便换了夜行衣着，推开窗子，蹿到庭心里，在院中周围的窗

192

下探听了一会儿，没有什么消息，即便蹿上屋顶，向着有亮光处走来。

刚跃过殿屋，正待绕道厢屋的时候，忽然一条黑影从身旁掠过，直奔后殿而去。戚平暗吃一惊，便也跟踪着那黑影去处，飞跃前去。

不知后事如何，且待下回分解。

第十二回

云雾漫天庭心斗法术
雷电交作殿下惊妖僧

　　却说戚平正欲到后殿去窥探黄家母女的消息，不料忽见一条黑影穿过身边，直往后殿而去，于是立刻运足轻身功夫，紧紧地跟随着在那条黑影的后面。

　　不料越过几间屋脊，已经不见那黑影所在，但眼前却有一间房屋，里面灯烛辉煌，看见一个贼秃指手画脚地在说话。那里边床上坐着一个女子，不是乔装卖艺在县衙门所见的女子又是谁呢？不由暗暗吃了一惊，知道她已入了恶僧的圈套，但不见那妇人在哪里。

　　正思量间，忽见又来了一个和尚，带着那个妇人来了，她们又不知在说些什么，外面一点儿也听不清楚，只觉得妇人不愿意听他的说话。那人用一小块红布拈在手指中间，扬了一扬，看见那红布上绘着一条小小的青龙，青龙口中还吐出一丝丝的黑气。那妇人顿时昏倒在地，接着被两个和尚扶了出去，不知囚禁到哪里去。

　　再看屋中，灯火已熄，其余的各间屋里，都是黑暗的看不清什么，知道也探不出什么来，刚想回身时，又见刚才那条黑影又闪过身旁。戚平定神一看，见是一个和尚模样。戚平不敢耽搁，急忙三脚两步飞身回到自己房里。

　　到了次晨，也不见动静，只见对面厢房里也住着一个和尚模样的客人。到了日上三竿，还不曾动身前去，正觉得奇怪，只听得里面忽然有敲钟的声音，许多和尚都齐集到后殿去。踱到里面一看，是本寺的法师讲经，因不愿听这种表面上的漂亮说话，即便走出寺门，在山坡上望着各处，但只是一片荒凉，更无甚景致可看。这一天里面，真是无聊已极。虽曾和那挂单的和尚碰面两次，都不曾招呼，更没有交谈过半言一语。不过大家心里却都有些了然，因为照例在这寺里借宿，如果真是赶路的人，谁耐烦在这种僻静地方厮守着呢。

好容易挨到夜里，等打过三更，戚平就听得外面已万籁俱寂，急忙扎束停当，飞跃上屋，一路翻进后殿。听得两个巡夜的小沙弥在互相谈说，不由得大吃一惊，那女子黄秋芳已被押入血牢，她的母亲也被囚禁铁屋里，经过一个多时辰的探访，才知后殿的侧屋地下就是血牢所在。那黄秋芳的母亲却在血牢前面的铁屋里囚禁着。

探明以后，正想飞身下殿，先去救小姐的时候，一瞥间那在普光庙见过的一个和尚，正在一间侧屋里和一个女子在床上说话，不由使戚平心头的无名火升得好几丈高。心想不如趁此机会，把他先结果了，免得动起手来多一个敌手。于是一步飞到那间屋旁，用了倒挂珠帘式，在窗上寻了一个隙缝，预备听他们究竟在那里说些什么话，想来一定和那黄家母女有关的。

正把耳朵凑上那个隙缝的时候，忽听里面有人喊道："呔！外面有人。"

戚平一听，知道自己行踪已被觉察，忙一缩身躯，上了屋面。

早有一条黑影，从房内飞出，浑似一只飞鸟，好不敏捷，落在屋上，站定身躯，一声喝道："谁敢大胆来窥探我行动？也不先去打听打听俺佛爷是个什么人？如今来得真好，就送你到极乐国去吧。"

戚平一看形势，知道今天已然不能善罢甘休，还要先下手为强，才可免去许多麻烦，便一言不发，立时从腰间抽出宝剑，举手砍了过去。

只见那和尚哈哈笑道："这算什么？"他也并不使用兵器，只把个光头儿迎将上来，咔嚓一声，那光头上起了条白痕，却一些儿没有受伤，不由使戚平心上一怔，知道今天却遇上了劲敌。仍然抱定先下手为强的主旨，立刻暗暗运足内功，把右手向那和尚一扫，准备用掌心雷把他劈得成个焦炭。谁知他不慌不忙，见霹雳打向顶门而来，立刻把斗大的头颅一摇，霎时从顶门上飞起一道黄光，把戚平所发的霹雳挡住在空中，无法击下。一面却吐出剑光来杀戚平。戚平一见，忙即飞起剑光迎住，顿时天空中两道白光，东驰西掣，你来我往，闪烁不停。

那和尚看飞剑被戚平挡住，便口中念念有词，不知他念着些什么邪咒，只见一阵阵的黑烟直从那剑端喷射出来。这黑烟一团团一卷卷，滚滚如黑棉花般层层浓厚起来。

戚平只觉得有些头昏目晕，忙运足内功，护住顶门，一面忙在百宝囊中取出一面小小的铜镜，也念动真言，把铜镜祭在空中。只听得一声破空的声音，铜镜中射出金光万道，耀眼欲花，这金光一触着黑烟的时候，发出星星的火花，黑烟就发出蒸气，一时就稀薄下去，变成白云似的。再一刻工夫，白云也逐渐消散得无影无踪。

那和尚一见法术被破，心中焦急非常，面上更现出愤怒的脸色，立时收起剑光、黄光，而一转瞬间，却不见了他的踪迹，但觉得一阵阵阴风过处，一个血肉块凝成的怪物，倏然飞到面前，看不出是什么东西所变化。一时忽见那怪物分成无数的小团，直往戚平头上、面目、项背、身体左右飞绕而来。

戚平没法，只得把一口宝剑上下挥动，立时寒光凛凛，遍体生辉，连点儿水也泼不进去。只是那怪物虽被剑光带过，裂体分尸，并不落地，渐渐越变越小，也分不清头尾身体，俱变成团团的绿影，只围住戚平，追逐飞扑，不休不舍，千百万大大小小绿团，使戚平真不知如何抵敌。那面铜镜的金光，此时也全失效用。但戚平仍然精神抖擞，一些不敢怠慢，知道这定是妖法所禁制的生物，如能发现他使禁法的根源，就不难破除它了。灵机一动，立时想起身边还有一粒雷火珠，索性把这里照耀得明晃晃和白昼一样，使恶僧没法施妖术。于是一手使剑，一手在百宝囊取出雷火珠，执在手中，念动真言，立时那珠子发出白光万道，把屋脊四周照得雪亮。忽然瞥见在屋脊阴面处有一条鱼，被三根木钉钉住在那里，这些木钉，已都渐渐摇动，好像就将跳出来的样子。戚平把宝剑使得愈有劲，那木钉便摇曳得更厉害。戚平认定那条鱼定是禁法本源，就飞身过去，用脚把那鱼身踢下屋来，霎时那绿团都自空中坠下，乱落如雨。

戚平知妖术又破，正欲蹿下屋来，寻觅那个和尚，忽觉背后冷风一阵，似乎有件东西直扑而至，忙地纵身向屋脊边一跃，回过头去，只见一条火龙张牙舞爪，形状可怖。

戚平已连破几种妖法，心境极为镇静，只把宝剑直砍过去，噗咔一响，原来是条竹龙，立即倒在瓦上，无声无息。戚平遂一跃下屋，那和尚正欲出殿门逃走，见戚平已跃下屋来，不得不回身前来招架，这样，两人又在院子里动手起来。

那和尚正当汗流浃背，无法抵御之时，忽然又从后殿转出一人，喊道："师兄，俺尘因来诛此狂徒。"说着，将手中所执禅杖架住戚平宝剑。

戚平给他一架，顿时虎口震得有些发痛，暗想这贼秃蛮力极大，硬打下去，我一定要敌不过，不如用智取他。不等尘因动手，便虚晃一剑，跳出院门，直奔向大殿而来。尘因以为戚平已无力恋战，便更使劲地追赶，预备把他捉住，免贻后患。哪知这是戚平诱敌之计，等尘因刚跨出殿门，立刻飞起剑光，向尘因项颈飞去，只须一绕，便立时身首分离。那尘因和尚的本领也着实了得，一见飞剑下来，忙地念着符咒，祭起一柄拂尘，却在空中把飞剑绕住。那拂尘一缕缕的丝绦，顿时发出一丝丝的火光，这些火光一接触，立刻成为斗大的火球，不知有多少数目，直向戚平滚将过来。戚平眼前只见红焰吐舌，火光烛天，反而看不见尘因所在。而且这火势十分厉害，戚平真不知如何对付它才好。

正在危急的时候，那火越烧越近，直逼至戚平面门而来。戚平除了一面拿宝剑护住头面以外，已打不出其他主意。眼见下身衣服，已有数处着火，心里更是惶急。所好的这火光虽非常厉害，但着了身体，并不是怎么的热，心里暗暗奇怪。

正当奇怪的时候，忽见火光比以前鲜红得多，而且有些热气逼近身体。当戚平一觉得有些灼热的感觉，立刻遍身都似火烫伤的痛楚起来。戚平一想这里的灾厄，怕已难逃了，想不到自己为了救人，竟要遭受这等惨劫，实有些不甘心。但看身体四周的火势熊熊，只有一时比一时猛烈。

戚平忽然灵机一动，暗忖这恐怕是一种妖术法，常常非真非幻，何以这火烧了这许多时候，不见得怎么灼热，要待心里想到灼热的时候，才感觉灼热起来。那么假如心里想着是清凉非常呢？啊，这真使戚平吃惊了：他刚转了这个念头，有一股凉风直飘到面上来，那些火焰，此刻好像一点儿没有威力似的，只是随风飘荡着，哪有半点儿热气。戚平才知道这团火，定全是妖术变幻，即咬破舌尖，喷起一口鲜血，这口鲜血正和一场大雨似的，把那些火焰完全浇灭了。

戚平望望那尘因和尚，正站着殿门前等火烧死戚平，不料反被他把火喷熄了，这样，尘因的脸色微微露着惊异的神情，但仍装着镇静的态度喝道："你休得逞强，今天你既到了这里，却不由你自主的了。"

戚平望了望天空中，只见东方已现出一轮红日来，心想：闹了一夜，全然不能取胜于他，此时不知他又有什么诡计使出来了。

正思忖间，忽然他口中喃喃作语，用手一扬，戚平以为是暗器打来，忙即闪避，哪知向天空一望，并无什么法宝祭在空中，也没有暗器向自己打来，觉得有些惊异。但见一轮晓日，忽然暗淡无光，好像从哪里飞来一片阴云，将这日光罩住，使它的光芒射不到地面上来。同时，又飕飕地起了一阵大风，立刻飞沙走石，不易睁开眼睛。心里也给这些声音搅得烦乱，一阵阵的恶雾又从空中涌起，连天空上的白云，也黄黯黯地带着愁惨之色。因此望过去云层好像就低得在头顶上面一样。

戚平心想刚才好好的天气，红日已东升起来，分明是一个晴明的青天白日，何以立刻就变得这样阴沉沉使人烦恼的景色，真所谓天有不测风云，这话实有至情至理的。不过已有好些时候过去了，只见那和尚他好像在念什么咒语，却不见法宝或妖术施展出来，不知是什么意思，煞是令人费解。突然，一声声猿啸猴啼，鸟叫虫鸣，这声音惨厉悲恸，使人肠断心裂，直造成了一个凄绝无缘的境地。接着，一连串的哭声犹如人们受着非刑拷打，呼号似的惨痛，又仿佛婢子受主人虐待，哭得伤心无比。而眼前有许多断臂裂肢、肚破肠流的景象，涌现出来，一阵阵的哭声由几个人的声音变成几十个人，又从几十个人的声音变成千百无数，中间有小孩的呼叫，有少女的啜泣，有男子的狂哭，有老人的干号，盈天漫野的哭声，宛如这世界将毁灭在刹那间似的。这声息、这景象也使戚平不觉悲从中来，想起了亡国的惨痛，想起了悲惨的遭遇，同情的眼泪已充满了眼眶，几乎流泻下来，仿佛全忘记自己正在清凉寺中和敌人恶僧们在争斗一样。

幸而戚平已有相当道力的根底，虽处在这种情势下面，顿时记起这地方是清凉寺的大殿前广场中，哪里会有如此悲惨的情景发生，除了那和尚所施的妖术来迷惑我以外，绝无真实的现象。千钧一发之际，如此一想，早恢复了他原有的灵机，便喝道："这等妖法，竟在我面前施展出来，岂非要笑痛了我的肚子吗？"说话未毕，忽然听得呼啸一声，像排山倒海、千军万马似的，各种杂沓的声音纷然并作，风也狂暴起来，云层更愈压愈低，像要压到头上来也似的。那种哭声、喊声、号声、啼声闹成一片，扰得戚平倒反而六神无主。

在这时候，只见那和尚已举起禅杖，劈将过来。戚平一见，忙举剑相迎。谁知刚举剑来，忽然和尚已变成六七个同样身材的人，围住戚平，都抡动禅杖扑击，戚平迎住右边，左边又见和尚举禅杖打来；刚架住左边的禅杖，前面又见和尚举着禅杖打下。戚平左架右迎，前抵后挡，杀得浑身是汗，而且那四面的禅杖渐打渐急，眼看将招架不住。戚平一想不好，看来身将被擒了，猛然间想起城隍庙里相士有三个锦囊授给他，现已到危急的时候，何不拆开一阅？便急忙从贴胸取出，一手用剑护住身体，一手拣了第一号锦囊，用牙齿咬住封角，顺手一撕，顿时裂开，抽出一看，只有一张白纸，并没半个字眼，心中大为惊异，就把白纸反复看了几遍，仍然看不出有什么动静，无名火便冒了三丈高，暗骂相士有意作弄。气极之余，用力把白纸一捏，掷在地上。

这一掷却显得锦囊的神奇来了。忽听轰然一声，天空中起了一个霹雳，响声过处，那满天愁云却飘飘然升上云际，变成了满天的水汽，漫天恶雾也层层积得异常浓厚，竟成了黑棉花，一团团地滚动着。接着，几声雷动，闪电四起，哭啼喊叫的声音全变作狂风呼呼的吼声，狂风吹过的时候，那和尚的影子已杳然不见，望望殿门前那个尘因却面现忧愁，额上竟急出汗珠来。又是一声霹雳，震得四周山谷都有回声，连地土也像在撼动一般，一阵阴霾，被狂风刮过。戚平觉得有几点雨滴沥在面上，感着一阵凉意，只见那尘因却呆立不动。

戚平立即举剑迎刺过去，那尘因并不迎敌，却向殿中奔逃。戚平也跳进殿内，追赶上去。外面已是倾盆大雨，直泻下来。这时候遍寻尘因已无踪影，赶到后殿，也不见形迹。

迎面却见那寄寓在寺里的和尚从屋脊上跳将下来，说道："那两个恶僧已逃入地穴，寺中大小和尚也都奔到地穴中去了，我们先搭救人要紧。"

一句话提醒戚平，戚平已两次遇见那个和尚，知道他不是寺内同党，也好像到寺中救人而来，当即就把血牢的所在告诉了他，叫他立刻先去救护黄秋芳，到前面山坡上相见，自己也到铁屋里救出那个妇人。等救出了人以后，又约了那和尚同来搜寻性空和尘因的踪迹。

哪知他俩早已觉得敌不过戚平，从地穴中穿出山腰，借遁逃走了，临走的时节，还把清凉寺放起一把火来，许多躲在地穴中的大小和尚都不及逃去，竟葬身火窟而死。等戚平救出那妇人后回寺，再用雷雨风云术熄灭火焰，那座清凉寺已经烧得片瓦无存了。

这一席话，黄秋芳母女听了，不禁连连称谢，连印光和尚也称奇不置。当下就把到武昌营救朱恒的事说了，想请黄氏母女和戚平前去帮助。

戚平答道："黄太太和秋芳小姐身有大事未了，此刻又受了恶僧的拘禁，身体必须休养几时，所以她们两位还是乔装到北方去，兄弟定可助师父一臂之力。"印光听了大喜，四人本是同路，就休息了一会儿，再起程同往武昌而来。

走了一天光景，打听得到武昌已只有两天里程，这时的印光心里却真急得什么似的，心想朱恒被解往武昌，此刻不知是否已到了那里，我们赶去，又不知来得及搭救他吗？本来戚平和黄氏母女三个都会飞行术，瞬息就可以到武昌的，但印光的飞行功夫不甚高明，不能赶上他们，又加这一段路较为热闹，来往客商极多，施展飞行术未免惹人注目，所以只得耐住性子，慢慢地步行。

这天走不多远时，对面忽有一条大河阻路，要渡河到对面，又逼得须坐摆渡船，印光戚平他们四个自然也只好搭了渡船过去。船小人多，挤得大家身体都不能动弹一下。又加河面很阔，摇了半晌，还只到了河心。印光更是性急非常，真想一步就能跨上岸去。

这时候，忽见河的上流浮下来一个女子，船客们忙叫船家快快搭救上来，船家当即停了橹，用竹篙拉住身体，拉到船边，众人七手八脚把她拖上船舱，一摸胸前，都说还有热气，可以救得活。有的掐人中，有的施手术，顷刻间口鼻中流出不少水来。船家也备了一碗姜汤，灌进她嘴里去，不多片刻已然醒转。

这时船虽拢岸，但印光却觉得这女子凄惨，心里必有难言之隐，又见众人把她救活了，都各自走去，没人搭理，心上顿起同情之心，便和戚平等围着她问起她为什么投水的缘故。

那女子流泪说道："承蒙各位相救，心中虽是感激，但我迟早必死，各位实多此一举。"

印光道："你且把致死缘故说给大家听听，也许我们可以帮你一点儿忙，哪有坐视人家去死而不相搭救的道理。"

那女子听了才叹了口气说道："小人原是个种田人家女儿，从小就死去父母，孑然一身，无依无靠，幸亏有个叔父，生性厚道，看小女这样孤苦伶仃，就把我抚养成人。后来又把我寄在一家书香人家作为义女，以为总可以无愁无虑的了。谁知我的命真苦啊，想起来，还是死了倒干净哩。"说着，又纵身要跳到江里去。

要知那女子究竟为什么要投河自尽，后来印光他们如何搭救她，且看下回分解。

第十三回

渡江救女细述根由
延医服药暗设毒计

　　却说那女子说到这里，又欲跳江自尽，大家忙地拉住，你一句我一句解劝于她，要她说出投河的原因。尤其是黄家母女更千劝百解，要她暂时忍住悲哀，把原因述说出来。那女子没法，将经过的一切情形说出。

　　原来她寄养的一家人家，家中颇有财产，她的义父名叫陈伯臣，妻子沈氏，结缡将近三十年，从无半子一女，老年来的晚景寂寞非常，托亲戚物色了一个女子，收为义女，聊娱晚景，给她起名嫣嫣。

　　陈伯臣有个外甥何清，家里十分清寒，也寄住在陈家过活。陈伯臣看何清生得少年老成，面子上不像一个浮滑子弟，极为钟爱。何清从到了陈家以后，也是恪尽孝道，尽人子应尽的职分。对陈伯臣夫妇仿佛和自己亲生父母一般。沈氏晚年没有子息，看何清如此殷勤体贴，心里常常动念，料不到别人家的儿子竟有如此孝行。然而何清终究是别人家的儿子，将来还是别人家的香烟，所谓借来的婆娘暖不得脚。只恨自己肚皮不争气，养不出一个儿子来。就是义女嫣嫣，虽是小家出身，但也贤淑懂礼，和大家闺秀并无两样，不过女大当嫁，将来又须出阁嫁人，除非能够招个乘龙快婿，一面女儿可以长久在家，而且又有半子之靠。沈氏心目中这样想念着了二三年，陈伯臣自然也有同样的心意。这时何清的一举一动，极合陈氏夫妇的私心，所以陈伯臣便把家里的账目，开始命何清接管。何清一计算陈家产业，真是心花大开，而且有些迫不及待起来。

有一天晚上，何清正在陈伯臣书房里计算账目，丫鬟送进一碗给陈伯臣吃的燕窝粥，他瞥见陈伯臣正躺在床上睡得正酣，书房中没有另外的人，当下良心一横，从贴肉衣袋中取了一包粉末，和在粥内，一面唤醒伯臣，端上热粥，自己却悄悄地走出去了。伯臣醒来，见燕窝粥已经温凉，便放大了嘴，吞咽下去，等了一会儿就回房安歇。

这一夜里，何清听得伯臣房里闹得喧哗非常，便披衣起身，走到那里。只见人影幢幢，便假装莫名其妙的神情，问道："什么事呀？闹得这么天翻地覆呢？"

沈氏哭丧着脸答道："你姑丈不知吃坏了什么东西，半夜里忽然肚痛腹泻起来，你去瞧瞧吧。"

何清走近床前一看，见姑丈已经面孔脱神，便轻轻唤了两声姑丈，只听得陈伯臣有气无力地说道："我不知怎样，一晚连泻着十几次，身体软得动也动不得，等天亮后，你去给我请位大夫来瞧瞧，你知道我已五十多岁的人，哪里经得起这样肚泻呢？"

何清假装惊慌，忙说道："既然姑丈有病，怎说等到天明再去请大夫，看样子病势很凶险，待小侄立刻就去请吧。"

沈氏听了何清的话，满心欢喜，暗忖他竟有如此孝心，半夜三更肯跑到外面去请医生，古来孝子也不过如此。正想着，何清已奔出门去，不知在哪里请来了一位医生，在天未大明时，同了进来。

沈氏忙迎了出去，一面说道："唉，姑丈从你走后，又连泻了五六次哩。"

何清对陈伯臣一看，他脸上顿时瘦削得不成样子，心中暗暗得意。

医生诊过脉后，便连连摇头道："此病凶险异常，鄙人无能为力，另请高明吧。"连药方也不肯开就想走了。

何清急忙拦住，再三打躬作揖，沈氏也苦苦相留，无论如何，必须请开一张药方。医生被逼不过，即使勉强开了一张方子，但声明不负任何责任，服药不服药，也请自便。说着连诊金也不肯要，匆匆走了。何清忙叫仆人拿了方子去抓药，一面安慰姑丈。

当时义女嫣嫣也自然来探视父亲的病。何清一见嫣嫣，顿时眉开眼笑，连连妹妹长妹妹短趋奉不绝。但嫣嫣却对之十分冷淡。

不一会儿药已抓来，何清又亲自煎药，端给陈伯臣喝下。从半夜起忙到天明，又从天明忙到正午，不曾有一会儿停过手脚。沈氏看了，一面快慰，一面便叫他暂时休息。

何清答道："这是人子应尽的职责，不过姑丈服药以后，应该让他安睡一会儿，小侄今夜当再来服侍姑丈，此刻且去闭眼静息一下。"

何清回到自己房内，哪里会闭得下眼睛？心虚的人，更时时提心吊胆。燕窝粥里，加上巴豆粉，刚刚的一碗药里，也加了这东西进去。这东西入腹便泻，百灵百验。陈伯臣已是年逾半百的人，哪里经得起这泻药下肚？又加身体本是虚弱，这次泻后，不但形容脱神，连气力也泻得衰乏不堪了。

从那服药吃下以后，又是几阵大泻，直泻到傍晚，不但没有痊愈，反而厉害起来。沈氏和嫣嫣真忧急得五内俱焚，便立刻着人去请何清来房商议。

何清进房便假装毫不知情似的问道："姑丈想来已经痊愈些了吧？"

沈氏答道："哪里有半分痊愈，只服了那帖药以后，却更泻得厉害起来，你再去请那位医生来诊视一下，究不知是什么缘故呢？"

何清狗拉屎，心里像点灯一样，便走到姑丈床前，又连喊了几声姑丈怎样啦。陈伯臣昨晚还能有气无力地说几句话，此刻连喘气已觉无力了，只是两只眼睛向上翻动了几下。何清见了这样情景，心中暗自快活，但在面上却装着忧急的脸色，一面又跺足道："这是

205

什么缘故呢？让我去请那位医生来问问，究竟是怎么一回事？"于是急急地奔将出去。隔了一会儿，又和那个医生进来。

医生道："我昨晚已经说过，老先生的病势凶险异常，我已经无能为力，你们偏要我开个方子，这自然是不会有什么效力的。"

何清恳求道："我们并不怪先生的医道不高明，只是医家终有割股之心，见危不救，岂是仁者？又何况医生眼看病势垂危，更哪里可以坐视不理呢？"

那医生却一口回绝，绝裾而去。沈氏母女便命何清另外去请医生来诊治。

何清答道："村镇上只有他比较有名气，而且医道也有把握，其余的医生都是不中用的，如到城里去请，时间已迟，城门早关，有何办法呢？"

嫣嫣闪身出来说道："到城里去请医生，此刻当然来不及，但是爸爸的病势已然危急到万分，绝不能再等到天亮，到城里去请了医生来诊治。乡镇里还有另外几位医生，不如把他们都请来诊治。俗语说：三个臭皮匠，可以抵得过一个诸葛亮。多一个医生，多一种见识，诊治起来自然也较有把握，从来名医治死人的也有，没名气的医生治愈病症的更是很多。可命仆人把本镇上的医生全都请来，不能这样耽搁时间了。"

沈氏一听女儿的话，很有理由，就立刻命了两个仆人，分头把镇上的医生都请来诊治。何清要拦阻也来不及，只是心里忐忑不宁，背着手在房里左右徘徊，不知怎生是好。

原来那个医生姓马，叫戴人，是一个贪财图利的人，虽然懂得些岐黄之术，但并不怎样精明，挂着医生的招牌，实行敲诈需索，只要有钱财到手，什么事都可以做得来。当下何清奉了姑丈之命，着去请医生来诊治，顿时就转念到这人的身上。果然，何清送了一百两银子给他，要他一味回绝不诊治，自然乐得从命。那晚开的方子，更是任何病症都可以服的药剂，不服病也不见得沉重，服下去病势也丝毫不受影响。何清硬要他开一张方子，不过是为了便于再给姑丈服些巴豆粉下肚去。此刻如果请别的医生来，一定要看出病的原委来，也许能把姑丈的病治愈，岂不是枉费一番心血？所以弄得心里局促难安。

不多一刻工夫，仆人已把全镇的医生都请了来，一时房中热闹得很，大家议论这病的诊治方法。医生都明白病症原不沉重，只为腹泻太甚，元气亏耗，目下病势虽已相当危殆，但如能连服止药，也未始不能收效。于是推定了一位医生，开了一张方子，命即速服药下去，或有一点儿希望。

沈氏自然喜欢不胜，忙命仆人火速去敲开药店门，抓回来煎服下去。

这时何清忙又自告奋勇，说道："仆人做事，有些靠不住，还是由我再亲自去走一遭。"说着拿了药方，出门去了。沈氏心上更加觉得快乐。又见他迅速地回来，满头跑得大汗，一面还亲自检点药味，下罐煎煮，自己的亲生儿子也恐怕没有这般孝顺。

但是所奇怪的，陈伯臣服药下去，依然泻个不停，先是一个钟头内不过二三次，此刻几乎二三分钟就大泻一次，等到天明时节，泻出来的尽是清水。这样延到午刻时分，早就撒手归天。

何清一见姑丈死去，即时哭倒在地。沈氏母女自然也都悲恸几绝。何清的父亲原也寄居在陈家的，听得哭声大震，忙进来相劝：人死不能复生，还是料理后事要紧。这才大家止住悲声，商量料理后事。外面的事务自然全托付何清父子两人全权办理。

只是有件为难的事情，陈伯臣既无子嗣，讣闻中没有儿子一项，拿出去未免不成体统。何清的父亲便进来给沈氏商量，沈氏这时心口里只有何清一个人的影像，又见丈夫在病中时，何清服侍真和亲生的儿子一样，就有心想把他过继。此时听弟弟一说，便把心里的主意说给何清的父亲听。他哪有不欢喜之理，这样何清便成为陈何清了。

光阴像飞箭一般，转瞬已逾百日之期，何清得陇望蜀，想把嫣嫣弄到手上。

从此以后，何清不时向嫣嫣献殷勤，探得了嫣嫣的口风，知道她喜欢什么东西，就立刻去买了什么东西来奉承她。嫣嫣早已看出何清貌善心恶，所以无论他怎么奉承，她却冷然相对。有时看母亲把何清捧得高上了三十三天，心里未免难于缄默不言，便把自己观察何清的意见告诉母亲。

哪知沈氏反以为嫣嫣因为自己宠爱儿子，心生妒忌，便劝说道："嫣儿啊，年纪轻不懂得世故，我年老了，只望后代有个接续香烟的子嗣，何清人又厚道，而且也有孝心，过继给我做儿子，你正应该替我欢喜才好，不过你名下的一份家私，做娘的自然替你打算周全的。"

这一番说得嫣嫣好笑又好气，知道母亲误会错了自己的意思。但是经母亲这样一说，反而再不便在母亲跟前说起何清如何不端了。

有一天，嫣嫣正在楼上房里呆坐深思的时候，忽然何清捧了许多绸缎饰物走进房来。嫣嫣一见，心头不禁像小鹿般乱撞起来。

那何清放下东西以后，就嬉皮涎脸地走到嫣嫣的跟前说道："好妹妹，我是想思着你已有多日了，如今我又承继陈家，这一份家产不是我何清的又是谁？求好妹妹顺从了我，以后你的福气，也是享不尽哩。"说着，又张开两手，想抱住嫣嫣的身体。

嫣嫣这一吓，真是非同小可，要想呼喊，又怕惊动全家的人，对于自己脸面也不能遮羞过去。当下得了一个主意，哄着他道："你要我做你的妻房，也不是这样苟且可以成事的。你得和母亲去商量商量，方合正理。若要我这样私下成事，宁可一死的。"

这几句话，却把何清骗信了，心想母亲正在宠爱我，如何会不依从我的要求呢？当下就松手出房去了。

嫣嫣暗忖：我是母亲的义女，他是母亲的继子，虽是血统不同，但名分上已是兄妹，那母亲无论如何也不会允从何清的要求，把兄妹结成了夫妇。这样一想，心上倒宽慰下来。

何清听了妈妈的话，立刻下楼来和自己父亲商量，顺便把妈妈的话也说了。何清的父亲就把这意思向沈氏说明。沈氏踌躇不定，何清的父亲却再三解说，既非亲生母女，这就何必多虑？况且这样成婚以后，女儿也能永在膝下，儿子也可传接香火，真是一举两得的美事。沈氏给这句话说动了心，便就应允下来。等到晚上便命丫鬟把妈妈唤到跟前，对她说明了自己允许了婚事的话。

妈妈一听，两条眼泪顿时流了下来，跪着说道："母亲的命令，女儿无不遵从，只有这件事，就是死了也绝不答应。"

沈氏这时正在宠爱何清的时候，一听女儿说不愿答应的话，不由恼怒起来，厉声骂道："你这贱丫头，生成是不识抬举的，我倒好意替你打算，你却恃娇顶撞起我来，试问你怎么会到这里来的，自己的身份不打量打量，反而左不愿意，右不答应。这件事我已做定的了，看你有什么本领拗得过我。"

妈妈知道母亲已经决心把自己配给何清，当下也没有什么话说，只得哭着回房去，整整一夜没有合眼。左思右想，想不出一个好主意来。心想自己究非母亲亲生的女儿，所以母亲只是一味孤行，不会替女儿打算一下终身幸福。与其终身受苦，不如早日了此残生，来得干净。

想罢主意，等天色曙光初升的时候，便神不知鬼不觉悄悄开了房门，蹑手蹑脚走出家来。一个人像着了迷似的踯躅路上，不知走了多少路，忽然看见前面有一条大河阻住去路，妈妈坐在河边，暗想：这里倒是我葬身的地方，死了以后，让鱼虾吃掉我的尸首，省得丢我自己父母的颜面。于是一跃入水，不上几分钟已沉了下去。

但不知如何，大概是妈妈命不该绝，忽然间又给潮水冲击得浮了起来，一直漂到印光这一班人渡河的地方，给救醒了。经印光、黄秋芳等再三逼问，才把这经过说了一遍。

大家听了妈妈的话，都也有些心酸，当下戚平说道："这位姑娘此刻已无去处，我们男人，带在身边又不妥当，不如请黄太太黄小姐带往同去学道吧。我看她生得根底还厚，将来一定能够有造就的。"

嫣嫣这时福至心灵，也不待黄秋芳和她母亲的答话，便起身跪下叩头道："太太小姐既然救了我的命，就请救我到底，我已经觉得人间世上都是空幻，情愿跟随太太小姐等同到山上，替两位做个服侍的人，也可以忏悔忏悔我的罪孽。"黄太太母女俩只得答应。

正待动身时节，忽见一条红光从东北面飞来，直到印光身旁倏然落下。众人都大吃一惊，忙回头去看。

不知究竟来者是谁，且看下回分解。

第十四回

爱玉佛秀才罹横祸
感孝心义士抱不平

却说众人见红光一道，倏然落下在印光身旁，忙回过头去，只见印光已跪在那人面前，叩头说道："师父什么时候到这里来的？弟子许久没有听得师父的消息呢。"

那人忙扶起印光问道："这几位是什么人？你可是准备到武昌搭救朱恒吗？"

印光先把师父和戚平及黄太太、黄小姐介绍了，便答道："是的，我正和这位英雄同到武昌，想搭救朱大哥去。"接着又把破五鬼阴魂阵遇救，中途和刘馥、郑赛花失散的事说了一遍。

忽来子点点头道："我已明白了大概，你在这里，也是师祖告诉我的，从那次大破五鬼阴魂阵失散以后，我就被你师祖救去，在黄山住了约有十天。听师父的训诲，知道明室气数已尽，无可挽回，不必故逆天意，反而荼毒生灵，要我等多做些真正侠义的事情，锄奸除恶，诛妖戮怪，使人民不致多受苦痛，这才是我们行侠的本旨。此时你如没有特别事故，可以往关外长白山一行，那里有个妖道假名设教，还摆着五行迷魂阵，专门加害我们行侠的人，就是那五鬼阴魂阵中的了尘、金风、散云也都在助纣为恶，峨眉山的剑侠已约定本年重阳会同各山道长前去破阵除妖。我到黄山去的时候，师父也命我同去。此刻我到金鸡岭去会一会金钩李师伯，再去衡山看看

211

鸦儿，就也要在重阳节前赶到那里的。"

戚平一听，忙即答道："这位师伯也要到长白山去吗？小侄这次北往，也正奉了师命前往关外去破阵，道兄如果愿去，我们正可以同行。"

忽来子道："那好极了，印光，你就先走一步，在那里还可以遇见许多同道的朋友呢。"

印光接着问道："那么刘师弟等现在哪里呢？朱大哥已经救出了没有？"

忽来子道："刘馥、郑赛花已到岭南去了，说不定大家也可以在长白山相会的。朱恒已给师父救去了，此刻正在山上学道哩。"

印光听了，心中大喜，便拜别忽来子，偕着戚平、黄家母女等仍往武昌行来。忽来子也驾起剑光往衡山而来。

行了数日，早已到了武昌。当下黄秋芳等因急于前往山东，所以不曾停留，匆匆作别前去。印光和戚平两个计算到长白山去为时尚早，正可观察各地风景。黄鹤楼是武昌附近有名风景之一，因此便偕了同伴前来黄鹤楼赏玩风景。不过许多地方的风景，经了诗人文士描写传诵以后，便觉得分外生色，其实也只是平常的地方罢了。

印光和戚平在黄鹤楼游览了一遍，心中未免有些不够畅快，正想再寻其他名胜的地方，忽见前面一条小街中飘着浮白楼酒家的酒帘，戚平心动，便和印光说道："我们何不到那家浮白楼酒店里喝杯酒解解闷呢？"当下两人就走向浮白楼来。

跨进店门，就有堂倌招呼上楼。戚平四面一望，楼上冷清清地没有什么生意，偌大的一个楼面，只在西边窗口有个书生模样的人在举杯独酌。印光和戚平在靠窗的座上，落座以后，就随便点了几样酒菜，又命堂倌烫了一大壶酒，一面闲谈，一面饮酒，倒也觉得有兴。但偷眼看那个书生模样的人，却是愁眉紧锁，面色忧郁。一会儿叹气，一会儿流泪，心里好像有无限心事，说不出来的神情。

印光和戚平见了，觉得很是奇怪，暗想这人生得俊秀斯文，也不像嗜酒的人，何以竟独自在酒店饮酒？而且却又不像嗜饮的一杯一杯只往嘴里倒，偏是那样饮一口酒，叹一回气，倒像以酒解愁反增愁的神气，就也不顾冒昧缓缓走到他的座前动问道："请问公子贵姓大名？何以在此愁眉叹气？可是有不能解决的难题在心头，故而纳闷吗？"

那书生把头略略一抬，一见两人并非相识，不过看来英气勃勃，相貌堂堂，好似侠义的人，便摇摇头叹道："说出来也是没用，只怪我命运不济罢了。"

印光说道："我们不是歹人，只为路经此处，偶然到这里饮酒解闷，看阁下神情忧郁，若有重大心事的样子，故而前来动问，请勿相疑。"

书生起身，把手一拱，说道："两位且请坐一会儿，当把实情相告。"戚平和印光就同桌坐了，又命堂倌把酒菜杯箸搬了过来，两位一面饮酒，一面听那书生诉说。

原来这书生姓王，名叫子才，他父亲是盛宁县的一个秀才，母亲徐氏，也是书香人家的女儿。这一家三口，家道也称小康，他家世代喜欢收藏古董，大部分的家财也都消耗在这上面。古董中有一尊玉佛，据说是汉朝遗物，王秀才更爱若性命，一来是家传稀物，二来是古代遗下来的宝贝，自然爱之更甚。同县中爱古董的人，都知道王家有稀世古物，莫不垂涎三尺，想弄到自己手里来。但王秀才的家境还可以过得去，不会出卖这件宝贝。就算有了钱，也难得把它买来。

可是同县中有个姓冯的劣绅，曾做过户部尚书，因事卸官回家，在乡无恶不作，乡民都侧目相视，无可奈何于他。有一天，他听得人家说起同县王秀才家里有一尊祖传古物，稀世奇宝的玉佛，又是汉朝的遗物。他本来也有古董癖，家里所贮藏的古董也着实不少，如今听了这话，怎不心痒。暗忖关于玉器一类的古董，在家里收藏的却也很多，只是汉朝时代的玉器却一件也没有。假如能把这尊玉佛买了来，加入他的玉器中，定可生色不少。因此，便差了一个门客，到王秀才家中说明要购取这尊玉佛，无论多少代价都可商量。

偏偏有古董癖的人，对于心爱的东西真和性命相仿佛，他怎么能够把这尊玉佛出售呢？于是就对冯家的门客说："这尊玉佛是我家祖传的古物，传到我的手里已历五代之久，如果由我来把它卖去，我岂非是个王家的不肖子孙，将来有何面目见先人于地下呢？所以我虽然穷死、饿死，也绝不卖这玉佛。况且我家还能够度这清苦的日子，更谈不到出卖这尊玉佛。如果你家主人要别种古董，或可以通融相商，唯有这尊玉佛，还是请他打消痴念吧。"

门客就把这番直心肠的憨直话一五一十地对主人说了，还加酱加油地插造些另外不屑入耳的话在里面，使得主人只能够气愤王秀才的无礼，恼恨王秀才的看不起自己，却不会怪怒说客没有本领，不会办事，可以脱卸自己的干系。

但这一来，叫姓冯的怎么忍受得下，当时就勃然大怒道："岂有此理，我姓冯的说要东西，居然不乖乖地送将过来，反敢出言不逊吗？老实说，拿代价去购买，还是凭我的高兴哩。"这样，冯家那个劣绅便想出陷害王秀才、设计弄玉佛的阴谋来了。

好在武昌府是他的门生，两湖提督是他的故人，要陷害一个小小的秀才，有什么烦难？所谓不费吹灰之力就是这个意思了。当下就买通了一个江湖大盗，硬把王秀才咬上一口，说他窝藏盗贼。这件官司本是只有输而不会赢的，无论王秀才怎么分辩，怎么陈说，反正案子早就定谳，哪里容得他脱得掉干系？草草审了几堂，秀才除名不算，还得查抄家产，充配贵州。总算不曾把性命送掉，还是不幸中之大幸。而查抄家产的时候，那尊玉佛自然只须脱个小小戏法，就到了那姓冯的家里去了。可怜他那个妻子徐氏正患病在床，听得这个消息，心上一急，就惊悸而死，遗下一个十六岁的孩子王子才，孤苦伶仃，不知如何是好。家已倾，产又荡，父在牢里，母亲又死，谁可以给他依靠呢？

幸赖王秀才之前很得人心，当时有个老邻居知道这些情形，便留了王子才到家里去。那个邻居原来也是吃过姓冯的大亏，知道这一定是这厮玩的把戏，就把意思悄悄告诉子才。子才痛父亲惨遭冤枉，母亲又如此暴卒，心里哪会忘记痛苦，不时恳求邻家的那位老伯伯设法鸣冤。

邻家的老伯伯有一天告诉王子才道："侄儿，你的心事我早已洞悉，只为那事情正在火热的时期，不能操之过急的。此时你父亲已早充配到贵州了，那尊玉佛到冯家也将近半年了，这才是你出头的时候哩。"

王子才听了便拜下去，说道："老伯伯肯指点我的门路，能平反冤狱，那真是感激不尽呀。"

老伯伯附着王子才的耳朵，叽噜了一会儿道："你想这方法怎样？只是你仅有十六岁，还是个小孩子，如此长途怎么跋涉？而且此去，附近的鸡公山中听说更有短路的，我看总是不便。"

但王子才听了，却摇摇头道："老伯伯不必多虑，此去路程虽远，但在我看来，近在咫尺，只要能替父亲平反冤狱，赴汤蹈火，亦不敢辞，何况只要走些路呢？"

这样计议已定，老伯伯就替王子才备了一副行装，两三叮嘱了小心，才和王子才分别，让王子才独自出门。王子才雇了一部独轮车，直向目的地京师进发。

可是行了几日，已出了咸宁地界，正走过鸡公山的山脚下，忽然一群喽啰拥了出来，为首的叫道："过路人快快留下买路钱，否则休想越过雷池半步。"

王子才知道遇见草寇了，便当即下跪叩头哀求道："难人是往京师为父亲平反冤狱，身边并未带有银两，还恳原谅一遭。"

那伙人怎肯放他，便围住了他，把衣箱行李都翻了身，哪知果然都是些不值钱的东西，随后又搜查他的身边，忽然发现头下挂着一块古玉，便不由他分说，夺下就走，就道："看你果然是个穷小子，就可怜你，不劫取你的行李吧，就把这块玉做孝敬我们大王的礼物。"

王子才苦苦哀求，总不答应，随后那个说道："你有本领就上山来讨去，否则，你的性命怕也难留呢。"一脚把王子才踢倒在地，飞也似的奔上山去。

王子才没法，就把行李检点了一下，只见老伯伯赠给他的十来两银子，还不曾被劫去，就只得收拾好行李，重又动身。心想到了武昌，再去报官缉捕，这才来到武昌，暂寓在迎宾栈里。

戚平听王子才自己述说经过，听到他说也住在迎宾栈里，便又问道："那么，是否已经报官查缉呢？"

王子才摇着头道："我呈了禀单上去，上司说没有凭据，如何查缉？况且只失去了一块小小的古玉，何须小题大做？可是我失去了这块玉，却是等于失去了性命一样哩。"

印光听了不懂，便插嘴问道："这话怎讲？"

王子才叹口气道："这块玉，虽是小小的面积，总共长不过一寸，厚不过半寸，阔也只七八分的样子，但却是秦汉时代的遗物，到晚上黑暗的时候，也和夜明珠一样能照得见东西。年老的人佩在身边，可以避中风猝倒等险症。父亲当初得到这块玉的时候，就给我挂在头上，至今已历十三年，而我从未生过病症，这不也是宝贝吗？听邻家老伯伯说，朝廷里有个亲王，掌握大权，而且喜欢古董，因此便和老伯伯商议，由我去叩阍上书，给父亲申冤。如今这玉已失遗，还有什么东西可以孝敬那个亲王呢？因此我只得长吁短叹，想不出一个主意了。"

印光和戚平听了，也就同情着叹道："原来阁下竟是一个孝子，未免失敬了。"

王子才谦虚着说道："这何劳两位过誉，只是想起我家破人亡，父亲如今又身在瘴疠之处，何敢独自偷生，所以冒险效古时候缇萦上书的故事，谁知偏逢草寇劫去古玉，真不知叫我如何是好。"

戚平说道："公子爷不必多虑，若说要夺回古玉，小弟等定可效劳，今天且畅饮几杯，明天便可前去动手。"

王子才起身谢道："多蒙两位见爱，晚辈铭感无已，不过晚辈在此独酌，本为消愁而来，杯中物素无嗜好的，不料几杯酒灌下肚去，却更是难过起来。两位只管痛饮，恕晚辈不能相陪。"

戚平、印光便也不客气，大家狼吞虎咽地吃了个尽醉尽饱。等会了账后，印光说道："我们也住在迎宾栈，怎么不曾见过公子呢？"

王子才大喜道："两位恩公也住在那里吗？晚辈因心上愁闷，总是独坐屋中，不大外出，所以未曾晤面。"一面说着，三人便下楼回客栈来。

一宿无话，第二天刚曙色微明，三人便向鸡公山而来。到了山脚下，戚平便高叫道："山上好汉听着，我等有事和你们首领相见，请为通报。"接着几个喽啰下来问明来意，便上山去报告了。

约莫等了一盏茶时分，那几个喽啰下山来，把戚平等引到山上，进了叙义堂。但见一位黄脸道士，身长体瘦，三绺白须，随风飘拂，生得形容古怪，背后又有一个矮汉随着，那人塌鼻凹目。两人迎将出来，邀戚平等同至厅上，分了宾主坐下。

戚平说明了来意，那道人笑道："区区小玉，何足介意，只是本山有此规矩，物件既上了山，必须和本山的首领比了输赢，才能再行送还的。"

戚平答道："这一层鄙人早已料及，我和这位王孝子本属萍水相逢，不过念他为父雪冤，不惮万里跋涉，此心可感天神，故敢以第三者地位，敢来奉劝，望道长念王君孝心，把古玉赐还，以免他父亲久受苦楚。我看道长也是当今好汉，当此国家多事之秋，何不大家结合起来，做些轰轰烈烈的大事业，将来名传史册，千古流芳，岂不是好？"

道人一笑说道："刚才忽促间未及询问姓名，尚希先行见教后，再谈其他。"

当下道人把自己的姓名说了，又介绍了身边的好汉。戚平知道他叫金钱子，那矮汉叫苏畏，这时戚平也把自己姓名和印光、王子才等都介绍了。

金钱子哑然说道："贫道早知尊意，然我久历江湖，几句花言巧语，骗不了我。所得古玉系冒大险夺来，此时欲拿回去，绝非易事。英雄是明白人，当能明白江湖上的规矩。"

戚平一听道人的话，暗忖这厮自恃本领高大，停一下定须给他些苦头尝尝。要不然将来更不知要如何地目空一切。不过面上仍装着笑容可掬的神气答道："鄙人前来，本欲领教，奈久仰道长威名，望而却步，有些不敢尝试。如果道长一定不许鄙人藏拙，那也只能斗胆放肆了。不过我们在交手以前，先须订明条件才好。"

金钱子笑道："有什么条件，只管直说。"

戚平道："要是鄙人输了，愿将古玉献给道长。但幸而鄙人获得胜利，不知道长如何说法？"

金钱子听了暗忖这小子倒也厉害，但他不曾尝过贫道的手段，难怪敢如此大言不惭，便咯咯笑出了声，接着说道："贫道如果输了，自当将古玉奉璧，我辈来去光明，一言既出，绝不反悔。"

戚平道："依鄙人的意思，如果道长不幸输了，除了古玉退还以外，另外还有两件事要依从于我。这才可以谈到比武，较量输赢。"

金钱子这时看戚平等言语软和，以为是自己定可操必胜的心理，便答道："休说两件，就是十件，贫道也可从命，就请吩咐吧。"

戚平说道："鄙人本领平常，何敢与道长相争，但迫于为友好义之心，胜败输赢，在所非计。若能侥幸取胜，我想道长也是个出家人，何必在此干这种没有意义的生涯，不如遣散伙伴，各安营生，这是第一件事，不知道长以为如何？"

金钱子暗想此人口气倒很不小，便道："英雄相劝我等弃邪归正，这倒是正经说法，贫道自当遵命，但不知第二条事是什么？"

戚平道："方今国家多事，我辈在江湖的目的，无非是除暴安

218

良，惩凶诛恶，我想请道长下山，成立一种团体，真正做些侠义的事情，想来道长手下门徒必多，能够为民众做些福利的事情，一定可以得到民众的拥护，不知这件事，道长以为办得到吗？"

金钱子反正在心里只有必胜两个字，所以也不管戚平怎样说，便即满口应允。

金钱子立时使喽啰摆上酒席，款待三人。金钱子和苏畏在下首相陪。金钱子怕戚平等疑心有诈术相笼络，凡是酒菜上席，皆经自己先尝过，以示坦白的意思。于是大家开怀畅饮起来。只有王子才心里暗自纳闷，又担忧着戚平答应和道人比武，但不知究竟是否能够胜他。

正思念间，又听道人说道："我们既定了比武，但今日天时已经昏暗，黑暗中难展拳脚，不如明晨比赛，英雄以为怎样？"

戚平毫不犹豫地答道："道长吩咐，焉敢不遵？只是今晚既叨扰酒食，又要吵闹贵寨，于心不安。"

金钱子道："这是哪里的话，我们都是江湖上的人，所谓四海之内皆是兄弟，英雄等来山，虽然为了古玉，如今又定了比武较量，在名义上已是仇敌，但鄙意以为朋友是朋友，仇敌是仇敌，比武的时候，你死我活都不必打理，因为那时是仇敌相逢，不能推让。但是比武之前，或在比武以后，无论你胜我败，还是朋友，你看对不对？"

戚平等都拍手称赞，及至酒醉饭饱，已交二更天气。金钱子便命喽啰引戚平等安歇。

欲知后事如何，且听下回分解。

第十五回

赌胜负大踢风车腿
解危急小试袖箭锋

却说喽啰引了戚平等三人到一间卧室里，布置得十分整洁，喽啰送上香茗，退了出去。王子才道："看他们那样款待，恐怕其中有诈，今晚倒要留心。"

印光道："既入虎穴，非得预防不可，我等三人分作三班，轮流休息，未知两位意见如何？"

戚平道："那倒不必，看金钱子虽是草莽之流，但人还爽直，而且对我们几个好像有些不在意中的样子，绝不致有暗中相害之意。不过，我们宁可防备于万一。就依印光师父的主张，大家轮流休息吧。"说着，即在房间周围察看了一遍，即把窗户关好，嘱印光、王子才先睡，自己便择了一张靠窗口的床，闭目静坐起来。

一夜早过，王子才睡醒，已听得鸡鸣四起，旭日东升，大家即便起身。早有喽啰送入早点脸水。三人用毕，便向外面叙义堂走来。见金钱子和苏畏已在堂中相候。

大家相见落座以后，金钱子说道："我们便在叙义堂前暂时先做比武场吧。"

戚平笑道："比武不拘什么地方都可以，不知道长愿比拳棒，还是愿比兵器。即道力一方面，鄙人也略知门户，亦愿献丑。"

金钱子道："我们比赛，并非厮杀，其中还含有友谊的性质，还是不用武器为妙。"戚平自然愿意,于是大家走出叙义堂。只见两旁头目分排站立,看上去倒也威风凛凛。

金钱子正欲上前去踏拳步,只听苏畏拦阻道:"师父且慢动手,杀鸡焉用牛刀,先待弟子比斗一番。"说罢,不管金钱子怎样答话,便挺身出去。一个箭步,摆定拳步,向戚平说道:"来吧,你有本领,只愿施展出来。"

戚平听了,暗自好笑,正想踏步出去,早已闪出印光和尚,口称:"大哥且慢,他们说杀鸡焉用牛刀,我也要仿做一句:捕鼠何用虎力,且由贫僧这头饿猫去对付他够啦。"于是抢先踏到场上,向苏畏说道:"贫僧和你较量吧!"

苏畏暗骂这贼秃多事,我本想在师父面前抢点儿功劳,偏你来送死。但现已上场,却又不便退去,只得抱拳向印光说道:"师父肯来指教,真是三生有幸呢。"当即摆开拳势,把浑身功力运到两臂上面,一出手,便如猛虎出柙,凶猛难当。

印光见了,料他仅是个虎头蛇尾的东西,一面处处留心,平心静气,只是招架,却不回击。有时巧闪避,有时用智惹起他的火性。一连来往了二三十回合,苏畏的一股猛力,已如灯油般干了下来,火势自是不旺。

印光晓得时机已至,便慢慢地奋勇起来,两只拳头好像两点一般直向苏畏打来。苏畏力气已经不济,又见印光来势这样勇猛,双拳如暴雨,心上一惊,拳法便乱。

印光蓦地里使个黄蜂扫地式,向苏畏一脚扫来,正中在苏畏右腿上。一个翻身,跌出二三丈外。印光正欲上前去给他些痛苦尝尝,只见金钱子一声大喝,跳出来阻住印光道:"野和尚休得无礼。"说着,拳掌向印光当面劈来。

印光知道这掌的厉害,看得真切,就不敢用臂去格,只是闪身躲过,合起双拳,对准金钱子太阳穴点来。这拳名叫二龙探水,是拳法中的绝手,因为人身体上太阳穴四周一寸左右地方,无论你的功夫怎么好，这一处地方难以练习得到的。

金钱子一见印光出手就是这样狠毒，不禁咬牙切齿，当下把头一低，让过两臂，顺势也把两手照着印光胸前抓来。这叫作猿猴偷仙桃，如果被他抓住胸口，心肺便应手拉出。

印光哪敢怠慢，立刻叉手去架，只觉金钱子的两臂，真比铁棒还坚硬，一时竟推不开来，忙即跳到旁边，把身体一蹲，飞腿朝金钱子扫来。老道何等眼快，看见脚到，就飞身一跃，让过脚步，即举两掌朝印光双肩拍下去。这是铁臂连环掌，一掌足有千斤之力，打着肩上，虽有功夫的人也要腿软吐血。

印光见金钱子右掌已到肩边，即闪身一让，躲过一掌，哪知左手的第二掌，印光却不曾防着，幸亏闪避得快，肩胛骨已着了三个指尖，浑身一阵酸麻。即便跳出圈子，喊声"哎哟好痛呀"，坐倒地上。

金钱子大喜，忙赶去，预备一拳结果他性命时，戚平早已纵身跳出，把右臂一拦，说道："道长何故逼人太甚。"立刻飞拳向金钱子面门打来。

金钱子哪里放在心上，见他拳臂下来，便用尽生平之力，格了上去。只望这一格，能把戚平跌出圈外。哪知戚平一见金钱子将用手臂来格的时候，早把手臂让了回去。

金钱子因为看戚平生得很是瘦弱，以为绝不是怎的大敌，故只顾把双手向上格那来拳，却留着中部空虚。戚平趁势向胸间打来。等金钱子闪身躲避，拳风已到胸前，觉得隐隐作痛。

金钱子哪肯喊叫，只想这人倒不可轻敌，连忙回拳猛攻，两人拳去脚来，忽进忽退，忽上忽下，但见四臂四腿，左右横飞，连人形也看不清楚了。

两人打得将近一个时辰，忽见金钱子一个跟斗，翻倒在地，两腿飞动，只向戚平猛踢。戚平左跳右蹿，如猿猴般灵活异常。金钱子踢得紧急的时候，但见两条腿顷刻成为四条，又由四条变作八条，后来只看见有几百条腿围住了戚平。

苏畏在旁，不住拍掌，叫喊助威。王子才只看得目瞪口呆，不知所措。印光却很镇静，他晓得戚平本领出奇，绝不至于被金钱子所败。只想到这样的奇腿，还是第一次看见，自己的师父忽来子虽然拳功也是有名，但不曾有过这种拳腿的施展。

再看戚平，虽然身体好像已被奇腿所围，但是右踊左跳，一些没有慌张的表情。而且眼光锐利，不曾被他踢中过一腿。正思量间，忽听得风声呼呼，那奇腿越踢越快，戚平跳跃也如风吹纸蝶，片刻不停。

忽然间金钱子翻身起立，双拳和雨点似的向戚平扑去。看金钱子的面色，涨得紫中带红，两眼如冒火一般，知道气极生恨，恨不得一拳打倒戚平。

无如戚平仿佛有预知术一般，金钱子打上路，他却躲闪掉上路；金钱子要踢他下路，他又防备着下路，休想碰着他的身体分毫。

金钱子心想这小子确实有些功夫，如果不能战胜他，十年来的名誉一旦消失，是何等的气恨的事。不过他只能躲避取巧，自命气力功夫，都还能与他力敌。且等他有了破绽，躲闪不及时，给他个猝不及防。于是仍然奋勇向他进攻。

又打了一个多时辰，见金钱子气喘如牛，汗流若雨，而戚平仍若无甚事一般，不禁使印光和王子才暗暗称奇。一会儿，金钱子的拳脚渐渐缓慢起来，戚平知道他已气力不济，这才反守为攻，犹如生龙活虎，踊跳起来，一拳紧似一拳，一腿快似一腿，弄得金钱子喘气如牛，力不能胜。

戚平使个破绽，一脚踢去，已中金钱子右腰。他急忙跳出圈子，把手一拱，说道："英雄果然武艺高强，贫道愿服输了。古玉当即奉赵，其他两个条件，也绝不食言。"当下吩咐苏畏取出一块古玉，交给戚平。后命摆酒款待。

戚平谢道："道长此次情让，绝非小可真实本领所能获胜，好在

223

我等在山头比武，外人不得而知。我等也绝不下山传扬，且待道长设立好团体以后，当再来拜见。道长昨晚所说，比武先后之时还是好朋友的话，我当谨记在心。"说罢拱手告辞，偕王子才、印光下山来了。

到了客店，戚平就把古玉交与王子才。王子才叩谢了一番，便动身往京师而去。印光和戚平在武昌这留了两天，也动身往北方来。

在路上，印光问戚平道："那天金钱子两腿飞踢，却不知是何腿法？希大哥教我。"

戚平道："那种腿法，称为风车腿，练这种腿法的，江湖上还不多见，而且练习也颇不容易，共有三百零九法，非有天生神力，实不能踢到此数。金钱子他居然也能踢到一百六十多腿，也不是无能之辈。不过他何以竟落为草寇，其中必另有原因的。"两人谈谈说说，不多时已到河南地界了。

印光和戚平见日已垂西，飞鸟归林，前面刚有一处小镇，两人便到镇上来投宿。

原来这里是七里镇，属商城县管辖地方。虽然不怎样广阔，但因为是一个交通要道，所以也很热闹，住户有一百多家，有两家宿店，可是已早告客满。听镇上人说，向北行约五里路，有一家大宿店，名叫聚商栈，印光便和戚平一直到聚商栈里。开了一个房间，因神思疲倦，饭罢当即就寝。

戚平一觉醒来，正打三更三点，顿想小便，就轻轻开门出去，到院中一听，四面万籁俱寂，静悄悄如死一般的沉寂。解罢小溲正欲回房，忽听得当啷一响，像兵器落地的声音。这声音好像就在屋后一般。戚平不禁惊慌起来，这是客寓，半夜里哪里会有动兵器的事？也许是自己错觉。

正在这时，只听得那声音又继续响了起来。戚平忙即飞跃上屋，向后面寻去。只见这客栈前后共有五进屋宇，自己住在第二进，那兵器的声音，仿佛在最后一进中发出来的。

当下就跃身到第五进屋上，猛听得东边第一间屋内，似有交手的响动。戚平连忙蹿了过去，不防屋面上有个天窗开着，戚平不曾留心，几乎踏在空处，失足坠下，忙即站定身子，向下面一望。却有一股热气从天窗中透出来，蒸得戚平满脸发烧，瞥见正有两个人在交手，一个是老仆人的模样，另一个却是短打少年，仅有二十岁左右光景。一柄雪亮的钢刀丢在地上，而两个人却是拳来脚往，闪个不停。靠东边墙角，地上又睡倒着一对少年男女，衣着华丽，看来是富家人子弟。那仆人虽已年老，但拳脚很有些功夫，不过气力不济，总被那少年占着上风。

戚平看了一会儿，莫名其妙，忽听那仆人一拳打了过去，骂道："看你有什么本领，能夺我们少爷的宝珠。"

这记拳刚到少年胸前，少年急忙闪过，顺手回起一脚，仆人正想用手来接，却被少年举拳打下，两人就扭作一团。

戚平听了那仆人一说，心中已明白大半。只见少年把脚一钩，喝声"去吧"，仆人两脚一软，正给少年钩翻在地。少年便趁势拾起地上的钢刀，朝老仆人面门砍下。

戚平一见不妙，忙把手一扬，一支袖箭直向少年射来。少年刚举刀想砍，不料忽然手中一阵刺痛，臂膀一软，却给老仆飞起一腿，正踢中少年下部。只听得"啊哟"一声，便扑倒在地。仆人哪敢延迟，立即拾起地上的钢刀，便即在少年头上猛砍了两下，一霎间鲜血四溅，把白净无尘的墙壁染了不少红点。

又见那老仆向空作揖道："感谢苍天有灵，保佑我们主仆，不被贼人陷害，多亏神灵相助，才使我手刃恶贼。"这样连说了几遍，看他又将腰带一束，把一对少年男女背在自己身上，向天窗上一望，意思是要从那里跳跃而出的神情。

戚平忙即闪过一旁，刚伏下身子，果然已见那老仆嘴里咬着钢刀，背上驮着两个人，由天窗中直蹿出来，把少年男女放在屋脊上躺着，低声喊道："少爷，小姐，快些醒过来，恶贼已经给我杀了。"

这样喊了两三遍，才听得那少年男女悠悠醒来，一面还在喃喃说着"可怕嘿，唬死我啦"。等了一会儿，才又听得少年问道："老三，你怎把那恶贼杀死的呢？"

那老仆人道："说起来真有些使人不信，我已经给那个强盗打倒在地上，那强盗也已举起钢刀要杀我了。不知怎么一来，贼人拿刀那只手，忽然举不起来，身子也摇晃了一下，我就趁这时候，飞起一脚，不料刚踢中了他的小肚，痛晕倒地。我就夺了他手里的刀，把他砍死了。少爷，小姐，我看一定有神灵在保佑我们，否则哪有这等巧事啦。"

少年道："那我们怎么办呢？"

仆人道："我看少爷和小姐暂在屋面上休息片刻，待我到下面去探听一下，顺便把跟随唤醒，不如赶夜路走吧。"

那少年道："这样不好，你先背我们到下面去，再去找跟随的不好吗？"

仆人道："少爷，这样不妥当，这里是黑店，店伙全是同党，你只要看我们住的屋子就晓得了，四面的墙热着像火锅一般，所以少爷和小姐下去，反为不便。且等我把一切都弄端正了，再驮少爷和小姐下去，就好立刻赶路。你俩暂在这里歇息一下，奴仆去一会儿就来。"说着就飞身下屋，看他已近六十岁的人，但是身手矫健，步履如飞，瞬息已不见他的影子。

戚平也正想下屋去看个究竟，只听得下面院子里火光熊熊，人声嘈杂，大呼："快拿杀人的强盗，不要给他逃走才好！"这声音顿时惊动了全院屋里的人，都拿灯出来省视。那少年男女一听下面的喊声，都索索地抖个不停，只是自言自语着："怎么办哪？"

欲知后事如何，且看下回分解。

第十六回

后母偷情逼走弱子息
游侠仗义解救老英雄

却说戚平在屋上听得院子里人声嘈杂，火光烛天，一会儿又大喊"快拿杀人的强盗，不要给他逃走才好"的话，揣度到一定是那店里伙计发觉了同伴被杀，所以才纠集了同党，前来捉拿杀人犯。不过那老仆人此刻正下去招呼他们的跟随，一定会给他们见到，他虽然有些武艺，但怎能以寡敌众？待我下去看个明白。

正思念，只听得那少年男女连声喊着"怎么办哪"，知道他俩惊悸之余，必须给他们歇息一下，才能恢复精神。自己又想下屋去看个究竟，又何能让他俩就在屋上安身？于是立刻一个箭步，蹿到那对少年男女的身边，把他俩挟在肋下，正待飞身下屋替他们找个冷僻的所在暂时安身的时候，蓦地里一条黑影闪过身旁，正朝屋下飞蹿下去，忽听下面喊道："大哥在哪里？还不快来擒拿这个恶厮！"

戚平一听说话的声音，正是印光，便也来不及替少年男女安顿好藏身所在，只得就把他俩放下来，低声说道："你们暂在这里等一会儿，我把恶厮擒拿了，再来救你们。"说着，身子一闪，黑影已纵上屋去。

这里且慢表戚平飞跃下屋去擒拿恶厮的事，先说一说这对少年男女，究竟是什么人？缘何就耽搁在这客栈里？被杀的那个，究竟是谁？

原来这少年姓陈，名叫其惠，本是山西太原人氏，他的父亲陈俊在太原开着一家布店。他还有个妹子，单名叫姣。陈俊没有三男四女，仅生了他兄妹两个，自然像掌上珠般地爱他们。妻子江氏不幸在其惠十六岁的时候一病身死，与世长辞。他们一家的悲戚，用不着多说。其惠虽是个刚成年的人，但对于社会上一切的知识，差不多已经有一半明白。

他的父亲因为自己是个商人，颇晓得不读书的痛苦，因此对于其惠就很留心。恰巧邻居黄家请着一个教师，设馆招生，陈俊就把其惠送到黄家学馆中去附读，希望他将来能够功名成就，显耀门庭。

当其惠母亲去世的时节，他的心里当然更觉十分悲哀，一面爱子还未成家立业，一面弱女刚十四岁，不能没有母亲的教导，况且家庭一切事务需人主持，自己只能料理店务，家事简直乱如麻缕，弄得毫无头绪。其惠和姣姑素来孝顺的子女，母亲去世，少不得要时时痛哭流涕，陈俊见了一对无母的孤儿，便不觉触景生情，暗暗挥泪。这时自有一班专门做媒的尖嘴妇人，见陈家娘子去世，老板又开了这样大的布庄，哪里会肯放松这一笔好买卖不做。于是你来我去，要替陈老板续弦。可是这时候陈俊刚赋悼亡，心境十分不宁，二来想着自古的明训，晚娘手下的生活，子女们总是受苦的，陈俊为了爱子女，当然自己就不愿意蹈人家的覆辙，所以这班尖嘴媒婆无论怎样说得舌敝唇焦，他总是抱定不睬不理的态度对待她们。不过这类三姑六婆，她们也有她们的经验，以为一个男子刚死掉妻房的时节，总是抱定不续娶主意的，在这时候能够说得圆通，实在只有极少数。等到过着一年半载以后，他们自然会有续弦的需要，因此这班走惯人家的媒婆，仍旧不断地往来陈俊家门中，不是说某家的姑娘怎样贤淑，便是说谁家的小姐如何有德行。再说一个家庭中没有主持中馈的贤主母，家里一定弄得毫无头绪。少爷专心在攻书，顾不到家里的内务，小姐只有十四岁，自然也不能管家。虽然那位管家的老德胜，他究竟不是妇人家，一切事情总没有主妇来得仔细清楚。老板要料理店务，更哪里顾得到家内的琐碎事情？长此下去，一定内外不靖，弄得两面都没有好结果。种种谈话，经过媒婆的嘴里送到陈俊的耳鼓里。

陈俊虽然抱定不续娶的主意，但哪里经得起她们的怂恿，又加家里的情形确是没有头绪。老管家德胜，素来是帮同照料店务的，要他护送银货，因他从小学过拳棒，倒实在能够责职。不过近来，年纪也大了些，而且向来没有管理惯细小的琐碎的家庭事务，自然不能得心应手。外面的一班朋友，见了也常常劝说陈俊续弦。他们的意见，以为偌大的一份人家没有主持中馈的主妇，不但家务纷乱，就是说出去也不成体统。因此把陈俊一如死灰的心煽得又活跃起来。

本来媒婆做媒，她们哪里真是替人家着想，哪会管得到人家配合不配合，只要捞了一注媒财，什么也都不负责任了。陈俊既有了死灰复燃的心，这班媒婆更哪里肯放手。

其中一个绰号小鹦鹉的黄媒婆，便促成了这段续弦的姻缘，同城裴家的一个老姑娘，年已三十一岁，生得面貌倒也不错，就订了婚事。第二年三月中旬便迎娶过来。

说起这位裴家姑娘，她却是个在家素不安分的荡女。她的婚事所以没有人过问，就因为有很多人晓得她的声名，她的父母见自己女儿已是三十以外的老姑娘，再不设法送出门去，将来要变成湿手捏干面粉，无法脱手了。所以千叮万嘱，也可以说是千拜万谢烦媒婆替这位千金姑娘留意一家人家，不拘富贵贫贱，不管做大做小，只消有人家要就行。而且媒婆的媒钱可以加倍奉送。那些媒婆自然不管小姐、姑娘，耳朵里听得有银子到手的事，一定不怕费神费力，尽量去打算门路。

谁知道这位姑娘的名声实在闹得太大了，只要一提起是裴家的女儿，总把头横摇着。不料陈俊生成是个忠厚人，别人家的事情向来不大问闻的，所以媒婆来说上一番，连打听也不再打听一下，就好事玉成了。等到择定了吉日，把喜帖发出去的时候，朋友才知道他娶了一位又淫又悍、又妒又泼的夜叉上门了。但这事不比得生意经，不便去和陈俊说明，而且也不能和陈俊说，只得大家都摆在心底里。

过门以后不多几时，裘氏对于家事自然因为年纪已长大到三十多岁，也有些经验了，于是就东打算、西计议，一个本来全然没有人主持乱糟糟的家庭，经她这样的整理了一下，果然和以前大不相同，眼见得事情都上了轨道，不像从前的毫无秩序了。陈俊看了这情景，心中暗暗喜欢，就连店里的许多事情也不时和裘氏商议。裘氏见丈夫对自己已渐渐信任倚重起来，当然越发卖弄才能，连店务也料理起来。陈俊见自己妻子能干，当然不会阻止她，反而极口称赞。

可是陈俊心里有一件最不快乐的事情，就是他的一子一女，从这位新妈妈过门以来，从来不曾开口喊过娘。那时候，其惠已十六岁，姣姑也十四岁了，依理他们都是非常孝顺的儿女，陈俊所有吩咐的话，他们从没有执拗过的。不过这一回，陈俊无论怎样用甜言蜜语哄骗，用恶声厉色压制，但其惠和姣姑无论怎样不肯服从，逼得急了，他俩便伤心痛哭起来。陈俊虽然娶了继室，而眼前的裘氏，确是个很能治家的妇人，但也不曾忘记前妻的情爱。其惠兄妹俩一痛哭起来，自己也觉得伤感，不忍再逼他们去唤叫新妈妈了。不过这样一来，裘氏的心里当然妒恨得了不得。所以偶然看见陈俊对其惠兄妹稍有亲近的当儿，她便指桑骂槐，把一肚子的气恼借故发泄出来。陈俊知道她的动气原因就在自己身上，忙赶过来温存她。裘氏一见这样情景，更趁势撒着痴娇，不是说陈俊看不起她，便是说他忘不了前妻的恩情，既然忘记不了那块神主牌，又何必娶她过来给气受？陈俊当这种进退两难的时候，除了向裘氏赔小心以外，其他是没有话说的。那正好是钻进了裘氏的圈套，因为悍妒的女人，她们总喜欢自己争面子，把丈夫压服到自己的脚底下，她才能畅所欲为。

裘氏一见丈夫已经向自己低服了，当然一不做，二不休，提出许多的条件，和陈俊讲斤头。陈俊见裘氏正在气愤的时候，不忍过分使她难受，便都允诺下来。经过数次以后，更把自己的本来面目露了出来。陈俊为了颜面关系，不愿和妻子过分争执，当然一切都是退让着。但陈俊退让一步，裘氏便逼近一步。一年以后，所有家事店务，陈俊反而没有力量约束了。裘氏一句话，就可以使那些店伙仆役都服服帖帖。

　　恰巧这时候，裘氏又生了一个儿子，更把其惠兄妹两个看作眼中钉一般，稍不如意，便打骂并行。其惠和姣姑真不知受尽了多少的苦楚，连吃的是残羹冷饭，穿的是旧衣破服。起初还背着她在父亲面前哭诉过一两回，后来每逢他俩对陈俊哭诉一次，裘氏对待他们便更狠毒一步。陈俊这时已是个做不得主意的人，一切只有容忍，所以他兄妹俩也便不愿再和父亲诉说，使父亲更增加难过，只有相对饮泣过日。

　　其惠因在附近邻居黄宅附馆，每天早出晚归，所受的虐待比较姣姑略略好些。姣姑却遍身青紫，无处不是伤痕了。陈俊到这地步才后悔起来，不该重行续娶，不该把这样妒悍的女人弄进来。但还有什么用处呢？除了假作痴聋，再没有更好的办法。

　　裘氏一见陈俊渐渐对她冷淡，当然心里明白，不过这样一个年近半百的老头儿，哪里能逗她的心意，尤其是床笫之间的事，越加使她不称心。正好趁这冷淡的当儿，另寻门路。

　　裘氏因为掌理着店务，店中有不少年轻的伙计。其中有一个叫周乾本的，只有二十三岁，人品生得很不错，说话举止更是非凡伶俐，裘氏眼光中，看得上眼的，也只有他还能入选，所以一切事都另眼相待。裘氏在内室的时候，店里的事情都叫他来报告。裘氏有什么事情要传达，也命他去通知。周乾本见主母赏识他，自然格外奉迎，鞠躬尽瘁地替她效命。

　　凑巧，这时陈俊到岭南去办货，来往一次，差不多要有半年多

231

的时间，所以临行的时候，把所有的事情都仔细嘱咐裘氏，她假装着依依的神情，一面叫陈俊放心。于是陈俊就带了德胜动身。

在陈俊动身后不到十天光景，有一天，吃过午饭以后，她便派了一个丫头把周乾本喊进内室来，笑眯眯地对他说道："老周，你这人很知情趣，做事又有条理，我想把你……"说到这里，故意顿住不言，只微笑着丢了几个眼色给他。

周乾本一见这个情形，哪里会有不明其中究竟之理，但也假装着莫名其妙的神情，把两眼睁得又大又圆，半晌不说。

裘氏以为他真个不懂得自己说话的意思，便扑哧一笑道："你平素很伶俐敏捷的，今天怎么倒反而假痴假呆起来呢？"

周乾本这才说道："你老人家的话，我怎么不懂，不过……"

裘氏装着娇嗔的态度，笑骂道："什么老人家，我不是和你一样年纪轻轻的人？不许这样叫我。"

周乾本换了口气说道："你的恩德，我一定要报答的。"

裘氏笑道："好啦，几时才能报答我的恩典呢？不要这样说风凉话，我一向是喜欢直直爽爽的。"

周乾本的心里，本来早就明明白白，只不过裘氏生得妒悍异常，他也有些担心，不敢故意作聪明。因此仍旧装作不知，故意说道："请你吩咐，无论什么事情，只要我力量所及，绝没有拒绝不干的。"

裘氏道："那很好，我没有别的事差唤你，只不过老板出门去了，内宅没有一个男子，万一夜里发生火烛盗窃的事情，连照顾的人都没有。所以我想把你调到内宅来，担任总管。你就把行李搬到侧厢里来，店里的事，我另外派一个伙计代庖好了。"

周乾本当然答应了，傍晚时节，就把行李搬到后面来。店中的伙计一个个都在暗地里冷言讥讽，心里不快活，但这是老板娘的主意谁也奈何不得。

这晚到了二更天气，屋里的人都已睡得鸦雀无声。周乾本正想摊开被服，预备睡觉的时候，忽然一个小丫头走来，说："我家奶奶请周先生去商量店务。"

周乾本又惊又喜地点了点头，答应"就去"，便吹灭灯火，打算进里面去。一面心里暗自盘算着，如今这块肥肉送到嘴边来，当然无拒绝之理。不过前面店里的一班东西都已在闹着醋劲，要是这个风声再一传出去，那他们定要加油加酱，闹得满城风雨的，到那时候，老板回来，这班混账一定要在老板那里讨好的，不但我的饭碗敲碎，还有尝铁窗风味的可能，那目前暂时的快活，实在万万贪不得。

这一个人做好做坏，都只在一念之差。周乾本一想到这里，顿时万念俱灰，心里像喝了一杯冷水那样非常清醒，忙把熄灭了的灯火重新燃着，而且解开衣纽，想睡觉了。心想假如丫头第二次再来叫唤的时候，只推说已经睡着觉，有什么事到明天再商量，谅来老板娘也一定没奈何于他的。

刚正坐到床上，猛听到门上有指甲弹着的声音，周乾本急把身子倒在床上，假装睡着刚醒的口吻回答道："谁呀？我正睡得好哩。"

外面低低地说道："我呀，快开门，我有一件要紧的事和你商量啦！"

周乾本一听这声音正是裘氏，不由得心里的十五只吊桶，吓得七上八下，无所适从了。欲要开门让她进来，那么这件事一定是无法推脱的，万一闹得人家晓得，这可怎么收拾？要是不起来开门，那又恐她恼羞成怒，饭碗定然保不住。可是外面的叫门声，越催越急，周乾本无法，只好披起衣服，下床将门开了。

只见裘氏上身穿着一个粉红的紧身，下面系着一条妃色的裤子，满面怒容，一跨进门，就用手指直往周乾本的脸上一指，骂道："你这个忘恩负义的家伙，你说不会忘记我的恩德的，怎么我连请也请不动你了？"

周乾本自然是乖觉的，事到如今，推也推不掉了，索性就依从了她再说吧。当即赔着笑脸答道："奶奶方才叫丫头来唤我，本来想

233

立刻就过来，可是外面那些狗东西已是闹着醋劲，嘴里嚷嚷咕咕说个不停，诚恐他们再说些不三不四的话出来，大家都有干系，所以我想……"

说到这里，裘氏啐了他一口，抢着说道："哼，你倒想得周到，我是明白你的心地的，只不过想要我来叫你罢了。好啦，现在已经如你的心意了，看你还有什么话说？"

周乾本当然是笑嘻嘻地抱住裘氏，向她求饶不止，这才使裘氏转怒为喜，于是闭房熄灯，携手上床。这夜的快乐，非笔墨所能形容得出的。直到这第二天早晨鸡声初起，裘氏才悄悄回到自己房里。从此以后，每天二更以后，裘氏便到侧厢里和周乾本欢聚。两个月来从未间断，也没有发生什么别的变故。

哪知事不凑巧，这天裘氏在周乾本房里竟睡失了觉，直到红日东升，还未醒来。周乾本也睡得鼾声如雷。其惠这天早上因为要买纸笔，所以到裘氏房里来问她拿钱。谁知走到房前，把房门一推，门是虚掩着的，就一直走到床前，把帐子揭开一看，不见裘氏影子，心里不觉奇怪，暗自思忖着：这早她就起身到哪里去啦？当下退出房门，顺步走到外面。

当他走过侧厢门前的时候，听得周乾本的房里鼾声呼呼响着，不禁好奇心动，从窗隙中向房里一看，不由得使他的心几乎吓得跳出心腔来，那摆在他床前的一对红缎子的弓鞋，不正是裘氏所着的吗？难道裘氏竟和周乾本睡在一起吗？这样一想，所有的疑窦顿时都涌上心头来。原来裘氏从爸爸出门后，每天起来得很迟，却是有另外的秘密的。自己从父亲出门以后，觉得裘氏也待他和善了不少，不比从前那样恶言厉色了，自己偶然在店里听得伙友们不时在说周乾本的坏话，却原来因为有这么的事哩。

他呆想得出神的时候，不提防竟一声咳嗽，惊醒着里面的裘氏。裘氏原是心虚的，随便问了一声："谁呀？"

可是其惠以为自己已给裘氏看见了，便直认不讳地答道："是

234

我。"说完就飞也似的跑向外面去了。

裘氏听得脚步声走远，便推醒了周乾本说道："喂，冤家，事情终于发觉了。"

周乾本半睡半醒地问道："什么事情呀？"

裘氏就把刚才其惠在外面窥探的事说了一遍。只吓得周乾本忙地翻身坐起，战战兢兢地说道："那怎么得了？老板回家的时候，他还会不告诉吗？那你我怎么办呢？"

裘氏冷笑一声道："看你堂堂男子汉，却原是这样一个银样镴枪头的家伙，这有什么关系？谅来小鬼头也不会如此大胆，只消我用点儿计策，就一定可以收得他服服帖帖。"

周乾本连连摇头道："并不是我胆小，事到如此，还不再想法弥缝，那是不妥当的。"

裘氏道："这怕什么，就是老东西真个晓得了，他也奈何我不得。"

周乾本道："这不能那样说的，你果然不怕，但是我怎么办呢？况且，我们长时如此偷偷摸摸，总不是，应该想个永久的办法才是。"

裘氏这才沉吟了半晌说道："那么，只有把这小东西做掉了，我们先除掉这个眼中钉，将来再另外打算吧。"于是两人又唧唧哝哝，低声说了一阵安排处置其惠的方法。等到太阳照进窗子来，裘氏才回自己房去。

可是其惠年纪虽然小，人倒也极顶聪明，知道裘氏发觉了自己探听着他们的秘密，一定会要设计处置的，所以当时把脚步跨得很响，表示已经出去，其实隔了一会儿，仍旧轻轻地蹑回窗前来，窃听裘氏有没有和周乾本说起自己的事。他刚刚回到窗前，就听得裘氏说"把这小东西做掉了"的话，知道自己的性命非常危险，忙地走到姣姑屋里，把刚才的事详详细细说了一遍。姣姑也吓得浑身发抖，两人商量了一会儿，知道除逃走外，再也没有第二条路，当下

235

就把姣姑平时藏着的一点儿金银首饰带在身边，一声不响地溜出家门。想起舅父家就在东门外，不如先到那里去躲避几天再做打算。

刚巧他们的舅父江汉谋得了一个知县的官职，第二天就要动身到福建去上任，一听其惠兄妹的话，也非常同情他俩的境遇，就答应他们一同到福建去，等到任以后，再写信给陈俊，缓图他策。

当时裘氏到傍晚时候，还不见其惠回来，而且也并不见姣姑的影子，心里才有些奇怪起来，忙差人到学馆里去问，才知其惠一天没有去上学，先生也在那里猜疑，以为其惠也许身体不好。

裘氏一听这话，就亲自到其惠的房里去查看，哪里也看不出什么动静。等到姣姑房里一查，一只空的首饰箱压在被底下，才知道他兄妹俩一定私逃无疑。当下派了人四处去搜寻，这也等于大海捞针，哪里会有消息？

别人倒没有怎样担忧，只是周乾本却兀自心惊肉跳，坐立不安。虽然裘氏用话来劝解，但仍旧如痴如呆的，一点儿打不起劲。隔了两天，也一样落得个私自出走。陈家店里，三五天里面接连出了两件失踪的事情，大家都闹得乱纷纷，也不知究竟是什么缘故。只有裘氏心里明白，但也和大家一样装得莫名其妙，故意嗟叹陈家时运不佳，所以不断地遇着乖蹇。

时间很快，不多时已过了五个多月。陈俊和德胜办货回来了。裘氏一听得丈夫回来，忙倒在床上，假装啜泣。

陈俊走到里面，见裘氏哽哽咽咽地哭个不住，忙问道："谁给你气受呢？"

她却用手帕掩着脸，更是哭个不住。陈俊好生奇怪，便接连问她究竟为着什么事情这样悲伤。直等陈俊催问了好几次，她才一面哭，一面把其惠、姣姑失踪的事说了一遍，又把周乾本不辞而去的话说了。

陈俊一听好像青天起了一个焦雷，顿时昏了过去。裘氏一面把他扶到床里，一面大声哭喊道："两个小心肝已经走失了，如今你如果再有三长两短，叫我去倚靠谁呢？"

这一闹，大家才进来把陈俊救醒，一面解劝了一番，总算把风波平静下去。但陈俊自从孩子失踪以后，虽然还有个后妻所生的孩子，不过心里总觉不欢，不时背人流泪。德胜也知道这事情一定另有蹊跷，少爷小姐绝不致无故失踪的，很想查问个水落石出，可是没有什么线索能够访察，所以除了嗟叹以外，也毫无主意。

谁知这样过了一年，裘氏忽然患了急病去世了。在她去世后的两个月，陈俊收拾箱箧，从裘氏的首饰箱里寻出一封其惠写来的信，拆开一看，不禁欣然色喜。原来这正是其惠从福建舅父寓处最后写来的一封。陈俊才知道其惠、姣姑在江汉那里寄寓已有一年半，而且已寄了十多封信，都是给裘氏收藏过了。并且裘氏还冒了名写回信给他们，说不许他们再写信来，而且声明以后断绝父子父女的关系。

陈俊立刻差了德胜，带着川资，动身到福建去接其惠兄妹，又写了一封长信给他们。德胜听了少爷小姐已有了着落，也非常快活，领着主人的命，动身到福建去了。

一路风餐露宿，夜歇昼行，走了两个多月，才寻到江汉的任所。当时德胜和其惠兄妹见面以后，抱头痛哭了一场，方才说起家里的情形。德胜也代老爷对江汉谢了保护的大恩，遂动身回太原。

江汉知道德胜虽然年老，阅历也深，而且懂得拳棒武功，趁这机会，把两年在任所盈的一点儿银两和搜罗得的古玩珠宝，一并先给其惠等代他带回，免得在将来卸任的时候，行装过分丰富，惹人疑心是贪官。古时候做清官的，大都两袖清风，行李一多，必是从贪字得来无疑。此时又有一个懂得武功的德胜，也是难得的机会，所以便和其惠兄妹、老管家德胜商量了一遍。

其惠兄妹是初出门的年轻人，哪里懂得路上的干系。德胜因为江汉舅老爷夸奖他有本领，自然也不便拒绝，于是就又挑选了十个精壮的亲兵，把银两古玩装就了八只箱子，配好两部驴车。其惠、姣姑临行的时候，也由舅父送他们两粒珍珠，以做纪念，一面也算是表示代为运带行李的谢仪。

一路行来，起初几天，路上倒也安静，直到将近河南地界的时候，德胜却在驴车上插出一面旗来，亲兵们问他："这是什么意思，莫非你老人家也和镖局里的人有来往吗？"

德胜道："弟兄们，莫把这旗看轻了，三四十年前，河南、山西、山东这条路上，都见我这旗害怕哩。"

亲兵们也不便再问，其惠、姣姑也不懂是什么意思，只听德胜说得有声有色，也没有去细究他的根底。读者们也许看了纳闷，不过这时，我得先把他们的行踪叙述下去，等告着有一段落的时候，再行交代吧。

在江湖上的好汉们耳目最长，这一对青年男女带着许多箱笼，又有一队亲兵护送，他们哪有不晓得的道理？只因望见驴车上的旗号，却又不明白是谁，欲动手又不敢，要放过去不惊动他们，却又垂涎着这一箱箱的东西。

这一天正向大路赶行，忽听得后面铃声响处，一个骑黑马的少年，四蹄翻腾地追赶上来，赶过他们的车头，把鞭子打在空中，呼的一声响，转过驴头，又向车子后面而去。一霎时连人影也不见了。

其惠便问德胜道："这是什么一回事呢？"

德胜道："俺们今夜，还须早投宿店才是呢。"其惠听了，知道其中必有意思，心里便惊慌起来。到过午不多那时，正有一个大村子，便即吩咐找客店住下。

掌柜的是一位年有六旬上下的老头儿，容貌很是和善，领他们到里面第四进客房里住下。房间很是清洁，跟随和亲兵们便住在第五进。德胜保护着主人，住在外房。

等到天刚昏黑，吃过晚饭以后，大家谈起刚才路上的所遇，都有些慌张，准备整晚守候着不睡。等有什么动静，就可以防备。听得外边打过三更，并没有什么变化，大家身体也有些熬不住，就各连衣倒在床上，蒙眬睡去。

德胜睡下不上半个时辰，忽然觉得浑身火热，额上背上汗珠如黄豆般挤将出来。德胜惊醒以后，暗想这时不是夏天，在北道上的晚上哪里会这样的炙热？连忙翻身坐起，向墙上一摸，却是烫得不可收拾，忙即把灯火旋得亮些，只觉得满屋子热气腾腾，忙走进内房一看，见其惠、姣姑已被热气熏得昏迷了过去，就也顾不得嫌疑，立刻推醒少爷小姐，把他俩扶到外房。

这时外房的热气也渐渐深厚起来。德胜忙去开门，谁知那门已从外面反锁着，休想推动分毫。他又用脚把墙壁踢了两下，不料那壁正是铁铸的，休想踢打得穿。

那其惠、姣姑吓得牙齿上下打点起来，问道："老德胜，我们岂不是要给闷死在里面吗？"

德胜也只好仰头长叹着，他一仰头，蓦地里看见屋顶上的天窗，不由得大喜过望，心想：天无绝人之路，我们正好由这窗洞中逃性命了。

谁知正当他想念的当儿，忽然一条黑影揭开那张天窗玻璃，飞身下来。其惠对他一打量，原来正是日间所遇的那个骑马少年。

德胜急去抽那身上的佩刀，不知什么时候已失落了，就翻脸喝道："你可认识我吗？"

少年冷笑了一声，答道："你的浑名我还听着过人们提起，但我可管不了这些自负其名的小辈。"

德胜怒道："既然听人说起，那何不留些香火情呢？"

少年咯咯笑了两声，说道："因为要留些香火情给你，所以早早就给你打过招呼了。我现在来并不要半分银两，也不要你少爷小姐的性命。"

德胜道："那么还来打扰我们做甚？"

少年道："只要把少爷小姐身边的两粒珍珠给我，我还可以送你们百里路程，平安无事走出我的地界。如今你们的跟随早给我发付妥当了。老实告诉你，这屋子乃是精铜铸成的，隔墙里正烧着火，再过一个时辰，眼见你们三个都给蒸得烂熟了。快把珍珠拿出来，还有说话的余地。"

其惠、姣姑听了少年的话，正想把身边的珠子拿出给他，那德胜却气愤已极，便说道："少爷小姐，不用怕这班东西，就是你们愿意给他，我倒是没有这样容易对付的，你若要时，且放些本领出来看看。"

那少年一听，不觉双眉倒竖，一声怒喝，向德胜一刀砍来。德胜把身子一侧，飞起一腿把刀踢落在地。本来德胜的本领尽能对付这班小毛贼的，不过一来因为年纪大了一些，气力自然不济，二来因被热气蒸得全身都软了，所以几乎被少年所算。幸亏戚平一箭救了他们的性命。

且说戚平听得印光的喊声，忙纵身下去，看见七八个汉子正围着印光在那里恶战，旁边另外一个圈子，也有三四个人在和老德胜交手。看他手里拿着一根铁棍，虽然东挡西架，但似乎已是力尽筋疲，有些不能支持的神气，忙跳进圈子，顺手在那汉子中夺过一把利刀，说了声："老英雄，你去救你们的跟随吧，这里由我来对付。"一柄钢刀竟和有神助似的，只几个转身，早把几个汉子砍翻了。

德胜赶忙到后面屋里，一见箱笼等物倒还未动，亲兵们却已昏迷不醒，连推了几个翻身，还是毫无所觉。知道他们中了闷药，急去舀了碗冷水，把各人脸上喷了一口，这才苏醒过来。就吩咐他们套好车子，在外面等候，自己再翻身跳到屋上，把其惠、姣姑救了下来。

走到外面一看，那里已静悄悄地杳无声息。再翻过墙一看，后门口驴车正排得端端正正，上面坐着戚平和印光。德胜忙即叩谢了

240

一番，又说明了自己的行止。其惠、姣姑也谢了搭救之恩。

印光道："你们既然北去，还有一段路可以同行，我们顺便送你们一程吧。"一行人在路上互问姓名身世，倒也安闲非常。

究竟其惠等以后有无遇见什么事情？戚平怎样把相士的信带到北京去？后来又如何到关外去破阵？且待下集分解。

图书在版编目（CIP）数据

江湖异侠传·关山游侠传／文公直著. — 北京：
中国文史出版社，2020.3
（民国武侠小说典藏文库·文公直卷）
ISBN 978 - 7 - 5205 - 1404 - 0

Ⅰ. ①江… Ⅱ. ①文… Ⅲ. ①侠义小说 – 小说集 – 中
国 – 现代 Ⅳ. ①I246.5

中国版本图书馆 CIP 数据核字（2019）第 245023 号

责任编辑：卢祥秋

出版发行：**中国文史出版社**

社　　址：北京市海淀区西八里庄 69 号院　邮编：100142
电　　话：010 - 81136606　81136602　81136603（发行部）
传　　真：010 - 81136655
印　　装：北京东君印刷有限公司
经　　销：全国新华书店
开　　本：720×1020　1/16
印　　张：16.25　　字数：211 千字
版　　次：2020 年 3 月第 1 版
印　　次：2020 年 3 月第 1 次印刷
定　　价：52.00 元